JN139005

叢書・ウニベルシタス　1069

エリアス回想録

ノルベルト・エリアス
大平 章 訳

法政大学出版局

ÜBER SICH SELBST by Norbert Elias

Japanese translation published by arrangement with Norbert Elias Stichting, Amsterdam,
c/o Liepman AG through The English Agency (Japan) Ltd.

エリアス回想録◉目次

凡例

一　本書はNorbert Elias: *Reflections on a life*, Polity Press, 1994の全訳である。
二　『　』は原書の書名イタリック。
三　「　」は原書の引用符。
四　（　）［　］は原書に準じる。
五　〔　〕は訳者による補足。
六　原註は番号（i、ii、iii……）を付し巻末にまとめた。
七　訳註は番号（1、2、3……）を付し巻末にまとめた。

エリアス回想録

謝辞

この版に収録された「ノルベルト・エリアスとの伝記的インタビュー」〔第一部〕では、A・J・ヘールマ・ファン・ヴォスとアブラム・ファン・ストルクのおかげで使用可能となったオリジナルの手書き英文原稿――それはオランダ語版で『ノルベルト・エリアスの物語』（*De geschidenes van Norbert Elias*, Meulenhoff, Amsterdam, 1987）として編集された――が広く活用されている。「人生の記録」〔第二部〕は最初に『権力と文明化――ノルベルト・エリアス文明化資料集2』（*Macht und Zivilisation: Materialien zu Norbert Elias' Zivilisationstheorie 2*, ed., Peter Cleichman, Johan Goudsblom and Hermann Korte, Suhrkamp, Frankfurt, 1984）として出版された。それ〔第二部〕は本書のドイツ語版『ノルベルト・エリアス――自らを語る』（*Norbert Elias über sich selbst*, Shurkamp, Frankfurt, 1990）から翻訳されたものである。

第一部　ノルベルト・エリアスとの伝記的インタビュー

聞き手・序文——A・J・ヘールマ・ファン・ヴォスとA・ファン・ストルク

ノルベルト・エリアスは自分の思想について、これまでしばしばインタビューされてきたが、自分の人生――それはあまり彼の関心を引かない主題である――についてはほとんどインタビューされていない。彼自身の「人生の記録」〔本書第二部〕は同じように彼の知的発展を主に扱っている。ワイマール共和国時代からの社会学者であるアルフレート・ウェーバーとカール・マンハイムが、この記録において、自伝というよりむしろエッセイ風物語の主な人物として登場する。最初の節は「学問がわたしに教えてくれたこと」と題されている。

経験からノルベルト・エリアスが何を学んだのかを、一九八四年にわれわれと交わした七つの対話の中で、彼は語ってくれているが、それはともにおよそ二十時間に及ぶテープ録音のもとになっている。これらの対話のうち三つはビーレフェルトの「学際的研究センター」〔Zentrum für interdisziplinäre Forschung〕にある彼の書斎でなされ、四つは南アムステルダムの彼のアパートでなされた。

大学付属の「学際的研究センター」はビーレフェルトの南部郊外、トイトブルガーの森の周縁に位置している。それはモダンな複合ビルであり、非常に静かで、さまざまな研究分野の学者が生活し研究している場所でもある。エリアスのアパートでは印刷されるか、手で書かれた書類が、つまり本、雑誌、ファイル、手紙、新聞がその基調を定めていた。彼はほぼ毎日、自分の通常の研究日を午前十一時に始めた。午後二時には彼の男性、もしくは女性アシスタントが到着した。

二人は在校生もしくは研究生であり、夜の十時までエリアスと働いた。エリアスは、テキストを口述し、異なった版を訂正し、自分の手紙を処理した。時々アシスタントは頑張り通すのがむずかしかったし、また時々長い休止もあった。仕事は森を散歩したり、夕方の食事——彼はいつもすぐそばの大学の建物の中にあるギリシャ・レストランで食事をした——を取ったりすることで途切れただけであった。

アムステルダムでは同じような日課が続いた。トイトブルガーの森に代わってヴァンデルパークが、ギリシャ・レストランに代わってピザの店が役割を果たした。そこの家はもっと魅力的であった。特にアフリカ芸術の収集物や蔵書がレスターから届いて以来そうであった。エリアスは数年前にレスターを去っていたが、彼の家具や家財は長い間そこに保たれていた。

エリアスは老人の生活を送ってはいなかった。研究していないときでも、ある種の緊急性にとりつかれたかのように活動的であった。彼は詩を書き、そのほとんどは今までに出版されている。さらに彼は『ヘラルド・トリビューン』や「BBCニュース」を通じて世界の出来事を追求した。彼は泳ぎ、旅行し、友人の生活の浮き沈みに興味を持った。ようやくこの頃になって、その高齢に譲歩する形で、こうした活動の範囲を限らざるをえなくなった。

包括的な伝記的インタビューの計画をいったん承認すると、彼はインタビューをする人々——その人たちの合計年齢は彼の年齢よりも少なかった——よりも多くの精力を時々示した。抽象性の度合いが高まると疲れた様子が窺われたが、具体的な詳細に没頭したことで疲れたのではなかった。

会話は英語でなされた。エリアスはよく考えて話し、表現力あふれる話しぶりで、強調しながら言葉を明瞭に発声した。

「たいへん長く生きていますが、わたしの記憶はまだとてもよいのです。たぶん過去を思い出そうとするわたしの願望は近年さらに強くなってきたのかもしれません。情景や顔が薄暗い過去から浮かび上がってきます。何人かの名前もまだ覚えています。でもわたしの人生の多くの部分は研究ですっかりふさがっていました」と彼は述べた。

われわれは、数十年間ポーランドの一部であり、今はウロツラウと呼ばれているブレスラウから始めることになる。

――あなたは自分の人生でまだ勉強などしていなかった時を覚えていますか。

いいえ。

――あなたはいつ、何歳で勉強し始めましたか。学校で勉強を始めたのですか。

はい、小学校で始めました。わたしは一人っ子で、われわれがかかりそうなあらゆる小児病にかかりました。両親はわたしのことを虚弱すぎて、最初の学級から――その当時、逆に数えて八年級と呼んでいました――始めることができないと思っていました。両親が、わたしの学校の通常のクラス担当教師から個人レッスンを受けさせてくれたことを、わたしは非常によく覚えています。そのときにわたしは勉強し始めました。

――六歳か、あるいは七歳でということでしょうか。

はい、たぶんそうでしょう。でも正確にはいつのことか覚えていません。さまざまな種類の本をあれこれあさりながら非常に早い時期に読み始めました。わたしは六歳か七歳くらいだったはずです。

――勉強の大切さを自分で選んだという感じはしますか。

物事を自分で選択するなどということが言えるとは思いません。わたしの父親はたいへん仕事熱心でしたが、母親はまったく仕事をしていませんでした。でも、それは必ずしも正しいとは言えません。来客があればもちろん母親は働きました。母親はパーティの準備に追われて一生懸命働いていました。それはともかく、彼女は想像できうるかぎり最も素敵な母親でした。とても陽気で、幸せそうで、社交性に富んだ女性でした。

――あなたは一八九七年六月二十二日にブレスラウで生まれています。そこにどれくらい住んでいましたか。

わたしは、兵隊になるまで、つまり、一九一五年までそこに住んでいました。学校を卒業するとすぐに軍隊に入りました。戦争が終わってから家にもどってきました。

——ということは、あなたは最初の十八年をブレスラウですごしたことになりますね。そこはどんな種類の場所だったのかあなたの印象をお聞かせください。

われわれは二階建ての家に住んでいましたが、そこには七つか八つ、あるいは六つ部屋があるアパートがいくつかあったと思います。忘れてしまいました。通りの角にある家で、正面の窓、正面のドアがかつての市の濠に面していましたが、その濠は、他のドイツの町でもそうであったように、運河に転用されました。古い砦は散歩用の遊歩道になっていて、そこにはベンチがあり、子供たちが遊んでいました。木が生い茂っていました。だから正面からわれわれはたいへんすばらしい眺めを得られましたし、冬には——わたしが記憶しているかぎりでは冬にはいつも——濠の水がかちかちに凍って、人々がスケートをしていました。こうした非常に生き生きした光景が眺められましたし、わたし自身も時々スケートに出かけました。

そういうわけで、建物の正面の方には、こうしたまことにすばらしい風景が広がっており、他の窓は、横丁に面していました。そこは、どちらかというと貧しい近隣地区でした。そんなふうにして、上流の環境とは言えませんが、非常に中産階級的な環境でわたしは幼少の頃より育ちました。というのも、わたしの両親は、かなり裕福な人間として、当然その地位を誇示しなければならなかったからです。それゆえ、彼らはちゃんとした近隣区域に住まざるをえなかったのですが、同時にそこは、街角をちょっと曲がったところが、むしろ貧しい地区になっていました。

わたしは地下室に住んでいた家の管理人の子供たちのことを決して忘れません。階段をいくつか降りるとその小さな地下のアパートに行くことができました。そこにはわたしが時々一緒に遊んだ子供たちが住んでいました。女の子が一人、男の子が一人いて、二人とも夏には靴下も靴も履かずに外で走り回っていました。そのことが、つまりあのような貧しさがわたしの記憶に鮮明に残っています。とはいえ、彼らはまったく貧しいわけではありませんでした。つまり、管理人として彼にはほんのわずかしか給料は払われていなかったと思いますが、それでも家族は無料で地下のアパートに住んでおり、そこには窓があり、小さな前庭もあったということです。

――遊歩道を散歩している人々は豊かでしたか。

いえ、いろいろな種類の人が混じっていました。たぶん、そこはブレスラウで最良の中産階級地区ではなかったと言えましょう。でも、そこはかなりちゃんとした場所でした。部屋が、少なくとも客間がとても大きいというのがその理由の一つでした。そこで社交の集まりを催したり、あるいは客をもてなしたりしました。われわれには客のためだけに使われる余分な客間があり、それは母親の友人たちがお茶やコーヒーを飲むために集まることができるあの大きな客間の一つでした。

ともかく、遊歩道を歩いていた人には本当にさまざまな人がいました。子供たちの多くは子守女に散歩に連れ出されていました。そして、わたしもまたよくそこに散歩に行きましたし、そこで子供たちと一緒に遊んだり、輪回し遊びをしたりしていました。

――そこは豊かな町でしたか。

はい、ブレスラウは豊かで、そのまわりには非常に繁栄した農業地域が広がっていました。大きなシレジアの農場があって、その所有者は大部分、貴族でした。シレジアのカトリック系貴族があちこちに住んでいて、その町自体は古く、壮麗なルネサンス風の市役所や古いイエズス会の大学もありました。そこは古い文化に包まれた地域でした。

――しかし、そこは以前ポーランドに属していた町でしたね。

中世ではそうでした。あるいは、むしろ当時すべてはそんなに固定化されてはいませんでした。シレジアはポーランドの王朝に属していて、いくぶんドイツ化されていました。それから、そこは、フリードリヒ大王がそれをプロシアのために征服するまでオーストリアの一部になっていました。十七世紀にドイツの多くの土地が戦争で荒廃していたとき、ブレスラウはお金を払って自らを侵略者たちから守ることができる数少ない町の一つでした。そして、この時期に主要なドイツ文学がブレスラウで生まれたのです。国の残りの土地が、放浪する軍隊、スウェーデン人、帝国軍などによってひどく破壊されていたとき、ブレスラウはどちらかというと無事に切り抜けました。そういうわけで、ブレスラウには長い伝統があるのです。

——一九〇〇年頃にはブレスラウにはどのくらい住民がいましたか。

わたしがそこにいたときは、人口は約五十万人だったと思います。

——ブレスラウは美しい町でしたか。

中心部は、ところどころきれいでした。リング〔Ring〕と呼ばれる中央広場にはとてもすばらしい市役所がありました。それは大きな家に囲まれていて、そのうちの一つはわたしの父親が所有していました。商業用の建物で隣接する通りにまたがっていました。その建物は実際二つの家から成っていました。建物は町のまさしく中心に位置していました。わたしは今でもその番号を覚えています。リング十六番でした。

そこは父親が自分の商売をしている場所でした。彼は、多くのユダヤ人がそうであったように、織物製造に従事していました。彼はおそらくその仕事を一八八〇年か、一八八五年に始めて、一八七〇年以降に到来したドイツの経済的躍進によって支えられていました。それはある種の工場でしたが、比較的、機械類は少なく、人々は主に手作業をしていました。仕立屋を含め、およそ三十人が卸商のために衣服を作っていました。

——話をブレスラウにもどしますが、そこにはドイツの町のような雰囲気がありましたか。

完全にドイツ的でした。まったくそうでした。ポーランド的な要素は皆無でした。シレジアのさらに南に行けば、文化が混じったような地域にやってきます。たとえば、それは今日では『カトヴィツェ』〔*Katowice*〕という新聞に書かれているようなことなのです。[1] そこは上部シレジアですが、人口は少し混じっていました。しかし、ブレスラウは完全にドイツ的でした。ポーランド人はぜんぜんいませんでした。あるいは、そこにいたポーランド人はまったくドイツ化されていました。わたしはそこではポーランド語を聞いたことはありませんでした。

――あなたの家族はブレスラウに数世代にわたって住んでいましたか。両親はどこから来られたのでしょうか。

彼らはユダヤ人の移住運動の一環としてここに来ました。つまり、父親は当時ドイツ領に属していた小さな町の出身者でした。それは現在ポズナンと呼ばれていますが、当時はポーゼンと呼ばれていました。そこは、おそらく主にユダヤ人が居住していたと思われる小さな町でしたが、父親はすでにその町のドイツ系ギムナジウムで学んでいました。

大学に行けなかったことで彼は深く後悔していたと思います。彼の家族に十分なお金がなかったのがその理由です。だから、その願望を息子に託すことが彼には重要だったのです。彼は医学を学びたかったのです。だから、わたしはいくぶん父親のために医学部に登録しました。わたしは結局、一人息子でした。両親の唯一の子供だったのです。だから、父親は自分が果たせなかったことをすべてわたしに託したのです。

――あなたの父親はドイツ人的でしたか。

はい、とてもドイツ人的でした。非常にプロシア人的でした。彼は自分自身をドイツ人以外の何者でもないと思っていました。彼の両親と祖父母の肖像画がわが家に掛かっていました。だから、それが紛失してわたしは悲しい思いをしています。彼らもまたドイツ人的でした。もっともいくぶんさらに東部からやってきたということもありますが。わたしの母親の両親もまたドイツ人的でしたが、母親は依然として自分自身の親がポーランドに住んでいたことを思い出すことができました。

――ブレスラウには豊かな文化生活がありましたか。そこは活気のある町でしたか。

もちろん活気がある町でした。そこには豊かな文化生活がありました。でもわたしがそれを知ったのはほとんどユダヤ人の上流社会を通じてです。つまり、彼らはある種の緊密に結びついたブルジョアジーを形成しており、そこでは、冬になるといつもいわゆる「管弦楽コンサート」に行くのが当然だと思われていました。母親は冬になると毎年コンサートの予約席を手に入れていました。また、ローベ劇場でもそうでした。(2) それは当然のことでした。

わたし自身は、できるかぎり早くそんなところから逃げ出したいと感じていたに違いありません。

――**どうしてですか。**

今では実際それを思い起こせません。わたしの現在の言葉を使えば、それは自分にとってあまりにブルジョア的すぎると言えるかもしれません。でもその当時ならそれをそんなふうに表現すべきではなかったでしょう。つまり、母親には女友達がたくさんいました。彼女たちは同じ社会階層の出で、その多くはわれわれより豊かで、毎週ここに来ていました。それにまた自分の叔母さんたちもいました。それはわたしの好みではありませんでした。しかし、その連中を「ブルジョア」とは呼べなかったろうと思います。なぜなら、わたしはまったく政治的関心がなかったからです。

――**「ブルジョア」という言葉には感情的な意味合いもありますが、その世界はあなたにとって狭すぎたのでしょうか。**

それはまた自分の水準、自分の知的水準より低いといった感じが少しばかりしていました。

――**いつそのような感情を持ちましたか。**

非常に早い時期だったにちがいありません。叔母さんたちが話していたことはおしゃべりにすぎないということに早くから気づいていたように思います。

――**あなたのお父さんの仲間はどうでしたか。**

父親には仲間はいませんでした。初めから彼は自分の仕事に完全に集中していました。それから、父親は自分の商売を非常に早く、五十歳で止めました。彼は十分お金があったので、それ以降は名誉職的なことをやりました。わたしは彼の唯一の友人であった弁護士のことしか覚えていません。父親のすべての社会的関係は母親を媒介にしていました。

——そのための時間があなたのお父さんにはなかったのでしょうか。

彼には非常に高度な昇華、仕事への昇華があったと思います。それに、彼が商売をやめたとき、名誉職の他に管理すべき家が彼にはありました。彼はそれに、そして家族に、もちろんわたしの母親とわたしに身を捧げていました。

——あなたは一人っ子でしたね。

はい一人っ子でした。その通りです。この頃わたしは時々、自分が椅子にすわってちょうど何かを考えているのと、わたしの見た父親の態度（そこにすわって、ちょうど何かを考え抜いている様子）が似ているのを感じています。わたしはそうしたことを——そこにまさにすわっている父親の姿——を鮮明に覚えています。子供の頃、実際彼は何をしているのだろうと時々、不思議に思ったに違いありません。自分が非常に小さかったときには、理解できなかったのかもしれません。

——お父さんは窓の外を眺めていましたか。

いいえ。彼は何かを考えながらそこにすわっていました。たぶん、彼は窓の外を眺めていたのかもしれませんが、そうだとは言えないと思います。それはわたしが記憶している父親の態度ではありません。彼のことを思い出すとき、彼はソファーにすわって物事を思案し、何かに没頭していました。

人差し指を鼻に当てて、彼はそのような感じでそこにすわっていました。

――あなたはお父さんが何について考えていたか知っていますか。

いいえ、知りません。たぶん仕事のことだろうと思います。彼は自分の仕事についてあまり多

ノルベルト・エリアスと母（左）、乳母（右）、1906年ごろ

く語りませんでした。彼はきっと自分の財政上の問題をまったく自分自身に留めておいたのです。それは非常に強い伝統であったに違いありません。

——お父さんは気にかかっている他のことについてあなたに語ってくれましたか。

一つわたしが覚えているのは、性的な問題についてわたしを「教育する」ために、彼が行ったきわめて顕著な企てです。そんなことは今日とても想像できません。彼は、明らかにそれが自分の義務だと思っていました。それがぎこちなかったことをわたしはまだ覚えています。彼はそれを好んでやったわけではありません。でも、自分はそれをなさねばならないと思っていました。ともかく、父親は非常に義務感に満ちた人でした。

——お父さんは孤独だったのでしょうか。

父親が孤独だったとは思いません。なぜなら両親の結婚生活はたいへんすばらしかったからです。それはある意味では旧式なタイプの結婚でした。いわゆる「調和の取れた不平等」です。「調和の取れた不平等」の典型です。父親はあらゆる決定を行っていましたが、それは母親が望んでいたことでした。母親は財政的問題をまったく処理できませんでした。彼女はまたそうする必要もありませんでした。その反面、彼女はあらゆる社交上の問題を引き受ける人でした。だれかを訪問しなければならないとき、さあ、行きましょうと言って、彼女は父親を急かしました。彼が孤独だったとは思いません。

――あなたは両親にどうして自分が一人っ子なのか尋ねたことはありますか。

そのような問題は論じられませんでした。

――あなたには好奇心はなかったのですか。

性的な問題については論じられませんでした。わたしに性的なことを教える試みは別ですが。

――兄弟や姉妹がいなくて残念だと思いませんでしたか。

そんなことは思い出せないのですが。しかし、わたしは今もなお子供たちがわたしのように成長するのはよくない、というとても強い思いがありますし、それはきっと――たとえ、おそらく無意識であっても――自分が兄弟や姉妹を欲しがっていたということに違いありません。でも、もちろんいつも女性家庭教師がいました。

――つまりあなたには何人か仲間がいたことになりますね。彼女たちのことを覚えていますか。

はい。でも彼女たちの記憶は薄れてしまいました。そういう人たちが多くいました。非常に幼い時期から言えば、乳母がいましたし、とてもすてきな女性家庭教師がいました。最後の家庭教師は自分が十一歳か十二歳のときでした。次に、とても教養のある女性が来ましたが、その人は、今は落ちぶれたとはいえ、良家の出身者でした。

――若かったとき、あなたは自分がもっと大きな全体の一部であると感じましたか。

自分が子供のとき、われわれはかなり大きな家族でした。母親、父親、料理人、女性家庭教師、それにわたしでした。そういう集団にわたしは属していました。それから叔母たちや祖母もいました。もちろん母方の祖父や祖母も家族の一員でした。われわれはほとんど毎日彼らに会いに行きました。彼らは同じ近隣地区に住んでいました。だからわれわれはここに住んでいたのです。母親がすぐに祖父や祖母に会い行けるようにするためです。だからそれは集団、つまり拡大家族でした。

——また、あなたは自分自身がユダヤ人社会、もしくは町全体の一部だと思っていましたか。

このようなことを言うのは申し訳ありませんが、それは、わたしが決して持っていなかった意識のレベルを前提にすることになりましょう。そうであったのかもしれませんが、そのようなレベルの意識とは関係ありませんでした。

もちろんわたしはブレスラウに属していましたし、それは当然のことでした。そのほかにはどうでしょうか。国についてもまた当然だと思われていました。ドイツ皇帝がいたことは知っていましたが、皇帝は非常にぼんやりした、自分とはかけ離れた存在でした。自分がドイツ人であり、かつユダヤ人であることも分かっていました。そうです、もちろんわれわれは祝祭の日などに、一年に一度くらいはユダヤ教会に行きました。だから自分がユダヤ人であることは当然分かっていたはずです。それに、自分がドイツ人であることも分かっていました。自分が理解できるかぎりでは、それはすべて熟考を経ていない思考レベルで進んでいました。もしあなたの質問を肯定すれば、わたしはそれを偽ることになりましょう。

――**あなたはそのことを思い出すことはできるのですが、それについてどう思ったかは思い出せないのでしょうね。**

まさしくその通りです。それが世界のありようだったのです。世界はすべてまったく当然視されていました。わたしが質問し始めたのはずっと後のことでした。

――**ユダヤ人であるのか、あるいはドイツ人であるのか、どちらの感情がより強いものでしたか。**

わたしのことを悪く取らないで欲しいのですが、それはまったく間違った質問です。

――**どうしてですか。**

だって二つの問題はまったく対立していなかったからです。もちろんわたしは、両方でした。もっとも、いわゆる実存主義的に、まったく熟考しない言い方での話ですが。

――**また、あなたは、自分がドイツ人であるよりもむしろユダヤ人であるということなど決してお考えにならなかったのですね。**

決して考えませんでした。でもあなたの質問から、自分の若い時代に比べると、あらゆることがどれほど明白になってきたのかがわたしには実際よく分かります。

――**子供のとき、あなたはそのことについて考えたことがありますか。**

いいえ、考えていたとは思いません。

——ドイツ人であってユダヤ人ではない他の人々が、また、ユダヤ人であってドイツ人ではない他の人々がいたという事実について、あなたは考えたことがありますか。

もちろん、自分がとても小さかったとき、管理人の子供たちと遊んでいたとき、彼らはもっと貧しかったし、ユダヤ人ではなかったことも自分には分かっていました。でも要するに世界とはそういうものでした。たぶん社会科学のおかげでわれわれは、社会科学などない時代に比べて、そのような問題をさらに解明したいと思うようになったのだとわたしには感じられるのです。

——したがって、あなたは自分が二つの民族に属しているなどといった考えを持ったことはないのですね。

まったくありません。ドイツ人であることに疑問はありませんでした。すでに述べたように、わたしの父親はとてもプロシア的でした。彼は皇帝と同じ口ひげを蓄えていました。口ひげをピンと尖らすために留めるバンドを持っていました。彼はとても善良な人で、勤勉さを装うようなことはまったくありませんでしたが、自分自身がプロシア人であり、ドイツ人であることを知っていたのは確かでしたし、わたしにとってもそれは明々白々でした。

——ブレスラウのユダヤ人は自分自身を他のドイツ人のようにドイツ人だと思っていましたか、あるいは彼らは時々、自分自身を他の人々よりも優れたドイツ人だと思っていましたか。

彼らは自分自身をドイツ人だと思っていましたし、わたしが今思うに、彼らはそれを当然だと思っていました。でも、彼らは反ユダヤ人主義者をじつに軽蔑していました。彼らの防御のメカニズムは、あんなやつらは語るにも値しない、というものでした。ともかくわたしが記憶しているかぎりでは、それが彼らの態度でした。彼らがドイツ人であるかどうかは彼らにとってまったく問題ではありませんでした。彼らはドイツ人だったのです。彼らを、ドイツ人ではない、と言った人々は、彼らの心の中で文明化されていないとして反撃され、まともに相手にされなかったのです。

――反ユダヤ主義について語る人は多くいましたか。

反ユダヤ主義について多く語られることはありませんでしたが、わたしはそれを意識していました。実際それを気に留める必要はあまりありませんでした。それはさほど目に余るものではありませんでしたが、新聞などにそれが載ると、ユダヤ人は文明化されていない、教育されていない人間として描かれていました。

――ユダヤ人は本当にそのようだったのでしょうか。

いいえ、ちっともそうではありませんでした。わたし自身の理論からすると、ユダヤ人がその劣等性を認めなかったことが、とりわけユダヤ人の厄介な特質であったに違いない、とわたしは思っています。

——それはどういうことでしょうか。

さて、劣った集団としてユダヤ人を軽蔑するのを当然だと思っている人の見解を取り上げるとすれば、とりわけ厄介なのは、ユダヤ人たちが、自分たちは劣っているという認識を持っているようには思えないことです。そして、それが実際、事の次第だったのです。われわれはそのような感情はまったく持っていませんでした。われわれは、ユダヤ人は劣っている、と言った人たちを軽蔑していました。

——ユダヤ人たちの間には、自分たちは劣っているのではなく、優れているのだという感情はあったのでしょうか。

それもまた事実であったかもしれません。わたしには記憶を頼りにして、彼らがだれより優れていたのか、など言えません。彼らが反ユダヤ主義者よりも優れていたことは確かです。でも、ドイツ皇帝、あるいは、明らかにより高い地位の人々であるドイツの官僚たちより優れていなかったのも確かです。

——反ユダヤ主義があなた自身に向けられたのを覚えていますか。

はい。たとえば、ギムナジウムである事件がありました。わたしが十五歳か十六歳のときでした。われわれはクラスで生涯の仕事の計画について話していました。わたしは大学の教授になりたいと言いました。するとあるクラスメートが口を挿んで、その職業は生まれつききみには縁がないよ、と言いました。みんな大いに笑いました。先生からも、もちろんクラス全員からも笑い声が聞こえました。その言葉はわたしを大いに傷つけました。なぜなら、おそらくわたしは、ドイツ皇帝の支配の下でそのような職業がユダヤ人にほとんど閉ざされていることなど決して知らなかったからです。

それから、わたしには浮浪児たちについてぼんやりした記憶があります。われわれは彼らを、「通りの子」〔*Gassenjungen*〕と呼んでいましたが、彼らは、女性家庭教師とわたしが外出したときに、わたしの後ろで、「ユダヤ小僧」〔Judenjunge〕と囃し立てていました。わたしは何かそんなことを覚えています。たぶん五歳か六歳のときだったと思います。でも、われわれには彼らが単なる浮浪児だということが分かっていました。わたしが覚えているかぎりでは少なくとも工場労働者にユダヤ人はいませんでした。わたしはユダヤ人を堅実な中産階級集団と見なしていました。イディシュ語を話す東からの移民である貧しいユダヤ人も一緒です。彼らでさえも工場労働者ではありませんでした。

――より豊かで、より良い教育を受けたドイツ人は実際、反ユダヤ主義的になることがあまりなかったのでしょうか。

いや、そうではありません。自分の子供時代の見方だとわたしが思っていることをただあなたに示しただけです。今日ではわたしはそれを自己欺瞞、幻想だと見なしています。つまり、上流階級の反ユダヤ主義は抑えられていたということです。もし保守的な、良家のだれかが反ユダヤ主義的な発言をするようなことがあっても、それは、異例なこととして退けられました。ドイツ皇帝を例に挙げてみましょう。そこに一人の、銀行家であるユダヤ人がいましたが、その人は時折、宮廷に招待されていました。そのことから、皇帝が反ユダヤ的ではなかったことが理解できましょう。

もちろんそれはある種の自己防衛でした。もしユダヤ人が、反ユダヤ主義がドイツの中・上流階級全体に行き渡っていた度合いに気づいていたとしたら、彼ら自身の安全性の多くは奪い去られていたことでしょう。

――彼らはより教育のあるドイツ人を信頼していて、そのことがむしろナイーブであったということですね。

ドイツ皇帝の支配下ではそんなにナイーブではありません。なぜなら、反ユダヤ主義はたくさん見られましたし、宮廷説教師のシュテッカー(3)は反ユダヤ主義的な党派の首領でしたが、ドイツは実際いわゆる法治国家であり、それは、もしユダヤ人が出廷しなければならなくなり、非ユダヤ人と争うことになれば、公平に扱われることをユダヤ人は確信できる、ということを意味していました。つまり、国家の中でこそユダヤ人は繁栄と地位を追求できたのです。

――しかし、それはすべて最近の事態であるという何らかの集団的記憶が存在していたに違いあ

りません。

それはすべて直線的な社会的上昇でした。つまり、わたしの祖父母はその両親よりもたぶん豊かだったでしょうし、わたしの両親もその両親に比べてより豊かだったでしょう。上昇ラインです。わたしの曾祖父や曾祖母はゲットーに住んでいましたが、それ以前に起こったことは遠い過去のことでした。

――ポグロムについての話はありましたか。

野蛮なロシアではおそらくあったでしょう。でも、ドイツではそんなことは起こりませんでした。ドイツ皇帝の支配下では、ありえないことでした。

十九世紀の終わりから反ユダヤ主義の波が上昇していた、と考えるとすれば、それはとても信じられません。でもそれは、そんなことはドイツでは起こるはずもない、という心構えでした。そして、それはドイツ皇帝の支配下では起こりえなかったのです。

――ブレスラウにいて安全だと感じましたか。

まったくその通りです。今では信じられない感じがしますが、でも本当です。その通りです。ユダヤ人社会は気がついていなかったに違いありませんが、気がついていなかったとしたら、彼らが豊かであったというのがその理由の一つです。

それは実際、アンシャン・レジームのようでした。世界が違ったものになるなんて想像もできませんでした。それに、わたしはまた、アンシャン・レジームでもそうであったように、何人かの人は人生が実際少し退屈だと感じていたことを覚えています。一九一〇年か、あるいは一九一一年に一人の作家が自殺したことをぼんやりと覚えていますし、その作家にとって人生があまりにもつまらなくなってしまったことについて何人かの人が解説したことも覚えているような気がします。人生は退屈だったのです。そうした気持ちは、わたしが安全について語ったことを裏づけています。何か新しいことが起こるなんて想像もできませんでした。

自分がより優れた知識を身に付けている今では、わたしには、その当時の何人かの保守派の指導者が、社会民主主義者をひどく恐れていたことが分かります。なぜなら、社会民主主義者が選挙でどんどん票を獲得していたからです。彼らは、自分たちが名づけたところの「赤い潮」〔*die rote Flut*〕が接近していることを知っていました。しかし、わたしが住んでいた世界では、そんなことはなく、わたしは迫りくる雷雨のごろごろという音を聞いたこともありませんでした。

自分にとってみれば、世界は戦争とともに変わったにすぎません。実際、今でもわたしは自分がいかにこの状況に対処したのかよく理解できません。自分の家族のまったく安全な生活は、軍隊のあのまったく不安全な生活に変化したのです。突然、わたしの両親はそこにはもはやいなくなっていたのです。

――あなたの家族の安全は完全でしたか。

はい。記憶はもちろん当てになりませんが、自分が覚えているかぎりでは、家族は安全な世界でした。父親はわたしのために何でもしようとしていましたし、母親も同様であったことをわたしは知っていました。病気になれば――子供の頃、わたしはたびたび病気になっていましたが――どんな世話もしてくれました。自分は完全に保護されていると感じていました。自分が後に得た耐久力――それは、本を書いたとき、また、だれもその本に注目してくれなかったときに得たものですが――は、子供のときに享受したあの非常に大きな安全性のおかげだとわたしはいつも思っています。

たぶんわたしはそれを次のような形で表現できるかもしれません。ちょうど天文学者が、全宇宙は大爆発から生じた放射性騒音で満ちているということを発見するように、人々は、家庭での幼少期に起源がある自分の生活について背景的な感情を身につけます。わたしには非常に大きな安全性という背景的な感情があります。つまりそれは、基本的に物事はうまく展開するという感情です。そして、わたしはその理由を、一人っ子として両親の愛情に包まれながら自分が得たあの大いなる感情的安全性に見出すのです。

わたしは非常に早い時期から自分が何をやりたいか分かっていました。わたしは大学に行きたかったのです。わたしは教えたかったし、研究もしたかったのです。わたしは非常に早い時期からずっとそのことを知っていましたし、不可能であろうと思われることも時々ありましたが、それを追求してきました。

――さらにまた、あなたは自分が成功することを知っていらっしゃったようですが。

そうです。実際わたしは非常に早い時期にそれについて詩を書いていました。さて、そこには二者択一の状態がありました。自分が大いに成功するか、落ちぶれるかのどちらかです。もちろん、わたしには絶対的な確証などありませんでしたが、自分の研究が最終的には人類の知識への有益な貢献として認知されるだろうという大きな自信がむしろありました。

――そういう自信は子供の頃あなたが罹った多くの病気によって揺さぶられはしなかったのでしょうか。

いいえ。自分が病気に罹ったときには、家族の生活全体が自分を中心にしてまわっていました。

――しかしあなたは怖くはなかったでしょうか。

わたしは今でも母親がベッドのそばで心配そうにすわってわたしを見つめていたのを覚えています。わたしは実際、死の恐怖については、たとえそれが忍び寄っていたとしても、まったく覚えていません。しかも、それはすべて――性的行為や人間の死は――舞台裏に隠されていました。両親はどちらも非常に善良な人たちでしたし、わたしは絶対的に両親に信頼を寄せることができると思っていました。それほど多くの言葉でそれを表現できませんが、そのように感じられるのです。

――そのような世界全体が変わったことをあなたは残念に思ったことがありますか。

いいえ、決してありません。歳を取るにつれて、そのような世界では生きられないことが自分には分かっていました。それをどのように表現したらいいでしょうか。それは自分の世界ではありませんでした。

それから、戦争がすべてを変えました。もどってきたとき、それはもはや自分の世界ではありませんでした。

――ブレスラウはもう同じ町ではなくなっていましたか。

同じではありませんでした。というのも、自分自身も変わってしまったからです。戦争の間にわたしは変わりました。

わたしは戦争が始まった日のことを今でもとてもはっきり覚えています。われわれは休暇でスヘフェニンゲンかオーステンデのどちらかにいましたが、どちらだったか、どこだったか覚えていません。われわれは、一九一四年の八月にわれわれをドイツに連れもどす最後の汽車に乗りました。その汽車はオランダやベルギーから撤退するドイツ人の家族で満席になっていました。その超満員の汽車の中でわたしはある人と知り合いになりましたが、その人のことをかすかにしか覚えていません。われわれは汽車のコンパートメントが満員になっていたので、通路に立っていました。わたしは彼と当時の前衛雑誌の一つ『デア・シュトゥルム』〔*Der Strum*〕の最新版について議論しましたが、その雑誌はココシュカ[4]や彼のような人々のリノリウム版画、あるいは木版画を収録していました。そういう人々はいくぶん左翼的でしたが、わたしは左翼には傾倒していませんでした。でも、もちろんわたしはこうした芸術運動に、とりわけ表現主義の詩に興味を持っていました。

われわれは長くて、熱のこもった議論を交わしました。わたしが非常に非政治的であったので、この人はその雑誌から取り出したいくつかの主題について説明しようとしました。そんなふうにしてこの旅の多くの時間が過ぎ去ってゆきました。こんな話はあなた方をおそらく失望させるかもしれませんが、戦争については、わたしにはどんな感情も持っていません。それは、自分が知っていた世界の終わりであるということが、わたしには分かりませんでした。

われわれは完全に暗闇の中にいました。それは戦争でしたが、われわれはそれを、何にも関連づけられませんでした。われわれはそんなことをこれまで経験したことはありませんでした。何がこれから起こるか自分たちがはっきり知っていたかのごとく、人々が後になって物事を推測するのは、いつも恐ろしいことだとわたしは思います。でもそのことについては、はっきり分かりません。まったく分かりません。実際、わたしも両親も心配していましたが、それはわたしが学校に間に合うようにもどらなければならなかったからです。それが、わたしにとって汽車を逃さないことが重要であった理由なのです。

そういうわけで、混雑した列車に乗るのがわたしの初めての経験でした。たぶん他の人々は銃で撃たれたり、けがをしたりした人々について語っていたのだと思いますが、わたしには分かりません。でもそんなことをわたしはまったく気にかけていませんでした。戦闘とか大砲とか、そんなことはわたしから非常にかけ離れた何かでした。つまり、わたしは軍隊とはまったく無縁な家庭で生活していたのです。それから実際、わたしは学校にもどりました。

——あなたはその頃ちょうど十七歳でしたが、戦争の理由について何か考えたことはありましたか。あなたの国について、つまりドイツが攻撃され、ドイツに敵がいるということについて何か感じたことはありますか。

そんなことは記憶していません。そんなことに非常に関心があったとは思えません。

——あなたには戦争が正当であるという感覚はなかったでしょうか。あるいは、あなたには国家主義的な感情がありましたか。

ともかく、わたしは皇帝というその思想を非常に若い時から嫌っていました。

——なぜですか。

自分が大いなる敬意を表していないこういう人が現れたとき、その人にぺこぺこしなければならないといった考えはわたしには嫌悪すべきものでした。自分に追従を要求できるようなだれかがいるといったそういう考えをわたしは嫌っていました。

——それは一般に普及した考えでしたか、それとも個人的な何かでしたか。

そんなことはわたしには言えません。もっとも、自分のクラス仲間、おそらく特にユダヤ人のクラス仲間もまたそう感じていたに違いなかったでしょうが。校長が皇帝の所有するヨットに招かれて、彼がそのことについて述べていたことをわたしは覚えていますが、われわれはむしろそんなことはすべてくだらないと思っていました。われわれがドイツ人であることを当然視していたとはいえ、皇帝との一体感はちっともありませんでした。

——それは実に驚きですね。

それは非常に早い時期からわたしの中にある強い感情でした。しかし、文学にはまたそれとよく似たようなものがあります。クルト・ラスヴィッツ[5]が書いた当時の空想科学小説『両惑星物語』は火星人と地球人の戦争を描いています。火星人は大きな磁石を宇宙船に搭載していまず。そして、この小説の最終場面の一つ——それはわたしの記憶に非常に鮮明に残っていますが——は、すべての軍勢をどこかに進ませながら大きなパレードを行っている皇帝を描いていると思います。すると、そこに火星人の方からこの大きな磁石が現れて、すべての金属物が兵隊から磁石の方へ吸い寄せられていきます。わたしはこの発想がたいへん好きでした。ばかば

ブレスラウのヨハネス・ギムナジウム

かしく見える皇帝というその考えが好きでした。

――あなたは自分の国に誇りを感じていなかったのでしょうか。

わたしは決して愛国主義者ではありませんでした。ユダヤ人はそういうこと――自分の国を愛していないということ――でもって時々、非難されてきました。父親はある意味で愛国主義者でしたが、わたしはそれにまったく反対でした。

わたしの見解によれば、それが反ユダヤ主義の理由の一つでした。ドイツ市民〔*Bürger*〕、つまりドイツのブルジョアジーは全員一致で戦争を歓迎していました。より地位の高いユダヤ人中産階級のほぼすべての若い人々は多かれ少なかれ左派であるか、少なくともリベラルでしたが、ドイツ人中産階級の大多数は右派でした。

――それでも、あなたは自分を依然としてドイツ人

だと感じていらっしゃったのですね。

はいそうです。まったくその通りです。が、わたしは戦争への熱狂を分かち合いませんでした。ドイツ皇帝とその全集団はとんでもない人々だといつも思っていました。

当時、戦争に反対する雰囲気が漂っていました。わたしの場合には、それは政治的な形を取りませんでしたが、一九一三年に、ナポレオンに対する勝利を祝う大々的な百年祭があったのをわたしは記憶しています。ブレスラウではその行事のために祝賀記念館が建てられ、ゲルハルト・ハウプトマン(6)が創った祝祭演劇が上演されました。今や、ハウプトマンは少し左寄りになっていました。彼はまったく革命的でもなく、それに類するようなものを支持してはいませんでしたが、彼がその作者であるという理由で、皇帝はブレスラウを来訪してその記念館の除幕式を行うことを拒否しました。それは大変なスキャンダルになりましたが、われわれはみんなそれをばかげたことだと思っていました。つまり、それは戦争が始まる一年前のことだったのです。というわけで、皇帝はばかばかしい人物と見なされていました。

――あなたが愛国主義者でなかったとしたら、皇帝のいないドイツについてのあなたの感情はどうでしたか。

その可能性について考えたことはいっさいありません。皇帝のいないドイツなどまったく想像できませんでした。そのことは、われわれがそれに賛成していたということではありません。

それでも、わたしはドイツを非常に愛していました。わたしはドイツの文化〔*Kultur*〕に浸っていました。それは古いドイツの問題であって、それゆえ、愛国主義者とまで言わなくとも、国家主義者にならなくても、ドイツの文化的伝統に強い一体感を持つことができる——わたしは今でもそうしていますが——ということを明らかにするのはむずかしいのです。

わたしは決して国家主義者ではありませんでした。ドイツの国家主義者はもちろんその時までには反ユダヤ主義者になっていました。

——しかし、ドイツの文化的伝統に一体感を持つことによって、あなたはドイツ人であることに誇りを持てたのではないのでしょうか。

そのような言葉で文化的一体感を表現することはできません。わたしはドイツの伝統の中にいることを誇りにしていました。わたしはドイツの古典主義——ゲーテ、シラー、カント——に非常に共鳴していました。最初に印刷されたわたしのエッセイには彼らへの言及がたくさんあります。

——あなた自身の言葉を使えば、あなたはドイツの定着者の一員でしたか、それとも部外者でしたか。

客観的に言えば、もちろん部外者でした。

——さらに感情的に言えばどうでしょうか。

わたしは決して戦争に賛成しませんでしたし、ドイツ皇帝にも賛成しませんでした。秘密裏に、わたしはそのすべてにいつも反対していました。たぶんそれについてわたしは決して話さなかったと思いますが、熟慮を欠いた、自分の感情からすれば、それは確かでした。それはわたしの世界ではないし、わたしはそれとは何の関係もないのです。そういった感情はわたしの中で非常に強かったのです。それは部外者の立場と呼ばれるかもしれません。とはいえ、当時わたしはそれをそのように表現できなかったでしょう。その反面、そうしたことのすべてには、自己防衛の要素がありました。その状況のおかしな一面は、ユダヤ社会が自らをとりわけドイツ文化の保有者と見なしていたということでした。また、実際ある意味では、ユダヤ社会の後押しがなければ、交響楽団のコンサート、ローベ劇場やその他すべての劇場が維持されることはなかったでしょう。それは非常に珍しい状況でした。政治的にはユダヤ人たちは部外者でしたが、同時に彼らはドイツの文化的生命の保有者であったのです。

——あなたはドイツを愛しておられました。当時の若者が田舎をさまようために家を出て行ったということを本でよく読みますが、あなたたちがそのようなことをした時代があったのでしょうか。

はい、ありました。ドイツの風景はずっと後になってもわたしにとって大変意義深いものでした。わたしはすべてのドイツの大聖堂について非常によく知っていました。たとえば、バムベルクがそうです。わたしはすべての建物と、そのすべての様式を記憶していました。そして、実際、こうしたドイツの風物に完全に方向を定められたユダヤ人の若者運動があったのです。

――われわれは、その当時のヨーロッパの他国についていくつか質問をしようと思います。たとえばイギリスについてあなたは何を知っていましたか、あるいはイギリスについてのあなたの感情はどうでしたか。

非常に早い時期から、いくつか自分にもよく分からない理由があって、わたしはフランスのことを感情的に気に入っていました。が、イギリスにはそのような気持ちはありませんでした。学校でもわたしは『フランス・レビュー』〔*Revue Française*〕――それはドイツの学校のための雑誌だと思いますが――に、自分のフランス語をよりよいものにするために、投稿していました。さらにわたしはその雑誌の、賞品としてフランス旅行が当たるコンテストに参加して、エッセイも書きましたが、その賞品は獲得できませんでした。イギリスは好きではありませんでした。

――ロシアはどうでしたか。

何もありません、まったく何もありません。ロシアの皇帝やコサック兵は野蛮でした。野蛮な東方、それはすべて文明の圏外にありました。「ポーランド系ユダヤ人」などほとんど侮蔑の言葉でした。

――ポーランドはもちろん当時ロシアの保護国でしたね。

そのようですが、いつもポーランドは同じように存在していました。シレジアではともかく人々は、ポーランド人は劣った種類の人間である、ということを暗示する偏見を抱いて成長しました。

――さらに、ルーマニアやブルガリアのような国はどうでしょう。

西洋文明の圏外にありました。バルカン諸国は東洋の一部でした。当時、東洋はそこで始まっていました。「バルカン半島の問題は東洋の問題であった」という表現の範囲が推移したことにわれわれはおそらく気がつかないでしょう。

――ドイツ人として、あなたは西側の一部であると感じましたか。

それは当時の表現ではありませんでした。当時は東洋と西洋があったのです。『文明化の過程』ではわたしは依然として「西洋的」という言葉を使っています。

――ですが、西ヨーロッパとか中央ヨーロッパについての感覚があったようです。

中央ヨーロッパ、確かにそうです。でもあれはヨーロッパ、西洋、西方の国なのです。一方、バルカン諸国はすでに東方の国、東、東洋などでした。もちろん、われわれは多くの暗示的な民族的偏見を抱いて成長しました。その一つは、東洋は文化的価値の低い世界である、というものでした。文化がいつも主要な原理だったのです。

――どうしてドイツは他の西洋諸国と戦争をすることになったのか、その理由についてあなたは何かを理解していましたか。

まず、ドイツが戦争することになった、などと教えられたとは思っていません。ドイツが攻撃されたとわれわれは教えられたのです。

――どの国をあなたは敵国と見なしましたか。

覚えていません。わたしはおそらく、そのような好戦的な表現で考えなかったと思います。わたしは間違っているかもしれませんが、敵に対して悪感情を抱いたという記憶はありません。ロシア人は野蛮人でしたし、それは明らかでした。それに、われわれはコサック兵がブレスラウに来ることなど望みもしませんでした。

わたしは軍事的な意味でドイツに一体感を持ちませんでした。そんなことはわたしには無関係でした。軍隊にいるときでさえ、わたしは決して国家主義者や愛国主義者ではありませんでした。わたしはただソーセージ製造機の中に入り込んだだけです。なぜなら、そうしなければならなかったからです。

――一九一四年にあなたの周辺にあった戦争熱について何らかの表現を覚えていますか。

いいえ、戦争が始まったとき、わたしはまだ学校で勉強していました。覚えているかぎりでは、多くの熱狂があったとはわたしは思いません。ただわたしはそれを文学から知っていただけです。

――また、その文学は、戦争を支持する大いなる熱狂があり、彼らはみんな自分たちが勝つと思っていた、と述べているのですね。

そうです。講義の中でわたしはある若い学生の手紙から引用しましたが、彼は次のような趣旨のことを書いていました。「あなたがたは誇れるのです。だって自分たちは偉大な時代に生きていると言えるからです。わたしたちは勝ちます。それについて疑いようもありません」。このようなことなどが書かれていました。その二日後にはこの学生は死にました。このようにして、若者が、最良の志願兵が、戦争が始まって数日のうちに殺戮されることはひどいことです。それはすべて、フランスの、同じくドイツの将校級軍人側の、完全に誤った軍事的判断が原因でした。

両方の側で将校たちは自分たち考え方の命じるままに従いました。フランス人もドイツ人も攻撃による素早い勝利を計画していましたので、戦争の最初の何日かのうちに多大な人的犠牲を払って両軍は衝突しました。そして、それから戦争は泥沼状態になりました。防御用の銃の火力は非常に優れていて、そのため局面を打開することは不可能でした。H・G・ウェルズのような非軍事的人間はそれを予見していましたが、軍事専門家は予見していませんでした。

戦争が終わった後で、将軍たちの考え方が導いた誤った判断がもっと明らかにされるべきだとわたしは今日まで思っています。ルーデンドルフ[7]やヒンデンブルク[8]のような男たちが人々を導くのです。すると、戦争に負けます。人々はその結果に耐えなければなりませんが、リーダーたちは、まるでそれは自分たちの責任ではなかったかのごとく生き続けます。ヒンデンブルクもヒトラーもドイツ皇帝も彼らはみんな最大の誤りを犯しました。そして、すべての人間は彼らをそのようなものと見なすことができます。さらにまた、彼らに起こりうる最悪の事態は自殺です。すると、人々は混乱状態に陥った状態になります。そういうことは再び今日でも起こりうるのです。

――そのようなリーダーが愚か者であるという意味なのでしょうか、それともあなたは彼らを憎んでいる、と述べておられるのでしょうか。

そんなことではありません。あなたたちは愚かであるということを彼らに教えてやりたいのです。彼らは専門家特有の目隠し革で目を覆っていますし、わたし自身の分野でも、自分固有の願望によって状況の現実的様相をあいまいにさせる人々をわたしは嫌い、軽蔑します。そして、こうした軍事的人間たちが迅速な攻撃を願い、そうした精神が彼らの血の中に流れているのです。そういうわけで、彼らが勝てないことは、現実的に示されていたかもしれないのに、彼らはそれに従って計画を立てたのです。

――でも、あなたは彼らを憎んではいないのですね。

それは憎しみの問題ではありません。わたしは今もなお、自分の立場にいる人々は、だれもが理解できるような形で事実を提示することで、今日の誤りの相当多くを防ぐことができるかもしれない、と感じています。これはそういう問題なのです。

――それはたいへん高邁な願望ですね。

まあ、わたしはそれを実現したとはまだ思っていません。しかし、それが単にわたし自身のための願望であるとは思っていません。それは社会学の責務であるとわたしは確信しています。もちろん状況は今日、非常に異なっています。なぜなら、その種の幻想は二つの世界大戦によってかき消されたからです。人々にもっと明確に教えるべきことは、ロシアとアメリカは、両国のリーダーの意向に反して、原子力戦争が開始されなければならないと彼らが感じる状況に追い込まれてしまうかもしれない、ということです。つまり、彼らがさらされている拘束――わたしが二重拘束と呼んできた状態――が明らかにされなければならないのです。これは合理的な決定といった問題ではありません。一方の側は窮地に追い込まれることを恐れ、それゆえ原子力戦争を自らの意思に反して開始するのである、とまさしく言えます。

個人的には、わたしは、国家間の関係の現実的な分析が原子力戦争の可能性を減らすのに役立つかもしれないということ――また、これはあなたがちょうど言及された「高邁な願望」ですが――を信じています。それは個人的な願望ではありません。わたしは歳を取りすぎていますが、それはなされるべき何かなのです。それはやや自然科学に似ています。落雷や流行病はその原因を知らなければ防げません。でもその原因が分かれば、両方とも防げるのです。

——それは常にあなたにとって中心的なテーマでしたか。

はい、非常に重要なテーマです。長い間そうでした。

——さて、われわれはあなたの戦争中の個人的経験についていくらか知りたいと思います。入隊しなければならなかったとき、あなたは十八歳でしたね。召集令状を受け取ったのを覚えていますか。それはショックでしたか。

さて、あのような移動式サーカス小屋の一つに入るとしたら、あなたは自分がどのように感じるかお分かりになるでしょう。そこでは、あなたはあちこちの方向に押しやられ、どこにいるかも分からないのです。なぜなら、いつでもどこかにあなたは押しやられるからです。わたしが何を言わんとしているか分かりますか。それが、兵隊になったとき、われわれが抱く感情なのです。あなたはそこに押しやられ、あれこれをやれと命じられ、そして、選択の余地がないからそれをやるのです。

——あなたはそれがどんなふうに始まったか覚えていますか。

閲兵式の歩調や騎兵銃の持ち方を学ぶのに何時間も練習しなければなりませんでした。

わたしの家族が、その方が危険度も少ないという理由で、わたしは無線電信部隊で働くことを志願しましたが、そこで電線を敷設するためにわれわれは特別に訓練されました。わたしはまた登山用スパイクを使って電信柱の登り方を学びましたし、モールス信号の打ち方もまなびました。

訓練は部隊が駐屯していたブレスラウで行われました。自分の健康はその訓練のおかげだとわたしは思っています。というのも、わたしは、背嚢を背負って長い行進に耐えるには、実際きわめて健康であらねばならなかったからです。時々わたしは一巻きの電線を背中に背負っていました。

——それから戦線に行かなければならなかったのですね。

いいえ、わたしは最初、ロシア戦線の背後にある通信区域に配属され、そこに約半年留まりました。あるいは、そこはむしろ占領されたポーランドであったに違いありません。さらに、そこからわたしは長い汽車の旅で西部戦線へと移動させられました。

一つの事件がわたしの心に深く染み込んでいます。それはわれわれが去っていく前の日でした。わたしは、町で知り合いになったある家族とのささやかなパーティから遅く帰ってきました。われわれの部屋にはベッドが三つありましたが、自分がそこに最初に到着したということもあって、最良のベッドをわたしは得ていたのです。さて、遅く帰ってきたとき、おそらく少しワインを飲んでいたと思いますが、わたしは他の兵士がそのベッドに寝ているのを見ました。

彼はそのベッドを最初から欲しがっていたのです。わたしは怒り狂って、彼に向かって怒鳴りました。「おい、起きろ、おれはおまえのベッドなんかに寝るつもりはないぞ」。その時まで、われわれはうまくやっていましたが、その時、わたしは本当に怒ってベッドを揺すり始めたので、彼はひっくり返りそうになりました。さて、彼のほうもまた機嫌をそこねました。そして、このような状況で――それは非常に特徴的でしたが――彼はわたしを「ユダヤ小僧、ユダヤ人の豚野郎」と侮辱し始めました。それはまったく突然のことでしたし、以前はそのようなことはぜんぜんありませんでした。三人目のルームメートがわれわれを引き離したのです。

――そして、次の日が汽車の旅だったのですね。

そうです。わたしは今でも戦地に向かっていたことを非常に鮮明に心に描くことができます……われわれは重い電線の巻き束、重いモールス信号機、たくさんの装備品を持っていましたので、車両で戦線の近くに連れて行かれました。それが車だったか、馬に引かれる荷車だったか覚えていません。だれかが歌っていました。それから、遠くの方で閃光を見ました。それは西方の戦場から放たれる集中砲撃〔*Trommelfeuer*〕でした。車の中に座って、歌をうたい、遠くの方に閃光を見て、銃の炸裂音を聞くこと。これがわたしの意味する光景です。

――大雑把に言って、それはどこでしたか。

あいまいな名前がわたしの耳に響いています。ペロンというような名前だったかもしれません。そうです、北フランスのペロンヌです。われわれは、伍長と八人の兵士から成る電信部隊でした。いずれも専門家でしたので、あちこちに配属されました。わたしが戦友と夜を徹して、絶え間なく続く閃光と集中砲撃の方向に車を走らせているとき、自分のとなりのだれかがハーモニカを吹きました。たぶんわれわれが乗っていたのは馬が引っ張る荷馬車だったかもしれません。それから、われわれはちょうど戦線の背後に到着しましたが、そこにはあちこちにたくさんの馬の死骸が散らばっていました。そして、死人もいました。この全光景、死体、砲火、閃光、感傷的な歌、ハーモニカの郷愁をそそる音、この光景こそわたしの心に鮮明に残っているのです。

——**彼らがどんな歌をうたっていたか覚えていますか。**

そうですね、それはいつもおなじみのレパートリーでした。ドイツ人は死について語る非常に多くの、郷愁をそそる歌を作っています。わたしはその一つを覚えています［歌う］。

曙光よ、曙光よ、
その光が早死にへと向かうわたしを照らす。
まもなくラッパの音が鳴り響くだろう、
するとわたしはわが人生から去り行かなければならないのだ。

曙光よ。

といった感じです。ドイツ人はその種の詩をたくさん書きためています。

――死を愛する歌ですね。

その通りです。驚くべきことです。わたしも実際、かつて死について書きました。ドイツ人の歌の、あの力強い死の予兆についてです。彼らはまるで自分たちがいつも滅びていくことを予見するかのごとく書きます。

わたしにはかつて仲間がいた、
あんないいやつは見たこともない。
でもわたしのそばでやつは死んだ。

それは非常にドイツ的です、とほうもなくドイツ的です。ポーランド以外のどの国も白国に対してあれほど暗い感覚を持つことはありません。ポーランドの国歌は信じがたいほどの言葉で始まります。「ポーランドはまだ失われていないのだ」。ドイツとポーランドは非常によく似た運命を背負いました。ちょうど真中にあって、強い隣国に囲まれています。

――あなたは自分の人生で初めて死者を見たのですね。

はい、その通りです。

――あなたがいた戦線の他の場所をいくつか覚えていますか。たとえば、ペロンヌの近くのバポームとかですが。

そうです、それと似た音です。同じ地域です。しかし、わたしにとっては、それは気味の悪い記憶にしかすぎません。おそらくわたしは最悪の事態を避けることができたのでしょう。なぜならわれわれは小さな集団であり、非常にしっかりとまとまっていたからです。それに、わたしは集団の中でもはるかに若かったという理由もあったに違いありません。カンブレーはそれらの名前のうちのもう一つです。それはソンム川に面していますよね。[9] われわれはおそらくペロンヌから戦線に向かったのだと思います。そこは破壊された家で満ち溢れていました。

わたしは、自分が戦線に一年以上いたとは思いません。

――あなたがどんなふうにそこに到着したかを説明してくれましたが、そこにいるとどんな感じがしたか覚えていますか。

はい、少しだけ覚えています。でも、おそらくわたしはそこである時ショックを受けたに違いありません。[10]

わたしは今でも防空壕を覚えています。もちろんわれわれは地下で生活していました。それは単なる塹壕ではなく、もっとモグラ塚に近いものでした。わたしは今もなお下に降りて行く木の階段を非常に鮮明に覚えていますし、地下の奥深い所には二つの部屋がありました。そこに至近弾が落ちてくると、土の塊が階段に落ちかかり、壕全体が震動し、そして、外にいる人にその土の塊が命中しました。

わたしは自分が最も進歩した塹壕の中にいたとは思いません。なぜなら、われわれの責務は、戦線の塹壕と司令本部の間にある電線を維持することであったからです。われわれはいつも、砲弾が命中して常に切れてしまう電線を修理するために外に送り出されました。そして、時々、集中砲撃が続く間、われわれは爆弾でできた穴に逃げ込み、砲撃が止むまでそこでじっと待つしかありませんでした。電線の修理がほとんど不可能なことも時々ありました。なぜなら、電線に何度も砲弾が当たったからです。わたしは一人の戦友がわたしの隣で負傷したのを覚えていますし、われわれは彼をすぐに連れもどさねばなりませんでした。でも、わたしは、自分が覚えているかぎりでは、最前線そのものには決して到達することはありませんでした。

――でも、あなたは本当にある種のショックをかつて受けられたのですね。

そうです。あのように電線を修理するために派遣されたときに一度、経験しました……［長い沈黙］分かりません。実を言うともう忘れてしまいました。

――電線を修理するのは非常に危険な作業でしたか。

はい、弾に当たることもありえました。事実、弾がだれかに当たりました。

――あなたの分隊にいた戦友のだれかを失ったことを覚えていますか。

いいえ、戦友を失ったことは覚えていません。つまり、われわれには分かっていたのですが……それには、わたしはもっと詳しい説明をするべきだと思います。

わたしが非常に鮮明に覚えているもう一つの経験があります。自分より早く入隊したに違いないと思われる学友の一人――フランツ・マイヤーという彼の名前をまだ覚えています――が、除隊しました。わたしはまだおそらく学校にいたはずです。彼を訪ねたとき、彼は何も語らないで、ただじっとそこにすわっているだけでした。わたしにはまったく何も分かりませんでした。いったい何が彼に起こっていたのか分かりませんでした。わたしは無知だったにちがいありません。なぜなら戦線がどんなものか想像もつかなかったからです。わたしは彼に質問しましたが、彼は何も語らず、非常に金持ちの両親の庭でただじっとすわっているだけでした。彼がなぜ語らなかったのかわたしには理解できませんでした。

状況はわたしの場合、決してそんなに悪くはありませんでした。わたしはおそらくショックを体験しました。が、差し当たりせいぜいそれくらいしかわたしには説明できないと思います。戦線に行くこと、馬の死骸、数人の兵士の死体、地下の塹壕などについてわたしは鮮明に覚えています……それから、大きなショックを受けたという感じがいくらかあります。でも、思い出せません。どのようにして自分が元にもどったのかも思い出すことができません。

たぶんわたしは砲撃に向かって前進すること、そして『曙光』の歌、その他何であれ、ある意味では美しい経験でした。そして、戦線そのものは実にひどいもの、ある種の恐怖でした。

終戦について言えば、わたしはただブレスラウにもどってきたことしか思い出せません。どのようにしてそこにもどってきたのかも分かりません。最初に町を見てから、両親に再会しましたが、すべては過ぎ去ったことです。わたしはまだ軍服を着ていましたが、すぐに医学生として登録したはずです。その結果、わたしは医療部隊に転属されました。軍隊はどうやらまだすぐには解散してはいなかったようでした。

その当時ドイツでは二つの組織がまだそのままの形で残っていました。将校軍団と、労働組合を含む社会民主党でした。カトリック教会を含めるべきかもしれません。

――あなたが出て行く前の町と、もどってきた町がどんなに変わっていたか覚えていますか。

わたしが本から得た知識と比べると、わたしの思い出はまったく精彩のないものです。自分自身について言えば、制服を着て、手術に立ち会っているイメージしかありません。わたしは外科医が腕や足を切断するのを見ていました。有名な外科医で、助手に囲まれていましたが、わたしはその中で最年少でした。それがブレスラウでの出来事でした。

――同じ家がそこにあっても、その世界は違っていたのですね。

そうです。断絶はとても大きなものでした。でも、それはある復元物なのです。あなたがたは、それについて思い出すようわたしに強く要求されておられますし、だから、わたしとしては、自分の学生時代や女性家庭教師に関して何と多くのことが依然として記憶に鮮明に残っていることかと自分自身でも驚いている、と言わざるをえません。一方、わたしがあなた方に今ちょうど語ったことは、非常にゆっくりと探り出さざるをえないのです。一九一八年に学生として自分が登録した記憶も失われているありさまです。だから、おそらく戦争は実際に、自分が……想像していたよりもずっと衝撃的な経験だったのかもしれません。とにかく、自分がいつ勉強し始めたのかということさえ分からないのです。わたしはそのことを再び思い出してみなくてはなりませんでした。でも、わたしは今はかなりはっきりしています。手足を切断した外科医の名前はゴールドシュタインでした。

わたしの両親が自分のために特におしゃれな制服を作ってくれたことも覚えています。それは軍隊が支給してくれたものよりずっと良質でした。どこかに制服を着ている自分と両親が一緒に写っている写真がありました。わたしは信じられないくらい若く――自分の年齢よりずっと若く――見えました。子供の顔が制服からのぞいています。

――一九一四年と一九一九年のドイツの違いについてもっと語っていただけますか。何が変わったのでしょうか。

あなたがたの質問を聞いていますと、変化についての自分自身の先入観は、そうした経験と関係があるのかもしれない、ということをわたしは実感します。同時にわたしは今や、自分個人にとってすべてが変わったわけではない、という事実を推測することもできます。なぜなら、両親も、彼らの財産も、彼らの所有物もまだそこにあったからです。インフレはさらに近づいていましたが、一九一九年にはまだその影響は全面的には感じられていませんでした。両親にはいつも食べ物が十分ありましたし、彼らは家も所有していました。大きな変化があったとは思いますが、まさにその変化を構成していたのは……つまり、いわゆる政治や政治闘争であり、それが以前よりさらに大きな役割を果たしていました。

わたしの難題は、たとえば、ラーテナウ[11]やエルツベルガー[12]の殺害といった、すべてわたしの周辺で起こっていた政治生活における激動に対して自分がどのように対処したかをもはや覚えていないことです。それは実際ブラインドが閉められたような感じです。わたしはその時代の自分の感情を忘れてしまいました。それは非常に奇妙です……当時の自分自身の感情が空白なのです。

「政治」という言葉すらその生命を経験から引き出しています。それは、エーベルト[13]やシャイデマン[14]がドイツ国の首領になったということを意味していました。わたしの両親の仲間の間ではたぶん部外者としていささか侮蔑的に扱われていた社会民主主義者たちがいまや最も突出した党派になっていたのです。

――しかし、ワイマール共和国の成立と同時に、権力の座についたのは、あなたのドイツだといった感情をお持ちにならなかったでしょうか。

現在はもちろんそのように感じていますが、その当時そうであったかどうかわたしには分かりません。ワイマール共和国は実際、非常に良い時代であったとわたしは非常に強く感じています。文化的にそれはすばらしい時代でした。

――それにドイツ皇帝はいなくなったのですね。

はい、皇帝は姿を消しました。そのことでもちろんわれわれは喜んでいました。その派閥が全部いなくなったのです。

――戦後、何らかの敗北感があったでしょうか。それは結局、戦争に勝とうが負けようが、戦争とはどんなものなのか、ということなのですが、その結果が問題です。

わたしがごく自然に感じるのは、敗北感は、皇帝が姿を消してしまう幸運と釣り合うということです。それはドイツにとって大きな前進でした。

――敗戦について個人的な感情を抱きましたか。あるいはそれは単にドイツ皇帝が敗北したということでしたか。

わたしには言えません。が、ユダヤ中産階級に属する人間はこの点で非ユダヤ中産階級に属する人間とは違った感情を抱いていたに違いありません。ドイツの非ユダヤ中産階級は大いに憤慨しましたし、それは若い人々にも当てはまります。自分自身にとっては、わたしは一つのことを確信しています。つまり、それは自分が少しも憤ってはいなかったことです。わたしは解放された気持ちになっていました。でも、それはドイツにおいてユダヤ人であることの特異な状況だったのです。

――その理由は、それが決してあなたの戦争ではなかったということでしょうか。

はい、それは決して自分の戦争ではありませんでした。決してそうではありませんでした。その戦争はわたしがしかたなく戦った何かでした。それに、奇妙なことですが、そういう気持ちが自分の所属する通信部隊に行き渡っていました。わたしが覚えているかぎり、彼らはみんな労働者階級の出身でした。

そうです、それは調和であるという以外に、わたしにはうまく表現できません。結局のところ、古いドイツが戦争に負けたということよりも、新たなドイツが出現したことのほうがもっと重要だったのです。

わたしはブレスラウで、すでに述べたように、医学と哲学の両方を学びました。両方を研究することがまだ可能であったに違いありません。ハイデルベルクとフライブルクの学期に出席するために、わたしはブレスラウでの自分の研究を二度中断することになりました。

わたしが主に医学を選んだのは、父親がそれを望んだからですが、わたしもまた医学に非常に興味を抱いていました。自分の注意は学校ではすでに哲学に向けられていました。

その二倍の労働量に自分がどのように対処したのか今では分かりません。というのも、わたしは事実、一生懸命に努力して解剖学、生理学、物理学、化学、そしてそれらの分野の科目を理解しました。なぜなら、そういう科目は最初の医学の試験に必要だったからです。そういうわけで、わたしはがんばって勉強したに違いありません。それは非常に奇妙な感じがしますが、兵士としての訓練が勉学に役立ったこともありえます。何日も、何か月も背嚢を担いで長い距離を行進し、練兵場で軍事訓練をやり、靴を磨き、気をつけの姿勢で立ち続けながら常に圧力を受けていました。そんなことをするのにいつも圧力がありました。だから、医学を学んだとき、わたしはすでに自分自身で非常に真面目に勉強することができていたに違いありません。

解剖学や生理学の講義に関してわたしには非常に鮮明な記憶があります。でも同時に、わたしは、大いに賞賛され、かつ尊敬されている哲学教師へーニッヒスヴァルト[15]と一緒に研究しました。

――あなた自身が選択した科目は哲学でしたか。

必ずしもそうではありません。わたしはまた医学への強い関心を発展させていました。わたしの疑念は、わたしが臨床講義に出席しなければならないときに、ようやく始まりました。しだいに医学と哲学を一緒に研究し続けることがさらにむずかしくなってきました。たとえば、われわれは耳科の臨床講義に出ねばならず、また婦人病棟では分娩に六回立ち会わなければなりませんでした。免許を取るためにわたしはそれをやりました。わたしは今でも二回目の分娩をたいへんはっきり覚えています。それはカトリックの、未婚の少女でした。子供がまるで銃から放たれる弾のように飛び出てきました。たいへん健康な赤ん坊でした。われわれはその時、あんな健康な赤ん坊を産むのならきみは結婚する必要はないね、と冗談を言いました。

——研究していたとき、どこに住んでいましたか。

両親と一緒に住んでいました。当時はそれが今日よりもっと一般的でした。わたしの研究の費用はすべて両親が支払っていたということもありましたから。

——また、なぜあなたはハイデルベルクやフライブルクに行ったのですか。そこに特に有名な教師がいたのでしょうか。

ともかく、その当時それは依然として正常でしたし、それは優れた研究機関であったと思っています[16]。

その頃わたしはいくつかいやな経験をしました。なぜなら、実際にはもはや、医学のための十分な勉強をしていなかったからです。ある時わたしは二、三の質問に答えるために耳科の臨床講義室に呼び出され、そこでいくつかおかしな答えをしてしまったのです。なぜなら、わたしはそれについて最も重要なことを知らなかったからです。そいうわけで、わたしは徐々に医学の研究を断念する決意をするようになりました。わたしは自分自身に、自分は、本当は医者にはなりたくないのだ、と言いました。わたしは哲学者になりたかったのです。

――医学の研究はあなたの思考に影響を与えましたか。

はい、とても大きな影響を与えました。いいですか、医学を研究したことのない社会学者は社会について、それを人間の生物学的側面に関係させることなく語りますし、わたしは、それは間違いだと思います。社会学者は生物学に対して防御的な態度を取ります。その理由は、そうしなければ社会学は生物学に融合するかもしれない、と社会学者が心配するからです。わたしの見解では、そうですね、人間行動についての理論が発展させられるとすれば、生物がどのように組み立てられ、どのように機能するかについても知られる必要があります。もしあなたがたが知識の理論を考案しようとしているのに、脳の構造について何も知らなければ、何かが間違っています。わたし自身、人間がどのように組み立てられているかを学生たちに理解させるために時々、脳の模型を携えて社会学の講義を行います。なぜなら、そうしたときにのみ、彼らは社会がどのように機能するかを理解できるのです。そうすることで、わたしは社会学を生物学に還元するようなことはしません。

――あなたは哲学の研究をいつお止めになりましたか。

それは一九二三年から二四年頃であったに違いありません。その時わたしは困難な時期の真っ只中にいました。なぜなら、両親の財産がインフレのためどんどん減っていたからであり、また彼らを養わなければならなかったからです。だから、博士号を取得した後でわたしは実業界に入りました。ところで、両親は家賃が固定された家を持っており、そのためにマルクの価値が切り下げられたときには、彼らは依然として同じ名目収入を得ていたことになります。つまり、それは、彼らには食べるものが何もないことを意味していました。わたしは偶然、共同で働く研究者を求めている工場所有者のことを耳にしました。その人は着想に満ち溢れ、研究者を欲しがっていました。それはブレスラウでのことでした。

――それはどんな工場でしたか。

金属製品を作る工場でした。そこには金属を溶かす炉もありました。わたしの専門はパイプでした。大きさの非常に違うパイプで、小さいパイプも大きいパイプもありました。そして、わたしは、それに合わせてパイプを作るすべての寸法を学ばなければなりませんでした。

それはだいたい二年続きましたが、あまり定かではありません。とにかく、それもまたすばらしい経験でした。社長はわたしをすべての部門に送り出しました。賃金を計算するためにわたしは職工長と一か月費やしました。機械を使っている職工たちのとなりで一か月間、立っていなければなりませんでした。さらに、工場で生産されているありとあらゆるサイズや種類の製品を知るために倉庫にも行かなければなりませんでした。わたしは鋳造場にも行かなければなりませんでしたし、加えて、社長が自分の指示を伝えるためにすべての部門を召集するとき、わたしは毎朝そこにいました。

――鉄工所で働いたことがある哲学者に会うことなど多くはないと思いますが。

そうですね。自分がそれをすべてどんなふうにやったのか実際には分かりません。というのも、博士論文の口頭試験が終わった後で、わたしはまだ自分の論文指導教官と対立していたからです。その理由は、わたしが彼を攻撃し、彼はわたしの博士論文を受け入れたくなかったからです。でも、それは別の話です。

試験でのわたしの主要科目は、その状況全体を説明すれば、哲学と心理学であり、さらに副科目は化学と美術史でした。その後でわたしは工場で働くことになりました。

――実業界に移ったことであなたはしばらく不幸ではではありませんでしたか。

自分の記憶は選択的になるかもしれませんが、自分が記憶しているかぎりでは、わたしはその仕事を非常に面白いと思いました。未来の社会学者にとってそういうことは計り知れないほど価値のある経験なのです。

実際的な形で、わたしは経済について多くを学びました。資本主義についての自分の見解はその工場の所有者から大いに影響されました。彼はとてもすばらしい人間でした。わたしはそのとき初めてツイードの上着を着ている男性を見ましたが、その後、数年間、ツイードの上着を手に入れることが自分の願望になりました。彼はいつも口の隅にタバコをくゆらしていました。彼は前の工場所有者の娘と結婚し、たいへん有能でした。かつてわたしは彼にこう尋ねました。「教えてください、メールレンダーさん――それが彼の名前でした――いったいなぜあなたはそうするのですか。あなたは金持ちなのに、一日八時間ここですわっておられる」。すると、彼は口からタバコを取って、笑いながらこう言いました。「ねえ、そいつは狩りなんだ。狩りだよ。わたしはこの注文は受けなければならないが、別の注文は受けてはならないんだ。わたしは成長しなければならないし、きみにもそれがわかるよ。われわれはきっと成長するのさ」。彼は実際、成長しましたが、わたしはそれ以上そこにはいなかったので、それを見届けてはいません。

――あなたは彼にとって役立ったのでしょうか。

実際、役には立ちませんでした。わたしが彼の役に立ったとは思いません。ただ、わたしは輸出額を少し増大させただけです。われわれは通気管の注文を受けていました。それはわれわれの得意分門だったのです。輸出の可能性がありました。でも、同じ製品を供給しているスウェーデンの競争相手もそれに係わっていました。だから、わたしは注文をめぐってスウェーデン人と戦わなければなりませんでした。わたしはまた、ルーマニアで代理人を雇いました。業務は手紙を通じて行われました。だれかが手紙を送って、その人がわが社の通気管の斡旋をやれるかどうか尋ねました。それから、わたしが、わが社のためにいくつか仮注文を取ってくれるかどうか尋ねました。

——あなたはそれがまるで楽しみでもあるかのごとく説明されていますが。

そうです。それはすばらしい経験でした。わたしは今でも職工長に招待されたことを覚えています。わたしは、そこで経験したような、労働者階級とのあれほどの親密な接触を持ったことはありませんでした。

——例のあの、狩りの熱狂をあなたは共有できましたか。

いいえ、実際には共有できませんでした。わたしは、社長の答えがこれまで自分が得た最良の答えだと思っています。というも、彼らが金持ちになりたいということはばかげているからです。彼らは金持ちなのですから。本当の問題は権力闘争のスリルなのです。

——そのことであなたはスリルを味わわなかったのですね。

はい、ちっともスリルを味わいませんでした。つまり、彼はやや賭博師の素質のある人物であって、そのことがまさにそうした感情を生み出すのです。でも、わたしはまったく賭博師ではありません、まったく逆です。

――しかし、種類は違っていたとはいえ、あなたの狩猟場があったのではないですか。

はい。発見のための狩りです。しかし、それは非常に違っています。それは権力闘争ではありません。なぜなら、それは客観的な業績、証明可能な過程に依存しているからです。

――とはいえ、そこには他者を打ち破るという要素もあったはずですが。

はい。でも、わたしの場合にはそれは非常に遅く到来しました。なぜなら、わたしは論争を展開しなかったからです。わたしは今ようやくそうしています。わたしは実際、どうしてそうなるのかを証明したくなかったのです。

――なぜあなたは工場を辞めたのですか。

わたしの両親が再び自分たち自身の収入で暮らせるようになったからです。インフレが終わり、新しいドイツ・マルクが導入されてから、父親は再び裕福になり、そういうわけで、わたしはすぐに大学にもどることを決断しました。

その頃、わたしはまたギリシャの逸話を基にして数々の販売可能な物語を書きました。わたしは古代ギリシャ人特有のユーモアがたいへん好きで、いつもたくさん書きました。その逸話のいくつかを『ベルリーナー・イルストリールテ・ツァイトゥング』[17]〔*Berliner Illustrierte Zeitung*〕に送り、それらは受け入れられました。やったぞ、これで自分はジャーナリストとして生活費を稼げるぞ、とわたしは思いました。わたしは父親に、自分はハイデルベルクに行って、そういう作品を書き続け、それを『ベルリーナー・イルストリールテ』に売るつもりである、だからほら、自分は自由人なんだ、と言いました。父親は、実業家としてたいへん将来性のある地位を捨てたいなら、それでもかまわない、と答えました。彼は実際とても寛大でした。

というわけで、わたしはハイデルベルクに行きました。当然、わたしは別の作品を決して『ベルリーナー・イルストリールテ』に売ることはありませんでしたが、ともかくハイデルベルクにいました。わたしはそこで幸せでしたし、ドイツ語で授業も行ったと思います。それから、自分のジャーナリストになる努力があまり実を結ばなかったということを告げるために、わたしは父親に手紙を書いたに違いありません。そして、彼は一か月分のわずかな小遣いを送ってくれたと思います。

——あなたがブレスラウを発ったのはいつでしたか。

それは一九二五年から二六年頃だったと思います。わたしはそれ以前にも学生としてハイデルベルクにいたことがありました。でも、わたしは今や哲学と心理学の博士号を持っていました。

わたしは、戦争や実業生活における経験が自分の現実感を強化してくれたと思っています。一九二三年の論文では、わたしは自分がもはや先験的な思考を信じていないということを明らかにしようと努めました。しかし、わたしの研究上の指導教官は、「合理性」は永遠であり、歴史の流れの外に位置しているという但し書きを挿入するようわたしに強く要求しました。わたしは、そのときでさえもそれが間違いであることを知っていました。

わたしは今や社会学に方向転換しましたし、ハイデルベルクでは社会学者にのみ接触し、哲学者には接触しませんでした。わたしはマンハイム[18]に指導を仰ぎましたが、彼はわたしよりさほど年上ではありませんでした。われわれは実際、お互いに気に入るようになり、良き友人にもなりました。マンハイムは疑いもなく才気煥発で、当時は絶頂期にありました。そういうわけで、彼はより多くの学生を引き付け、彼らはアルフレート・ウェーバー[19]のような年上の教授から去っていきました。両者の間では緊張が、たとえそれが丁寧な言葉で表明されたとはいえ、高まっていました。

――大学におけるあなたの地位は、正確には何でしたか。

ある種の無給の助手でした。わたしは、ドイツの大学の経歴の中では、通常の中間的な地位にいましたが、その場合、われわれは、「私講師」〔*Privatdozent*〕と呼ばれる無給の講師になるために支援をしてくれる教授を見つけようとして待っていました。

マンハイムは一段階、上にいました。彼はすでに私講師であり、そのような立場として講義をする権利を持っていました。しかし、私講師の収入は学生から受け取る講義料だけだったのです。私講師はそのようにして自分自身のお金を稼ぐ必要があったのです。そして、それはマンハイムについても同じでした。彼の妻は金持ちの、ハンガリーの家族の出身だったとわたしは思っています。

わたし自身はマンハイムとその学生たちの間に立つ仲介者のようなものでした。わたしは、学生たちを、マンハイムよりもいつもうまく扱っていました。わたしはそのようにしてマンハイムを助け、彼はわたしに、自分の経歴をどう追求するかについて助言を与えてくれました。彼がマリアンネ・ウェーバーにわたしの名前を伝えたに違いありません。そういうわけで、わたしは彼女のサロンに招待されました。その後で、わたしはそこに自由に出入りできるようになりました。

――その頃ハイデルベルクはどんな場所でしたか。

まず、そこは学生の町でした。学生たちが、オックスフォードやケンブリッジでむしろそうであったように、その情景を支配していました。町の人々は学生に部屋を貸すために使われました。そういうわけで、わたしも数年間、自分の面倒を見てくれたデュルザーメン嬢と一緒にメイン・ストリートに住んでいました。わたしは今でも小さな寝室とより大きな居間を自分の目の前に見るような気がします。

その頃、ハイデルベルクは依然として学生の連合体の支配下にあり、彼らは帽子をかぶり、自分たちの連合体の特徴である特別な色のリボンを身に付けていました。団体に属さない、いわゆる自由学生〔*Freistudenten*〕、もしくは自由主義の学生は、戦闘的な団体であったとしても、おそらく小数派であったでしょう。自由学生だけがマンハイムのところに行きました。左翼と右翼の間に完全な分離が存在していました。

――ユダヤ人として、あなたは色リボンを持つ学生団体のメンバーになれたのですか。

いいえ、なれませんでした。とはいえ、それを摸倣しようとしたユダヤ系の連合体があり、実際、わたしはブレスラウでは長い間その一つに属していました。しかし、それは重大だとは考えられていませんでした。それは、「決闘の申し込みによる名誉回復宣言」を要求する資格はありませんでした。[20] 自分のブレスラウ時代からわたしは、かつて自分がOBの一人の結婚式に出たことを覚えています。わたしは、最初の役員の一人に選ばれていましたので、帽子などのようなあのまったくくだらないものを身に付けなければなりませんでした。同僚とわたしはこの奇妙な制服をまとってシナゴーグの中にいました。「一つの中世から別の中世へと」と彼はわたしにささやきました。そういうことで、ドイツの学生の連合体に認められていないか、ほとんど認められていないユダヤ人が自らの連合体を、多かれ少なかれ他の連合体をモデルにして形成し、また、同時にそれについて冷笑するという非常に奇妙な状況があったのです。

もちろんハイデルベルクではそのようなことはまったくありませんでした。そこでは、われわれはまさに自由な学生でした。わたしはマルクスを読みながら多大な時間をすごしましたが、それは、自分がそれ以前にまったくマルクスを読んでいなかったからです。マックス・ウェーバーについて聞いてはいましたが、何も知りませんでした。だから、それはすべてわたしにとって新しかったのです。わたしは社会学の私講師になる決心をしましたので、その新分野に完全に方向転換せねばなりませんでした。

——**社会学について何を知っていましたか。**

ほとんど何も知りませんでした。最初にハイデルベルクに滞在していたときに、ヤスパースは、マックス・ウェーバーがいかに偉大な人物であるかということについてわたしに少し語ってくれましたので、わたしはすでにいくらか考えてはいました。そして、兵士としての、また、実業家としての経験を経た後で、わたしはおそらく実際の人生経験と結びついた研究分野にもっと近づきたいと思っていたのでしょう。その頃、ハイデルベルクは社会学者にとってある種のメッカでした。あの偉大なマックス・ウェーバーが死んだとはいえ、彼の未亡人はまだそこにいましたし、彼の弟であるアルフレート・ウェーバーは社会学の教授でした。

ドイツにはすでに社会学において相当な伝統がありました。ジンメル[21]について考えてみましょう。ユダヤ人であったということで、彼は、亡くなる少し前にようやく教授の地位を獲得しました。たとえば、レオポルト・フォン・ヴィーゼ[22]のような非常に有名な社会学者が三名ないし四名いました。社会学の開花は、帝政期の後期に始まりましたが、特にそれはワイマール共和国で向上しました。

——それをあなたはどう説明しますか。

ドイツ皇帝時代の後期には、社会学は、マックス・ウェーバーやジンメルやその他の人々のような自由主義的なブルジョア層によって推進されましたが、一方、ワイマール共和国ではマルクスに強く影響されていました。それはマックス・ウェーバーについても当たっていました。

——つまり、社会民主主義の台頭とともに——マンハイムのような人々がその思想においてマルクスに強く影響されていました。

しかし、ウェーバーは中産階級の対抗的社会学を発展させることを求めていました。マンハイムは、その知識社会学において、マルクスの教説の一面を取り上げ、それを社会学の一分野に移し替えました。そうです、ワイマール共和国における諸変化にともなって、左の、左翼がかった社会学が成長しました。

——ハイデルベルクに行ったとき、あなたは大志を抱いていましたか。

わたしは大学の教歴を求めていましたし、ハイデルベルクでは、社会学が自分にふさわしい道であることが相当明らかでした。それが大志と呼ばれうるのかどうかわたしには定かではありませんが、社会学こそ自分がうまくこなせる分野であることをわたしはかなり確信していました。

ハイデルベルクは、以前にも増して、自分の力量を自分の同時代人と張り合わせることができる場所、同じような知的レベルの人々との友好的な競争の中で、自信を取りもどすことができたり、あるいは打ち負かされたりする場所でした。

――あなたは自分の行く手により高い目標を掲げましたか。ドイツをもっと良い国にしたり、戦争が再び起こらないようにしたり、あるいはそれに類することをしたりすることですが。

わたしの当時の最も強い感情は、人間社会に蔓延している非常に数の多い虚偽に関するものでした。党派活動をしていた自分のすべての知人たちに同意することができませんでした。なぜなら、時々わたしが彼らに語ったように、そういう人々は嘘をつかざるをえなくなったからです。

わたしが本当に求めたのは、人々がもっと合理的に、もっとうまく行動できるように、社会に関するわれわれのイメージを包み込んでいる神話のベールを打ち破ることでした。というのも、こうした党派的思考によって、人々が物事を理解できなくなっていることが自分にとって明らかだったからです。したがって、すべての思想はイデオロギーである、というマンハイムの中心的な命題はわたしには非常に適していました。わたしがあちこちで抱いた感情――わたしが読んだものはすべて、わたしが議論において耳にしたことは何でも、願望の夢、願望の成就、汚名化[23]に満たされているという感情――をマンハイムはより統一的な形で表現してくれました。つまり、それは、わが人間社会について、できるかぎり現実的な知識を得ることがわれわれには必要である、という感情でした。

――あなたは特に党派的な感情を嫌っていたのですね。

わたしは、党派心ではなく、ごまかしが嫌いだったのです。私自身、党派的な人間でした。わたしは、彼らがイデオロギーで語らなければならない、という感情が嫌いでした。一つの点でわたしは実際、非常に早い時期からずっとマンハイムとは違っていました。すべてはイデオロギーであるという立場に彼がはまっていたのに対して、そのような点を越えて、イデオロギーではない社会像へと進みたかったのです。そして、わたしはそれをやり遂げたのです。

――あなたが非常に嫌ったような神話の例を挙げることができますか。

わたしは子供時代に最初の神話に出くわしましたが、その時、わたしはドイツ皇帝を見て、ドイツの栄光についてあらゆることを耳にしましたし、またブレスラウの保守的な新聞『シレジア新聞』〔*Schlesische Zeitung*〕を読みました。わたしは、おそらく大きな役割を果たしていたと思われる国家主義的な宣伝、戦争の宣伝にも出くわしました。というのも、わたしが戦線を見たとき、戦争を宣伝する新聞のいくつかが戦線について語っていることとは大きく食い違っていることがあったからです。またそれから、ハイデルベルクでは、左翼の党派的思考もほぼ同じく虚偽の理想化やイデオロギーに傾きがちであったことにわたしは気づきました。だから、このような概念の見せかけを打破するというわたしの感覚はずっと昔に遡るのです。

生物学、化学、物理学の研究を通じて、わたしは科学について堅牢な観念を持ちましたが、それからわたしが社会学の中で直面したことは、それとは対照的でした。その反面、わたしは社会学を愛しました。なぜなら、社会学はその種の躍進を約束してくれたからです。

ベールを剝ぎ取るこの必要性が、わたしの動機の一つであると考える場合、それは当たっています。多くの人々は今もなお、それ以前彼らがそうであったように、それに反対しています。わたしは、常に自分が誤解されていることを知っています。なぜなら、人々は、物事を、それが自分の願望と合致するように、歪曲するからです。わたしはそうしたことに賛同しません。

――あなたの思考方法はまったく反宗教的ですか。

もちろんそうです。あるいはたぶんそうではないかもしれません。宗教に反対しているわけではありません。わたしが提出する答えは、自分は迷信を信じない、というものです。実際わたしは宗教的な人々には寛大です。まったく反宗教的ではありません。でも、わたし自身は迷信的ではないのです。

――あなたの思考における目標はかなり野心的であったようですね。

そうです。それは野心的な目標ですし、わたしはその一部を達成したにすぎませんが、そのことでわたしは少し悲しい気持ちになっています。というのも、わたしの研究が続行されていくのかどうか、自分には確信が持てないからです。わたしはまた、これは単独の人間の仕事ではなくて、多くの世代の仕事である、と強く感じています。自分自身で多くのことが達成できるとは、考えていません。

自分には分からない理由で、自分は一連の世代の一部である、とわたしは非常に早い時期に感じていました。一連の世代の中で、わたしはわずかなことをやり、数歩前進するのです。それがわたしのできることなのです。わたしにはそうした資質があり、それゆえ、それをうまく利用する責任があるのです。わたしは現在でもなお同じように感じています。わたしは何かを理解し、それを可能なかぎり紙に書き留めねばなりません……それがそこからどれほど続くかは後の世代の問題です。

――どのくらいハイデルベルクに滞在しましたか。

一九二五、六年頃から一九三〇年までです。

――そして、あなたの主要な知的準拠点はマンハイムでしたか。

それを言うのは少しむずかしいです。なぜなら、わたしはまたマンハイムに批判的だったからです。彼をわたしの準拠点と呼ぶのは言い過ぎかもしれません。あらゆる場所で続いていた膨大な数の議論はわたしには重要でした。

――そのことであなたがそうした言い方をされると、時々やや無責任すぎるように感じられます。あなたは友人たちと語り、知的に刺激されましたが、災難がすぐそばに迫っていたのです。

いえ、災難が迫っていたと自分が考えていたとは思いません。わたしはちょうどクルト・ヴォルフによるインタビューを読みましたが、そこでクルトは、マンハイムが一九三三年に自分にどう言ったかについて語っています。「ヒトラーのこの全体問題が六週間以上続くことはありえない。その男は狂っている」とマンハイムは言いました。

それはわたしの意見ではありませんでした。なぜなら、おそらくわたしはあまりにも警戒心が強くて、そのようなきっぱりした発言をすることができなかったからです。しかし、わたしもまた、それが十年以上も続くとは思わなかったのです。いえ、ハイデルベルクではだれも災難が迫っていることに気づかなかったのです。

――国家社会主義者についていつ初めて聞いたのか覚えていますか。

確かに覚えています。アルフレート・ウェーバーの助手の一人が国家社会主義者でした。わたしは彼をよく知っていました。しかし、彼はわたしと同じく文明化されていました。われわれはみんな文明化されていたのです。もちろん通りでの喧嘩はありました。しかし、わたしは、学生の間でも最も突出した共産主義者の一人であるリヒャルト・レーヴェンタール[24]がハイデルベルク大学の大講堂の中で、小さな、ユダヤ人風の姿で立ちながら、学生組合に所属するすべての学生聴衆に向かって語りかけているのを今でも思い浮かべることができます。そういうこともまだ可能でした。彼には何も起こりませんでした。それに、まさしく文明化されたアルフレート・ウェーバーがいました。わたしは、彼が、これから何が起こるのか知っていたとは思いません。

――あなたの友人がすべて党員なのに、あなたがある党派の成員ではなかったのは奇妙ではないでしょうか。

しかし、わたしの見解をもってすれば、つまり、欺瞞を見抜く自分の必要性をもってすれば、どうしてわたしが党員でありえたでしょうか。彼らの政治綱領はすべて願望的思考に基づいていました。

――党員でなくして、あなたはいかに社会に影響を及ぼせるのでしょか。

そんなことについてわたしが考えていたとは思いません。自分の責務は虚偽を打ち破ることだと認識していました。

――自分自身の政党を設立したいとは思わなかったのでしょか。

とんでもありません。そんなことは思いもよりませんでした。これはとんでもない。それはばかげた考えです。まったくばかげています。

――われわれがまるであなたを侮辱したかのごとく、あなたは反応されていますが、お詫びいたします。でも、あなたは実際に社会に影響を及ぼしたいと考えておられたのですよね。

はい、その通りです。でも、現実的な社会に関するある種の知識を確立することで、そうしようとしました。それがわたしのやり始めたことでした。

――人々があなたの思想を共有することをまた望まなかったのでしょうか、彼らを納得させるために。

お分かりのように、振り返ってみれば、あなたの質問は非常に合理的に見えますが、それがどうなるかについて詳しく自分が考えたとは思いません。わたしの仕事は違っていました。

――ナショナリズムはあなたが仮面を剝がしたいと思った重要な神話でしたか。

ナショナリズム、共産主義など何でもです。

――すべてのイデオロギーは神話です。

そうです。『社会学とは何か』というわたしの本の中に、「神話の破壊者としての社会学者」という章があります。その章がそれを簡潔に表現しています。

――人々には神話が必要である、と思ったことは決してありませんか。

あります。が、その場合、人々は、わたしがそうしたように、詩を書くべきです。わたしもまた神話を必要としています。さらにまた絵画も必要です。

――でも、人々は日常生活で神話を必要とします、彼らの政党、国家、サッカー・クラブについての神話を……

人々は本当に神話を必要としますが、それは彼らの社会生活を調整するためではありません。

神話がなくても人々はともにようまく生活するだろう、というのがわたしの確信です。神話はいつも復讐をともなってわれわれにもどってきます。

——ということは、神話は社会生活に不可欠である、という考えに賛同しないのですか。

なぜ不可欠であるべきなのでしょう。確かに、現実にはいくつか極度に不快な側面があります。たとえば、人生にはまったく意味がないという事実です。しかし、人間はそれに立ち向かいます。なぜなら、人生に意味を与えることが人間の努力の条件だからです。人間だけがお互いにそれをすることができるのです。こんなふうに理解すれば、一定の意味を持つ幻想は有害です。

——あなたは幻想が嫌いですね。

どういう意味でしょうか。幻想は好きじゃないということでしょうか。幻想が有害であることはわたしには分かっています。なぜあなたがたはそれを、好きか、嫌いかに移し替えるのでしょう。それはどんな種類の言葉ですか。わたしは知識に言及しているのです。

もしあなたが、幻想なくして人は生きられない、と言ったのであれば、それは何か違ったことです。

——神話と幻想の間には截然たる差異があるのでしょうか。

その違いは、あなたが、それが幻想であることを知っているかどうか、それを現実と見なすかどうかです。後者の場合、あなたがた自分自身を欺くことになり、もちろん、そんなことをすべきではありません。自分自身をごまかしてはいけませんし、自分自身の神話で他者をだましてもいけません。

われわれは神話の森の中に住んでおり、現在、重要な仕事の一つが森をきれいにすることだと、わたしは非常に真面目に考えています。大掃除をすることです。それが本当になされるべきなのです。

――一九二五、六年頃にあなたが最も興味を持っていたことは何でしたか。

ちょっと考えさせてください。わたしは集中力を得るために非常につらい努力を強いられたことを記憶しています。さらに、ゴシック建築やあらゆる風物の社会学に関して、マリアンネ・ウェーバー[25]のサロンで講演をしたことも記憶しています。わたしはゴシック建築に集中しました。なぜなら、それはドイツでは少なくとも町の発展と明らかに関連がありえたからです。個々の町が他の町よりももっと高い塔を建てることを目的としていました。われわれはたいていそれを、天に向かって上昇する努力と見なしていますが、現実にはそれは競争でした。

同時にわたしは前科学的思考から科学的思考への変化の社会学に関する研究を始めました。こうした理由があって、わたしはフィレンツェに行きました。というのも、わたしはフィレンツェを全体的発展の焦点と見なしていたからです。初期のガリレオや、マサッチョ、ウッチェロなど、わたしが実験的画家と呼んでいる画家仲間――たぶん彼らについてはご存知でしょうが――に関する文章上の記録を探していたことを記憶しています。彼らは分岐点、つまり、遠近画法で仕事をした最初の画家でした。そこでもまたわたしは、いかに人々は神話的な思考から科学的な思考へと移っていくのかという一般的な問題に興味を持っていました。社会学において、われわれは前科学的局面に固執している、とわたしは今でも思っていますし、こういう理由で、その別の分岐点に興味を抱いたのです。それは、どのようにして彼らは十五世紀初期において、二次元の画布の上に三次元的空間――現実――を初めてうまく表すことができたのかという問題です。

――これらの主題は当時のハイデルベルクでは価値のあるものと見なされていましたか、それともむしろ風変わりなものと見なされていましたか。

価値のあるものと見なされていました。アルフレート・ウェーバーはわたしが提示した自然科学の始まりに関する論文を快く受け入れてくれました。

――あなたがハイデルベルクにおられた五年のうちにドイツは大いに変わりましたか。

そうです、もちろん暴力が増加したことが目に留まりました。国家社会主義者と共産主義者の間で展開される市街戦での暴力です。でも、その両方ともわたしには無縁でした。彼らはまさに迫りくる野蛮人でした。われわれが気づいたことは増大する憎悪でした。

――その数年間は安全だと感じましたか。

まったく安全でした。つまりハイデルベルクでは。フランクフルトではそうではありませんでしたが、それも一九三〇年以降のことでした。

――政治的に言って、一九三〇年のドイツはどんな感じでしたか。

ドイツは深く分裂した国であり、人々はそれを意識していました。一方では非常に強力な労働者階級の運動がありました。それは、とりわけ社会民主主義者や労働組合の運動であり、大学やその他の場所にいる知識人仲間をともなっていました。また、他方では中産階級、中上流階級の強力な陣営があり、彼らは、今日ではほとんど想像もできないほどの憎悪でもって、社会民主主義政党に反対していました。だから、左翼的な見解を持った人間が、バイエルンのような地方の裁判所で政治的な問題が介在した場合、公平な発言機会を得ることがむずかしかったことが知られていました。

右派は自分たちの権力をこの上なく意識しており、そのため、権力バランスが彼らの都合のいい方に徐々に傾いていくのが見られました。第一次世界大戦終了後間もなく、社会民主党、あるいはおそらくまた自由主義者が非常に強力になった反面、ワイマール共和国時代には全体的に、右派への漸進的な変動――それがシュトレーゼマン[26]のドイツ国民党〔Deutche Volkspartei〕に代表される比較的穏健な右派であれ、あるいは極右であれ、もしくはまた右派へと向かいつつあったカトリック中央党であれ――がありました。

実際、国が二分されていました。それは、大学での政党領域で異なった地位についている人々がお互いに口を利かない、ということを意味していたのではありません。そうではなくて、右派の権力が徐々に増大してくのが感じられました。それでも、わたしの仲間のだれもが、後に起こったようなことをちっとも想像しなかったのです。

このような全体的雰囲気は、その当時実現が可能であった文化的業績に対するある種の高揚感と並行しました。マンハイムとわたしがフランクフルトに来たとき、われわれはきわめて活気のある、また非常に生産的な知識人サークルの中心にいました。つまり、文化的にはそれは大いに生産的な時代でした。フランクフルトにおける偉大な名前には、精神医学者のゴールドシュタイン[27]、ゲシュタルト心理学の主要な提唱者であるヴェルトハイマー[28]、経済学者のレーヴエ[29]が含まれていました。それはきわめて刺激的な風土でした。われわれは、議会政治の権力バランスが右派の方へ徐々に推移するといった状況以上のものがあるなどとは想像しませんでしたし、われわれの全生活が即座に脅かされるとは感じませんでした。われわれは、個々がそれぞれの分野で、非常に実り豊かな未来に夢を馳せて研究していました。

――**脅威の前兆はまったくなかったのでしょうか。**

一九三二年になってようやくわたしは、本当の脅威がありうるのではないか、と感じ始めました。なぜなら国全体に個人的な軍団が溢れていたからです。それは想像もできない何かです。共産主義者は個人的な軍団を持ち、社会民主主義者も個人的な軍団を持ち、ナチスには独自の「突撃隊」が、保守的なブルジョアジーにも独自の「鉄兜部隊」がありました。いわゆる「集会場戦争」という形で、暴力の脅威が増大しているのを自分が一九三二年に知ったことを、わたしは非常に明確に覚えています。もし共産主義の演説者がビアホールで演説を望んだとしましょう。すると、そこにナチ党員が現れ、集会をぶちこわしたのです。さらにその逆もありました。もっと穏健な個人軍団はそこまではやりませんでしたが、でも、彼らが通りを歩き回っているのが見られました。たとえば、それは「鉄兜部隊」です。どちらかというと制服を着た屈強な男たちでした。

ワイマール共和国の歴史を考慮する際に、わたしは、国家の暴力独占の崩壊に十分な注意が払われてきたとは思いません。さらに、なぜそれが崩壊したのかが非常に明白に理解されます。なぜなら「国防軍」、つまり軍隊そのものがすっかり右翼に支配されていたからです。それは国家の中立的な手段ではなくて、右翼の手段でした。

——政治的領域におけるあなた自身の立場はどうでしたか。

どうでしょう、わたしは右翼の人間ではありませんでした。わたしの友人はみんな左翼がかっていました。そして、この対決の中でわたしは左翼に共感していました。

――どちらの政党に投票しましたか。

投票しませんでした。

――どうして投票しなかったのですか。

なぜなら……わたしにとって政治家の言葉はあまりにも明らかに、誤っていると分かるような主張で満たされていたからです。わたしはもちろん、その戦いの中で左翼が行ったことにまったく共感しました。しかし、左翼のイデオロギーは非現実的でした。社会民主主義者や労働組合は――わたしの父親のように――立憲国家の価値を信じていました。つまり、権利が常に問題を解決し、暴力が国家の中で占める場所はない、ということを彼らは確信していました。だから社会民主党は共産主義者に反対していました。彼らは革命を望んでいませんでした。彼らは暴力を使いたくなかったのです。

わたしは、自分の状況把握について話をするためにある日、労働組合に出かけたことを非常に鮮明に覚えています。個人的な軍団が徐々に議会選挙よりも重要になっていることを指摘しました。次のような質問によってわたしは自分の短い話を劇的な形で終えた。「紳士諸君、もしあなたがたが攻撃されたら、このすばらしい組合の建物を守るためにどんな手段を講じますか」。深い沈黙がその答えでした。もちろん、わたしはなぜか知っていました。そして、それから彼らはそのこと――そのような不測の事態を彼らは決して想定しなかったということ――

を認めた。たぶん、そのことで、全体的な状況がいくらか分かるでしょう。

――あなた自身は立憲国家の意義を信じていましたか。

いいえ、信じていませんでした。わたしの現実感覚によって、信じるのを止めました。わたしはすでに、自分の思考において後でもっと大きな役割を果たすことになる何かを理解するようになっていました。つまりそれは、物理的権力の保証がなければ、法の機能は不可能であるということです。

――ということは、あなたはむしろ権力の価値を信じていたのですね。

わたしは権力の価値を信じていたのではなく、その状況を社会学的に、現実的に評価しました。お許しください。そのような形でそれを表現することはわたしには許容できません。権力の価値など信じていません。

――たぶん「信じる」という言葉は正しくないかもしれませんが、ともかく、権力が決定的であった、というのがあなたの意見でしたね。

物理的権力、というべきでしょう。いずれかの種類の物理的暴力の支えがなければ、法律は機能することができないし、物理的権力の支配がいったん崩されると国家は機能できないということをわたしははっきり理解しました。さらに、わたしは――今日の歴史家がそれを理解するよりもおそらくもっと明らかに――ドイツにおける全体的な権力バランスが変化しているということを理解しました。なぜなら、軍隊が伝統的な保守派に支配され、政府の手段になっていなかったからです。

――これらの問題についてあなたは他の人々と多く語り合いましたか。

いいえ。でも、わたしは、労働組合と議論を交わすほど十分この問題を真剣に捉えていました。そして、彼らはこう語りました。「われわれは不利な立場にある。なぜなら、わが個人軍団（黒・赤・金のドイツ国旗党）には職業軍人が十分いない――すべての職業軍人は別の陣営にいる――からであり、その理由は、われわれにはお金が十分ないからでもある」。それから、彼らは、自分たちの軍隊を標準に到達させるために、金持ちのユダヤ人からわたしがお金を彼らに調達できるかどうかという質問を切り出しました。「すみません、わたしは金持ちのユダヤ人の間によい縁故をまったく持っていません」と答えました。

――あなたがもっと政治的に関与しなかったということをわれわれは実際、奇妙だと感じています。そんなに危険な時代ではそれはむずかしくはなかったのでしょうか。

さて……自分が多くの相違を作り出すことができるなどという幻想は持ちませんでした。

――でも、あなたは新聞の記事を書いたり、それに似たようなことをおやりになったりしませんでしたか。

わたしは政治家ではありません。それに、そのような活動の多くを自分が幻想と見なしていたことを、あなたがたは理解できませんか。わたしはそのような幻想を共有しませんでした。

——そうしたことは合理的で知的な動機です。感情的にはそれはむしろ違ってはいませんか。

わたしの感情は、現下の幻想の罠に自分が引っかからないようにすることに向けられています。そこにわたしは非常に専念していました。わたしは「合理的」という言葉を避けます。でも、現実的な行動とあまり現実的ではない行動の区別はできます。そんなふうにわたしは行動を理解したいと思います。

——あなたは厭世主義者でしたか。

いいえ。厭世主義も楽観主義もまた適さない範疇です。わたしはそのようなものと共同作業はしません。それらは、もしわたしがそう言ってよければ、あまりに粗雑すぎます。わたしは厭世主義者でも楽観主義者でもありませんでした。わたしはできうるかぎり現実的になろうと努めました。

——あなたは民主主義、議会制度に忠誠を感じましたか。

「民主主義」というものについて語ることはなかったかもしれませんが、もちろん、わたしは独裁には強く反対していました。

——あなたがなぜかくも超然たる態度でいられたのかを理解するのはまだむずかしいのですが。

わたしは超然としていたわけではありません。わたしは可能なことをやりました。あなたにどんなことができたでしょう、とわたしがあなたがたに尋ねても、どうかそれを誤って解釈しないでください。

――少なくとも投票できたかもしれませんね。

そうしたとしても、自分は何かをやったのだという幻想を持っていただけかもしれません。

――それは少なくとも民主主義では最低限の行動でしょう。

さて、そのような状況では投票が最も重要なことであるのは明らかでした。それは感情的な救済を与えてくれたことでしょうが、それ以上のものではありません。

たぶん、今日、それはオランダでは違っているでしょう。でも、当時としては、暴力という戦略を考慮する意義に注意を引くことは非常に現実的でした。それはまったく超然たる態度を取るということではありませんでした。

――あなたは自分の人生において投票したことがありますか。

たぶんあるとは思いますが、今は思い出せません。確実なのは、自分はイギリスでは選挙をしていない、ということです。人生の晩年にわたしはようやくイギリス国民になったからです。ドイツでも事情がいつもそうであったのかどうかわたしにはもはや分かりません。しかし、わたしは大いに関心を抱きながら政治的な大会について行きました。ヒトラーがフランクフルトで演説をしたとき、わたしも一緒に行きました。

それは一九三二年の終わりか一九三三年の初頭であったに違いありません。ヒトラーによる大きな演説が告知されていましたので、わたしは好奇心に燃えてぜひ生身の彼を見たいものだと思いました。でもそれは危険でした。なぜなら、自分はユダヤ人として容易に識別できたからです。一方で、わたしの風貌は、適当に変装すれば貴族として通用する可能性もありました。メガネをはずし、単眼鏡を目にはめ込み、小さな狩猟用帽子をかぶり、違った服装をすれば、わたしは別人になっていました。そういうわけで、わたしは、二人の大柄な、顔立ちが非常にアーリア系に見える学生に付き添われて、ナチ親衛隊の列の間を歩いていきました。

それはとても魅惑的でした……ナチ総統は、興奮している群集を二時間待たせました。彼らは愛国的な歌をうたい、わたしも時々口を動かさなければなりませんでした。なぜなら、そうすれば、わたしはそこで静かにすわっている唯一の人間になることはなかったからです。一度、わたしは集会からしばらくの間、離れ、それから、国家社会主義者である別の参加者と突然、顔と顔を見合わせることになりました。彼は後ろに飛びのきましたし、わたしもそうしました。それから、わたしは、彼がそうしたように、肩越しにちらりと見て、歩き去りました。それは非常に奇異な瞬間でした。しかし、ついにナチ総統が到着しました。彼は実際、まれに見る名演説家でした。とりわけ、一つのことがわたしの心の中に残っています。それは彼が最後に子供たちを祝福したあのやり方です。あんなことをこれまで見たこともありませんでした。総統は、子供たちを彼のところに来させ、彼らの頭に手を当てて、そして彼らに語りかけました。すると、群集が熱狂的に叫び声を発しました。

わたしは自分自身の方向を定め、理解力を身に付け、自分自身の目で見るためにそのような集会に出かけました。

――ヒトラーはその演説でユダヤ人について何か言いましたか。

ヒトラーは「汚いユダヤ人」について反ユダヤ主義的な言葉を二言三言、吐きました。でも、彼はユダヤ人を皆殺しにしたいなどとは言いませんでした。個人としてわれわれはほんのわずかなことしかできない、といった感情をわたしは、あなたがた以上に持ちました。そのときでさえも、ある種の相互依存の連鎖という観念を持っていました。つまり、いかに個人は、他者との相互依存に縛られているかということです。

――ヒトラーが何について語ったか思い出せますか。

いいえ、詳しくは思い出せません。彼が栄光ある未来について語ったことを覚えています。偉大なドイツがどうなるか、現在の体制がいかに有害であるかということを彼は話しました。

――ヒトラーの演説を聞いたとき、強烈な感情があなたの中で湧き上がりましたか。

彼を危険だと思いました。非常に危険だと感じました。

――怖かったのでしょうか。

そうは思いません。

——ヒトラーがまだ権力の座についていなかったからでしょうか。

彼らが権力を掌握したときも、本当は怖くはありませんでした。もし怖かったら、集会など行かなかったでしょう。想像してみてください。だれかがただ、あいつはユダヤ人だ、と叫びさえすれば、わたしは叩きのめされていたでしょう。わたしは何が起こっていたのかぜひ知りたかったのです。そういう気持ちには怖さはともないません。

——何が起こっていたかどうして知りたいと思ったのですか。

なぜなら、それは人間の最も重要な仕事の一つである、とわたしは思っているからです。もし人間が自分自身の生活を現在よりももっとうまく調節したいと思うなら、物事がどのようにそれぞれ関連し合っているか知らなければなりません。つまり、わたしはそれをまったく実践的に考えているのです。というのは、そうでなければ、われわれは間違った行動をするからです。現在の人々の不幸全体は、人々がしばしば非現実的な観念によって導かれているということです。

——どんな非現実的な観念でしょうか。

かつては共産主義に賛同する大いなる熱意がありました。そのために人々は自分の人生を犠牲にしました。それからどのような結果が生じたか確かめてみてください。自由主義への熱意もありました。アメリカの大統領や経済学者は自由主義の意義を信じています。それによって、彼らはもっとうまく経済的害悪を改善できるのでしょうか。理想に依拠して彼らはまるで答えを知っているかのように行動しています。が、彼は実際、経済制度もしくは国家がどうのように機能しているか知らないのです。

自分が発見することを怖がらないわたしのような人々がもっといるべきです。もし自分自身について現実的に考えると、自分は何か不快なものを知るのではないかと人々が恐れているのは明らかです。フロイトを例に挙げてみましょう。彼は、彼自身のやり方で物事が実際どのようなっているのかを、人々が彼の前で語ることを無視して、知ろうとしました。そして、これが、社会科学における——自然科学でもそうですが——科学者の仕事です。それが科学者の精神なのです。

——政治に話をもどしましょう。あなたの大学の同僚の多くが一九三三年までに姿を消したのですか。

そうです。学生もまた姿を消しました。われわれの学生の多くは左翼であるか、あるいは非常に右よりでした。疑いを招くような書類が残されているかどうか調べるためにわが学部に立ち寄るべきだということにわたしが突然気づいたのは、一九三三年の二月であったに違いありません。そういうわけでわたしは学部にもどり、さらに「左翼学生グループ」のメンバー・リストを見つけました。学生たちの名前の完全リストのような不利な物がたくさん散らばっていました。何日か経った後で、ナチ親衛隊が学部を自分たちに引き渡すようわたしに迫ってきたとき、親衛隊は何も探せないことが分かっていたので、わたしは無礼な態度を取りました。彼らはわたしを連行しようとしてわたしの部屋に来ました。それから、わたくしことノルベルト・エリアスは、無蓋ジープでフランクフルトの町を抜けて連れて行かれました。わたしのそばにはナチの旗がありました。わたしは学部の責任者でしたので、鍵を持っていました。わたしはまだその時の光景を目の前に思い浮かべることができます。親衛隊の副官が本棚を見て、「ああマルクスか、もちろんこいつらは汚い共産主義者だ」と言いながらマルクスを取り出しました。「本当のところあなたは何を探しているのか」と彼に尋ねると、「おまえには関係ないことさ」と答えました。

それはいわゆる「マルクスブルク」——有名な社会研究所の建物——でした。そして、そこではフランクフルト大学社会学部が一階を借りていました。わたしが鍵を渡すと、彼らは研究所の建物に再度入るように厳しくわたしに命令しました。それからわたしは帰宅を許されました。

——そこにもどりましたか。

一週間後にわたしは裏の入口で門番に話しかけました。すると彼はナチが地面を掘っていたとわたしに告げました。ホルクハイマーの周辺にいるグループに属している建物は、社会民主主義者の「国民の声」〔*Volksstimme*〕[30]の反対側に建っていました。そういうわけで、ナチは――ちょうど探偵小説にあるように――「国民の声」とホルクハイマーの研究所の間に地下道があるに違いないと考えたわけです。それはまったくばかげたことでした。なぜなら、ホルクハイマーは社会民主主義者ではなかったからです。想像力はそのような線に沿って駆け巡ったのです。

給料が一九三三年十月まで支払われていましたが、そのときにはもうわたしはもう助手ではありませんでした。でも、おそらく大学がそれを整えてくれたのでしょう。

――いつドイツを去ることを決心しましたか。

一九三三年の三月ないし四月に違いありません。わたしは、学生であり、かつわたしのよき友人でもある人と一緒に計画を練りました。大学の職をわたしが得られるようにスイスまで彼女が車でわたしを送るというのがその計画でした。彼女はグレーテ・フロイデンタール[31]という名前で、車を持ち、実際にわたしをバーゼル、チューリヒ、ベルンまで連れて行ってくれました。そして、そこでわたしは自分が知っている数少ない人々に、職を得ることができるかどうか尋ねましたが、無駄でした。

自分がいつドイツを去ったのかもはや正確には分かりません。最初にわたしは両親を尋ね、それからパリに行ったと思います。

——両親はあなたの決定について何を言いましたか。

ともかく、両親はわたしの成功を祈ってくれました……そういうわけでわたしはパリに向けて旅立ちました。それから一九三五年にパリを去りました。なぜなら、フランスの大学で職を得る見込みは自分にはなかったからです。

——その二年はあなたの生活の重要な部分でしたか。

それを言うのはむずかしいところです。あれは自分の生活の非常に刺激的な部分でした。それはつまり、自分の力を頼りに完全に出直すことなのです。カフェでぶらぶらしているだけで、自分の人生の計画も立てられなかったのです。

——お金をいくらか持っていましたか。

父親がわたしにいくらかくれたに違いありません。それから、わたしは玩具工場を開き、何台か機械を購入しましたが、持っていたお金をすべて失ってしまいました。わたしはパリの店を訪問し、その店にわれわれの製品を売ろうとしました。車付きの象やばね人形がありましたが、詳しいことは忘れました。

——モデルは自分自身で考案しましたか。

いいえ。わたしには二人の相棒がいました。労働者階級で、ドイツ出身の共産主義者でしたが、彼らも去っていきました。そのうちの一人はルートヴィッヒ・トゥレック[32]という有名な作家で、もう一方はフランクフルトから来たわたしの知り合いでした。彼は絵を描き、デザインもできた彫刻家でした。ありとあらゆる種類のすばらしい出来事もありました。わたしはトゥレックがアンドレ・ジッド[33]に紹介されたのを覚えています。純粋なドイツのプロレタリアと非常に洗練されたジッドとのこの出会いはとても魅力的であったに違いありません。そのことについてトゥレックは後でわたしに語ってくれました。

われわれ三人はこの事業を元に約九か月間暮らすことができました。わたしの仕事は販売で、どのモデルが一番よく売れるかを決めることでした。なぜなら、店まわりをしていたので買い手が分かっていたからです。

同じ時期にわたしは二つのエッセイを書きました。それらはわたしのまさに最初のものというわけではありませんでしたが、印刷されたほぼ最初のエッセイでした。キッチュ様式に関する作品と[34]、もう一つは「ユグノー派のフランスからの追放[35]」でした。そして、それらはともかく出版物として刊行されましたが、そのうちの一つはオランダで刊行されました。クエリード出版〔Querido Verlag〕はある種の亡命者の雑誌を持っており、それはクラウス・マン[36]が編集していました。さらに、わたしはクラウスにパリで偶然会っていました。その折にクラウスはわたしに、彼のために何か書いてくれと依頼しました。

わたしはまたオランダの基金〔Steunfonds〕からフレーダ[37]教授を通して助成金をもらっていましたし、高等師範学校とつながりがありました。が、彼らにはお金がありませんでした。

――ドイツを去って寂しく思いましたか。

どうでしょう、わたしはいつもフランスを深く愛していました。フランス文化が好きでしたし、その頃は訛りのないほぼ完璧なフランス語をしゃべっていました。ところが、イギリスでは違っていて、そこではわたしのドイツ語訛りは消えませんでした。わたしはフランスを愛し、パリを愛していましたが、そのためかえって、フランス人がだれも自分を家に招待してくれないということがわたしを落胆させました。彼らはまったくそんなことをしないのです。あるいは、むしろそのうちのわずか一人しかわたしを招待してくれなかったとも言えましょう。アレクサンドル・コイレ[38]というユダヤ系ロシア人の血を引く、優れた思想史家でした。わたしはいくぶん彼に接触しました。

――パリのどの区域に住んでいましたか。

おそらくモンパルナスだったと思います。わたしはホテルに住んでいました。バスティーユの近くにあるアパッシュ・クラブにダンスをしに行ったり、モンパルナスのカフェにすわったりするのもとてもすばらしかったです。安いレストランでおいしいものも食べられました、あらゆる人——フランス人を除いて——に会えました。しかし、同時に非常にむずかしい時代でもありました。自分のお金を使い果たしてしまったために、わたしがひもじい思いをした唯一の時代でもありました。

それでも、われわれは意気消沈しませんでした。お金が続くかぎり、われわれは単に日々をすごし、最善を望んでいました。お金をまったく持っていなかった二日か三日のことを覚えています。カフェでわたしの隣にすわっている知り合いのだれかに、コーヒーとロールパンを買ってくれないかねと尋ねました。

——どうしてフランスを去ったのですか。

そこの状況が絶望的になったからです。未来がありませんでした。その頃イギリスに住んでいたブレスラウ出身の友人二人が、イギリスに来ないか、とわたしに尋ねました。そして、わたしは、だめだ、英語がぜんぜんしゃべれないから、と答えました。せいぜい英語が少し読めただけでした。それでもわたしはそこへ行きました。わたしは両親を訪ねましたが、お別れのプレゼントとして父親が手動式タイプライターを買ってくれたことを今でも鮮明に覚えています。わたしはまだそれを持っています。それをイギリスにもって行きました。それは一九三五年のことでした。戦争が始まる前にわたしがドイツにいた最後の年でした。

——おそらくそれはあなたが両親にお会いになった最後の年でしたね。

いえ。彼らは一九三八年にロンドンにいるわたしを訪ねてきたのです。信じられないことだとは思いますが一九三八年に彼らは来たのです。そんなことがまだ可能だったのです。

――最後のドイツ訪問でドイツはずいぶん変わったと思いましたか。その時までにはさらに多くの国家社会主義者がいたでしょう。

その通りです。とはいえ……ドイツは大きな国です。たぶん通りではもっと多くの鉤十字が見られたと思います。でも国家社会主義者ではない他のすべての人々もそこにいました。

――たとえば、ドイツの国境で不愉快だと思われるような扱いをされなかったでしょうか。

ドイツは非常に整然とした国です。その頃、状況はとてもよく整っていました。市街戦があるときにはむき出しの暴力が見られました。しかし、彼らが権力を掌握した後は、ドイツは再び整然とした、立憲国家になりました。

――国家社会主義のドイツですか。

自分では明瞭に表現できません。ドイツの状況はまだよく整っていましたし、ドイツは、いかなる害もわれわれに及ぶことはないような立憲国家であるという感情が深く根ざしていました。考えてもみなさい。わたしの両親でさえドイツを離れるほどには怖がってはいなかったのです。

――ドイツは危険な国という感じではなかったのですか。

ドイツはまったく恐ろしいものでした。もちろん、ひどいものでした。独裁者であるヒトラー……彼は本当に軽蔑されていました。この男がドイツを支配しているのは良くないことでした。でも、それは、わたしの両親のような人々が――あるいはドイツ中を旅していたときのわたしのような人間が――自分の生活に激しい脅威を感じていたということではありませんでした。お分かりでしょうが、国家社会主義者自身は徐々に「最終解決」という考えにいたったにすぎません。最初から彼らは「ガス室」を計画していたのではありません。それは段階的な過程だったのです。だからわれわれはそのことをうすうす感じとれなかったのです。

――あなたの両親がロンドンにいるあなたを訪ねたことはとても信じられません。ロンドンにいれば安全だったのに、両親はもどっていかれたのですね。

彼らは「なぜわれわれがどこかへ行かなければならないのか。われわれの友人はみんなブレスラウにいるが、ロンドンにはわれわれが知っている人はだれもいない」と言いました。わたしはまだ父親のあの言葉をありありと覚えています。彼は「自分は何も悪いことはしていない。彼らがわたしに何ができるのかね」と言ったのです。

わたしは両親に留まるよう懇願しました。わたしは彼らがブレスラウに帰ることを望みませんでした。なぜならあそこにいると彼らは危険だとわたしは感じたからです。わたしは一生懸命、両親に懇願しました。でも、両親はわたしの言うことを理解してくれませんでした。両親は歳をとっていましたし、ブレスラウでの生活に慣れていました。そのような人々の生活の根を切り取ることはできません。わたしは今日でも、両親を説得できなかったことで自分自身を責めます。父親は「どうして自分がここで生きていかなければならないのか」と尋ねました。自分が両親を助ける、自分はもっとお金を稼げるように頑張る、としかわたしには答えようがなかったのです。

――あなたはむりやり父親を説得できなかったのですね。

はい、できませんでした。両親を見たのはそれが最後でした。わたしはまだ非常に鮮明に覚えています……もちろん、わたしはそれを克服することはできないでしょう。それから立ち直ることはできないでしょう。

――つまり、あなたは両親が留まることがいかに緊急の問題であったかということに気づいておられたのですね。

はい。それは一九三八年のことでした。一九三八年には当然われわれは知っていました……「水晶の夜」[39]がすでに起こっていました。ありとあらゆる種類の忌まわしいことが起こっていました。でも、強制収容所については何も分からなかったのです。

――しかしダッハウはすでに存在していましたね。

ユダヤ人はまだ組織的に追放されてはいませんでした。

た。

――ダッハウは政治犯の収容所でしたか。

それは別にして、わたしは文明化の過程について自分の本を書くことに深く没頭していました。

――そういうことで、あなたは両親とは二度と会えなかったのですね。

一九四〇年に母親は、父親が死んだことを知らせるためにわたしに手紙を書きました。母親はわたしに手紙を書いてくれ、それをまだわたしは持っているのです。それから母親は姿を消しました。アウシュヴィッツに向かったのです……ちょっと失礼させてください。

――あなたはいつ、どこで文明化の過程に関する本を書くことを決意されたのですか。ドイツだったでしょうか、それともパリだったでしょうか。

その質問に答えるには、ある奇妙なディレンマについて何かを言う必要があるでしょう。それは、われわれが自分の人生行路から完全にはずれた場合に、陥るディレンマです。一方でわたしは、そのことについて研究し、自分自身のために経歴をもう一度切り開かなければならないということを知っていました。わたしはまだ若かったので、それが十分できたのです。他方、パリにいてさえも、日々生活しなければならないことは実に楽しいものでした。それは自我理想〔ego ideal〕とは反するものかもしれません。でも、そのような生活にはそれ固有の愉快な一面があります。それはまるで重荷が取り外されるような感じです。

わたしがロンドンに着いたとき、わたしには当然、収入がありませんでした。しかし、わたしを喜んで支援してくれるユダヤ人の亡命者委員会がありました。わたしは委員会に、本を書くのに十分なお金を払ってもらえれば、それだけで自分の生涯の仕事にもどることができる、と告げました。委員会は、それはまったく非現実的だと答えました。なぜなら、わたしの英語力はまだ非常に貧しかったし、本をドイツ語で書かなければならなかったからです。最終的に委員会は、飢えない程度の、部屋を借りられる程度の小額のお金をわたしに割り当ててくれました。それがほぼすべてのいきさつでした。

――ロンドンに住んでいたのですね。

はい。わたしは大英博物館の読書室、現在のブリティッシュ・ライブラリーを見つけました。そして、それからずっとわたしの生活は、朝早く起きて、まる一日を大英博物館で――近くのカフェで軽食を食べながら――すごすということになりました。もちろん何人か友人もいました。それはわたしが非常に楽しんだ生活でした。差し当たり自分に未来がないことは分かっていましたが、わたしは大英博物館で、あるいはもっと正確に言えば、図書館のカタログの中で本をあれこれ探すことができました。そして、自分にとって面白そうな本のタイトルを見るたびに、その本を請求して、読みました。自分は何について書くのかということについての考え

中年期のノルベルト・エリアス

は、最初はあいまいでしたが、本を拾い読みすることで徐々にわたしは、非常に有望に思われる手がかりに近づきました。

――あなたの考えはどちらの方向へ向かいましたか。

それは非常に不明確なのですが、わたしはたくさんの知識を獲得し、それが、本を読んでいる際に、豊かな連想を生み出してくれました。そうしてわたしはエティケットに関する本に出くわしました。わたしはかつてそのうちの一つを偶然、請求したことがありました。それはクルタン[40]だと思いますが、わたしはその本がきわめて面白いものだということに気づきました。それが面白かったのは、今日の心理学者が、われわれは現在の人々の態度を判定することによってようやく納得のいく人間の行動状況に到達でき、一方、過去の人間の行動基準からは何物も――信頼できる何物もまったく――推論できないという見解を採用していることをわたしは知っていたからです。今やわたしは突如として、基準が過去の時代にはいかに違っていたかを示す、また、基準がどのように変わったかについて信頼できる言及を可能にする資料を獲得したのです。

そういうわけで、わたしは自分の書である『文明化の過程』を書き始めましたが、その際わたしは、本書が、人間の態度や行動を調べる今日の心理学者の研究の高まりを暗に批判するであろうということを明確に意識していました。というのも、学究的な心理学者――フロイト派ではない――は、今この場でだれかがわれわれの目の前にいなければないとか、アンケートやその他の量的手段で人間の態度を測定し、それについて何か確かなことが言えなければならない、と固く信じていたからです。しかし、この方法によれば、もちろん現在の基準を、発展してきた何かとして捉えることはまったく不可能なのです。このような心理学者たちは、現在の人々が係わっているテストの結果によって、まるで自分たちは人間一般についての直接的な結論を下すことができるかのごとく、いつも研究し続けていました。

これが間違っていることを、また、それが単に物理学や生物学の研究方法を人間に応用する試みであることをわたしはまったく確信していました。人間の変化の全過程が視界から隠されています。それがわたしの重要な経験であったと、わたしは言いたいのです。

――本を請求するのにどのようなキーワードを使いましたか。

面白いタイトルに出くわした場合には……フランクフルトではすでにわたしはフランスの十八世紀を研究しており、『宮廷社会』の最初の草稿を書き上げていました。したがって、わたしは最初から行儀作法に興味を持っていました。

さらに、大英博物館では、わたしは完全にくつろいだ気持ちでいました。六か月後には定期的使用者のおよそ二〇パーセントを知りました。年取った、いく分太ったカトリックの司祭を覚えていますが、この人はわたしと同じく図書館の定期的な利用者であり、カトリックの事典に取り組んでいました。AからZまで、彼は日ごとにそれに従事していました。彼はちょうどLに到達したと思います。

わたしが図書館に到着すると、十分後に図書館の従業員が、自分が請求した本をわたしのテーブルに持ってきてくれたものでした。そして、それから本を拾い読みする楽しみが始まりました。さらに面白そうな参考文献を脚注に見つければ、すぐにカタログのところに行って、それを請求しました。

読書室には百五十人くらいすわっていましたが、そこでは静かな雰囲気が支配していました。毎年そこで仕事することは楽しかったし、気の休まる思いがしました。自分の本が出版された後も、わたしはそうし続けました。事実、イングランドを去るまで、わたしは大英博物館に行き続けました。ちょうど三年間わたしは『文明化の過程』に取り組みました。

――何か他のこともやりましたか、あるいは完全に本に集中しましたか。

他のことは何もやりませんでした。

――良い時代でしたか。

さあ、もちろんわたしにはありとあらゆる種類の悩みがありました。たとえば、その頃はドイツの状況がどんどん悪くなっていく時代でしたし、両親のことも非常に心配していました。さらにまた自分自身の未来についても分からない状態でした。ブレスラウで出版人を見つけてはいましたが、わたしがまだ本を書いている間に、彼は、ユダヤ人であるという理由で、国を去らなければならなくなりました。そういうわけで、わたしはしかたなく新しい出版人を探すことになり、わたしの父親が最初の巻の校正刷りを印刷屋から取りもどさなければならなくなりました。ということで、次々に多くの心配事が生じていました。でも、ありとあらゆる心配事がありながらも、大英博物館では完全に自分の研究に集中できました。

――あなたの助成金は期限なしに払い続けられましたか。

はい。決まった期限はありませんでした。六か月ごとに難民委員会から来る人と話ができましたし、その人はわたしがどんな具合にやっているか、本がいつ頃出るか尋ねました。第一巻を終えたとき、今、第二巻を書いている、と彼に告げなければなりませんでした。彼は、すばらしい、もし二巻目が必要だと思うなら、われわれは二巻を作りましょう、と答えました。

——自分の研究において、あなたは、イギリスの生活様式を経験したことで、何か影響されましたか。

おそらくあったと思いますが、ほとんどそれについて意識しませんでした。確かに、イギリスの行動基準とドイツの行動基準の違いが非常に早い時期からわたしの心に浮かんでいたに違いありません……そういうわけで、その違いが、他の人々の関心領域のまったく外にあるということをぜんぜん知らないでその本を書きました。自分にとって、その主題は最も興味深いように思われました。

——社会一般について何かを証明するために、なぜあなたはフランスをモデルとして取り上げたのですか。結局のところ、あなたはドイツ社会の方をもっとよく知っておられたでしょう。

その頃わたしは、実際にはフランス社会について多く知っていました。また、『文明化の過程』の最初の部分は同じくドイツに関すること、「文化」と「文明」の対立の発展であり、それからわたしはそれをフランスの文明概念と比べました。イギリスについてはほとんど研究していませんでした。

——フランスとドイツは古い敵です。あなたの選択はそのことと関係ありましたか。

あなたの推量はわたしの推量とほぼ同じです……わたしを分析する人のみが知っているかもしれません。ただわたしが言えるのは、わたしはドイツの伝統に強い一体感を持っていましたが、若い頃からフランスの文化も深く愛していました。
戦争で自分自身がフランス人と戦ったことは、わたしの意識にそれほど大きな影響を与えませんでした。それは奇妙なことですが、わたしはフランス人に関心を寄せるとき、彼らを決して敵とみなしませんでしたし、そのような感情を抱いたこともありません。

――ドイツの社会について何かを解明するために、フランスの例を使いたいと思ったのですか。

はい。わたしの著書『文明化の過程』の最初の部分――そこでわたしはドイツが「文化」を好んでいること、フランスが「文明」を好んでいることについて議論しましたが――でもって、現在非常に流行している問題――国民的気質の問題――を解明することにわたしは貢献したと思っていますし、依然としてそう思っています。わたしはその問題をすでにそのときに解明しました。わたしは単に、ドイツ人の国民気質がフランス人とは違うことに気づいたのではなく、なぜそれが違うのかということを説明したのです。
それは、わたしが、自分の最も重要な洞察力の一つだと思っていることに向かう第一歩、つまり、社会構造は、精神構造と同じく、系統的な比較によってのみ確証されうる、ということでした。

――ドイツ人の国民気質についてあなたが明らかにしたいと思っていたことは何ですか。

ドイツの発展の決定的な特徴の一つは、貴族とブルジョアジーの間の障壁が、宮廷においてさえもフランスよりもっと高かった、ということです。ドイツでは、宮廷貴族はフランス語を話し、中産階級にはそのエリートがいて、彼らは貴族の文明化されたマナーをほとんど吸収しませんでした。その影響は今日でもまだ感じられます。わたしは最近ラジオ放送局のスタジオにいたことがありますが、そこでは放送中に次のようなことが言われます。「そんなことで、あなたは尻に何も敷かないですわることになります」。そんなことがフランスもしくはイギリスで可能だとは思いません。ドイツ語では、英語もしくはフランス語で話すときよりも、もっと粗野になれます。その理由は、ドイツの中産階級が決して宮廷から行動のモデルを引き継がなかったか、あるいは非常に特異なやり方でしかそれを引き継がなかったからです。

今日でもフランスの文化や文明は宮廷の優雅さをいくぶん保持してきました。フランス語の会話の抑揚には宮廷社会の響きが聞かれます。たとえば手紙の結びで使われる「どうかご信頼願います。親愛なるあなたへ」〔Je vous prie de croire, cher Monsieur〕などの形式を例に挙げてみましょう。一方、ドイツでは学者ぶった、官僚的な「敬具」〔mit vorzüglicher Hochachtung〕という言葉が使われますが、その言葉でさえ今では省略されています。

――あなたのお話の中で、さらに三〇年代のドイツについて何かを言いたかったのですか。

はい……少しですが。ドイツ人にとって起こりうる、抑制の極度の欠落は、ドイツの中流階級、下層階級におけるドイツ文化がほんのわずかしか文明化の過程のある段階の影響を受けなかったという事実といくぶん関連があるという印象をわたしはいつも持っていました。その段階はイギリスやフランスではたいへん重要なものであり、貴族的な段階なのです。都市の貴族社会がオランダでどの程度、文明化の影響をもたらしたのかわたしには依然として分かりません。

――しかしドイツには貴族社会がありましたが。

その通りです。が、それは多くの小さな宮廷に分散されていました。いくつか大きいものもありましたが、中心的な宮廷はありませんでした。ブルジョアジーに対する全体的な関係は違っていました。一つ例を挙げてみますと、『若きウェルテルの悩み』でゲーテは、ウェルテルがどのようにしてそのパトロンの社交的な集いに、つまり宮廷に偶然入り込んでしまうか、宮廷の人々がどのように彼を脇へ連れて行き、庶民がそこにいると不愉快であるということを非常にていねいに彼に分からせるかを描いています。ウェルテルはそこから去らねばならなかったのです。というわけで、フランスやイギリスではブルジョアの道徳性と貴族の良い行儀作法の融合が起こりますが、ドイツではその二つの壁はもっと高かったのです。ドイツ人の国民的な性格は中産階級によってさらにその形を与えられたのです。

たとえば、ドイツ人の超自我や自我の理想は常に、中産階級、下層階級、農民に、イギリス人やフランス人のパターンと比べると、暴力の爆発への余地をより多く残しました。

——基本的には、あなたはドイツの暴力——ドイツは危険な国であるという事実——について説明しようとされていたようにわれわれには見えますが。

いいえ、決してそのようなことを言うつもりはありませんでした。でも、もちろんそこには危険な潜在力がありました。そのような潜在力があったことは確かです。

——そういうわけで、『文明化の過程』という本はそれが書かれた時代に合致しているわけですね。それは十八世紀のフランスについての本というだけでなく、第二次世界大戦の直前にドイツ人の亡命者によってロンドンで書かれた本でもあるわけですね。

確かにその二つの間には関連があります。その頃、文明化の全体的な問題が非常に深刻になっていました。しかし、同時にわたしには、距離を置いた形でそれを説明しなければ自分の仕事に対して欺瞞的になるだろう、という感情がありました。その範囲が現在の出来事の説明範囲を越えるような理論を発展させたいと思っていました。非難することがわたしの仕事ではなかったことは確かです。社会学者としてわたしは、有効で持続性のある説明をすることができる、ということを証明したかったのです。

——たとえば、一九三〇年と一九四〇年の間にドイツで起きた出来事に、あなたは自分自身の理論をどのように応用しようと思っておられるのでしょうか。ワイマール共和国では個人の軍隊が前面に出て、国家による暴力の独占はどんどん弱まり、こうして人々はお互いにますます文

明化されていないやり方で振る舞うようになります。それから、国家社会主義が権力の座につくと、国家はさらに強力になり、統一化され、そして法と秩序がドイツで再度、維持されます。同時に人々は、以前よりもさらに野蛮な行動をします。換言すれば、文明化の過程と全体主義国家との間にはどのような関係があるのでしょうか。

ドイツに関するかぎり……フランス人、オランダ人、あるいはイギリス人と違って、ドイツ人は十六世紀／十七世紀から第一次世界大戦まで絶対主義的制度の下で生活していました。ドイツ皇帝（カイザー）の支配下でも、諸侯が非常に際立っていました。すでに議会はありましたが、彼らが大臣たちを任命していました。

それから古い支配階級が一九一八年の敗北で一掃され、いわゆる革命の後で、強力な支配者との関係で従順と自己抑制に調和されていた人格構造が——少し誇張した言い方になるかもしれませんが——超自我の外的部分が消失したような状態で存在しているのが突然見られることになりました。こうした理由により、多くのドイツ人は、ワイマール共和国では強い人間——ドイツ人に、自分自身を抑制する可能性を回復してくれそうな強い人間——を求め始めました。そのようなことを自分自身でやろうというふうに彼らが考えたことは決してありませんでした。またわたしは誇張しますが、今日では同じようなことがロシア人にも観察されるのです。彼らには旧ロシア皇帝（ツァー）がいましたし、彼らは鞭を当てられることに慣れていました。そして今や彼らには赤い「皇帝」がいて、彼が、もし彼らが従わないなら、外的強制を加え続けるのです。

そのような制度は超自我の形成に向かうことはありません。あるいは、もっと正確に言えば、それは、いくつかの領域において超自我の形成に資することがありません。それゆえ、超自我は不均衡になりうるし、ギャップを生じることもありうると付言することで、フロイトの超自我の概念が補足される必要があります。たとえば、超自我は家族や性的関係などとの関連で非常に強くなることもありますし、政治の領域では欠落することもあります。それはまさにドイツでは事実だったのです。

それに、もちろん階級闘争もありました。この点ではマルクス主義のモデルがまったく適していいます。一九一八年の終戦は労働者階級の権力の増大をもたらしましたが、それは、ドイツの多くの小ブルジョアや貴族には耐えがたいことだったのです。それのことが彼らの自己価値という全体的感情を取り去りました。それは良心の特別な構造に重なっており、道徳性のいくつかの側面に関しては非常に強かったのですが、政治についてはほとんど発展しませんでした。だから議会はたとえば「好き勝手におしゃべりをするところ」と呼ばれ、「妥協」はドイツでは罵倒の言葉だったのです。

——そして、彼らは最後には強い人間を得たということですね。

まさにそうです。

――絶対主義的な支配者は文明化の過程においては良いと思いますか。

絶対主義的な支配者はエリートの文明化にとっては良いものになることがあります。それは社会の発展段階によります。十七世紀には、絶対主義的な支配者は宮廷人の間で自己抑制の発展に大きな影響を与えました。なぜなら支配者が貴族に圧力をかけ、それで貴族自身が戦士から宮廷人に変化したからです。つまり、宮廷生活は高度な自己抑制を要求しました。

それとは対照的にドイツでは人々が暴力を行使しないで紛争を処理する機会を持つことは決してありませんでした。すべての紛争は上からの命令によって処理されました。議会主義は本質的に暴力に訴えることなくして紛争を調停する手段ですが、それをドイツ人は決して学ぶことがなかったのです。それには多大な自己抑制が要求されます。このために必要とされる技術は絶対主義の制度の下では発展しません。

――もし二つの制度を比べるなら帝国時代のドイツは実際、ヒトラーの第三帝国よりも文明化されていなかったのでしょうか。

いや、相対的に考えれば、ヴィルヘルム皇帝時代のドイツは明らかに文明化されていました。それに比べると、第三帝国は卑俗化されたものでした。

――それは、もしドイツ皇帝が権力の座に留まっていたならば、そのほうがドイツにとってよかったかもしれない、ということなのでしょうか。

わたしもそう思います。そうなればおそらくヒトラーなど出てこなかったと思います。とはいえ確かなことはいえませんが。イタリアでは国王がムッソリーニを訪問しました。またそれは別として、ドイツの皇太子は残念ながら特に愚かな人間だったのです。

それに反して、社会民主党のエーベルトが、もしドイツ皇帝と非常に不人気な皇太子[41]が退位すれば、皇太子の息子か、皇帝のもう一人の息子を即位させようとしていたということは、ドイツ人の良心が外的強制に依存していたことをたいへんよく特徴づけています。愚かなことに皇室はこの提案を拒絶しました。そういうわけで、もしエーベルトが自分のやり方を通していたら、ドイツは皇帝を保持していたかもしれません。そして、その頃、彼は最も力のある政党の党首だったのです。

――モザイクの中に違った石がうまくはまり込むということですね。あなたがルイ十四世について書いたのはヒトラーの時期でしたが、それはある意味でドイツ皇帝と関係していたようですね。

こういう経験がすべてある役割を果たしました。でも、もちろん次の事実を見落とさないでください。わたしはまたその時までに寝かせておいた事柄について科学的な理論を仕上げようとしていたのです。

――そして、一九三九年に『文明化の過程』という本が出ましたね。

はい。わたしは信じられないくらい幸運でした。最初、出版社が印刷会社に支払いをせずに姿を消しました。わたしの父親が費用をもってくれました。それから、父親は、すべてのユダヤ人と同じく自分の資産の支配権を徐々に奪われていきました。父親は第二巻の印刷の費用を自分の口座から支払うために、当局から許可を得なければなりませんでした。そして、第二巻の準備ができたとき、わたしは何とかスイスにある出版社を見つけることができ、ゲラが送られてくればすぐに本を出すと言ってくれました。そこで父親はナチ当局のところへもどり、印刷屋のために、輸出許可書を依頼しなければなりませんでした。彼はそれをすべて実行しました。父親の手助けがなければ、わたしがその本を出すことはできなかったでしょう。その本は間一髪で何とか救われたとわたしはしばしば思いました。

最初の巻が一九三八年に、それから第二巻が一九三九年に出たと思います。何冊刷られたのかもはや覚えていません。でも、戦争が終わって出版社を訪ねたとき、「ほら、その本がうちの倉庫いっぱいにあふれています。パルプにできないものでしょうか。だれもそいつを買いたがらないのです」と言われました。

——第二次世界大戦の開始を覚えていますか。

チェンバレン首相[42]がミュンヘンからもどったのを覚えています。平和だ、平和だと彼が言ったのを覚えています。それに、西部での攻撃が始まった一九四〇年のあの輝かしい春も覚えています。そのときにはわたしはロンドン・スクール・エコノミックス〔LSE〕で仕事をしており、LSEの疎開にともないケンブリッジに疎開していました。そこでわれわれは、川でボート漕ぎをしたり、近くの村でコーヒーやお茶を飲んだりして、最も平和な生活をしていました。それはまったく平和な「にせの戦争」でした。

わたしは他のドイツ人と一緒に抑留され、マン島に連れて行かれるまで数か月の間ケンブリッジに滞在しました。わたしの抑留は八か月続きましたが、それはいくつかの点でわたしにとって実りのあるものでした。なぜなら、わたしは英語で講義を行う練習ができたからです。抑留所には他にもケンブリッジから来た人がいました。作家のC・P・スノー[43]や社会学者のギンズバーグのおかげでわたしはそこから出られました。

ケンブリッジにもどってから、わたしはイギリス人とイギリス社会に接触する機会をもっと得ることになりました。C・P・スノーと友達になりましたが、彼はクライスト・カレッジに毎週わたしを招待してくれました。早い時期からの友人であるグラックスマン家の人々[44]もまたケンブリッジにいました。それは、イギリスの文化と文明についてわたしが初めて鮮明な印象を抱いた時期でした。

――イギリスにはどのくらい滞在されたのですか。

一九七〇年頃までだったように思います。そこでの生活は非常にゆったりしていて、流れるように過ぎ去りました。

実際には一九三五年から一九七五年までの四十年間ですが、ただわたしがガーナに滞在したことでとぎれたにすぎません。わたしの思想の中にイギリスの伝統と文明が深い跡を残してきたことは明らかです。

——自分自身をイギリス人だと感じたことはありますか。

いいえ、それはまったく不可能です。わたしは自分がイギリス市民であるかのように感じてはいましたが、それは別です。どのイギリス人も、自分がイギリス人だとは言わないでしょう。イギリス人とはイギリスで生まれただれかのことなのです。

——イギリスのパスポートは持っていますか。

自分の国籍はイギリスです。でも、自分自身をイギリス人と見なすことはとてもできないでしょう。

——まだドイツの国籍はお持ちですか。

いいえ。持とうと思えば持てますが。

——イギリスには、あなたのように同時にイギリスに渡った多くのドイツの知識人亡命者がいます。たとえば、マンハイムです。あなたは彼らと接触しましたか。

マンハイムとは依然として良い関係を続けていましたが、われわれのつながりはもはや緊密ではありませんでした。最後にマンハイムに会ったとき、彼は、彼のために特別に設けられた教育社会学教授の職を与えられていました。これはイギリスにおけるこの全分野の土台石でした。

わたしの非常に親しい友人はフックス[45]という精神分析家で、彼は自分自身をフォークスと呼んでいました。さらに、わたしは彼のことをフランクフルトですでに知っていました。二、三年間われわれは彼の家に小さな作業グループを維持しており、彼が設立を望んでいた集団精神分析運動とでも言えるようなことを準備していました。そのグループではわたしは唯一の社会学者でした。その他の人はすべて精神病学者でした。でも、それはおそらく戦後になってからのことだったでしょう。

――療法学会のマクスウェル・ジョーンズ[46]はそれと関係がありましたか。

わたしは彼のことを知っていましたが、彼にはいくぶん違った傾向がありました。彼は、軽犯罪者――そうだったと思いますが――から成る自治集団を使って実験をしていました。心理劇を見るために、一度か二度わたしはこの宿泊施設を訪れましたが、それはとても印象深いものでした。

それから、タヴィストック・クリニックやビオン[47]などにもそうした集団がありました。タヴィストックの人々にはさらにもっとクライン的な志向が——もしそれがあなた方にとって何か意味があれば——ありました。メラニー・クライン[48]は、かくも多くのイギリスの精神分析家が彼女によって分析されたという理由で、実際イギリスの精神分析の母でした。フックスはメラニー・クラインよりもアンナ・フロイト[49]の方に接近していました。二人の女性の間には、まさに敵意とまではいわなくとも、強い競争意識がありました。

フックスは集団精神分析の学派を創設することに成功しました。つまり、彼は個人の精神分析を集団に移し変えたのです。そのような企画では社会学者との緊密な共同作業が最も重要でしたし、わたしは社会学者でした。集団精神分析について彼が書いた最初の本で、[50]フックスはわたしへの謝意を表しています。この種の集団療法の理論にわたしは重要な影響を与えたのだと思います。わたしは今でも集団精神分析協会の創設メンバーですし、予約購読料を支払わずにそのすべての資料を受け取っています。

——フックスに与えたあなたの影響の内容はどんなものでしたか。

わたしが彼に伝え、彼が集団精神分析の技術に応用したわたしの思想の中心点は、個人と社会は切り離せない、個人と社会は単に観察の二つの異なったレベルを意味しているにすぎないという認識でした。集団の過程には、個人の過程とは違う特殊な点がいくつかありますが、常に両方のレベルが考慮されねばなりません。

その時までにわたしは小さな本『諸個人の社会』[51]を書いていましたが、その中でわたしは、社会は個人から成り、社会的レベルにはそれ自体の規則性があるとはいえ、それを個人に還元することは決してできない、ということを明らかにしようとしました。それから、わたしはこの考えを集団分析に応用しました。

いくらか後になってわたし自身が数多くの集団を指揮しました。わたしは集団精神分析の訓練を経験し、約一年間フックスの指導の下で訓練集団に参加しました。

――個人的な精神分析も経験されましたか。

はい。それは戦争が終わった後のちょうど同じ時期でした。十分なお金がないということもあって、それはわたしにはたいへんむずかしいことでした。それにもかかわらず、非常に優れた、正統なフロイト派の女性精神分析家[52]がわたしを引き受けてくれました。それはさらにアンナ・フロイトの方向を目指していました。わたしは実際、正統なやり方で自分の成長の重要な部分を経験しました。

――どうして精神分析に参加されたのか教えてください。

つまり……最も差し迫った理由は、わたしは書くのが非常に遅かったことです。自分には非常に多くの着想がありながらも、自分の生産力が高くないということでわたしは不幸でした。精神分析は数年間続きましたが、それが正確にどのくらいだったのか忘れました。講習会の費用が払えないときは、数多くの中断がありました。一番長いギャップは半年でした。それからそのすぐ後でわたしの精神分析家が死にました。それが役に立たなかったことは確かです。

——精神分析によってあなたの著述における困難は軽減されたでしょうか。

それによって自分の人生が変わったとは思いません。でも、それはたぶん成功した精神分析なのでしょう。精神分析がまったく役に立たなかった、それをすべて自分自身でやったのだという気持ちであなた方が去っていくときは、そうなのです。

それがわたしにどんな効果をもたらしたのか分かりません。わたしが言えるのは一つのことだけです。それは、わたしの精神分析家の死がわたしには非常に衝撃的であったということです。それは、わたしの母親の衝撃的な死の繰り返しでした。しかし、それ以来、わたしは自分で何とかうまくやってきました。それがもう一つの自分の確信でした。つまり、精神分析は大いに役立ち、時々それは確かに不可欠ではあるが、できるかぎりわれわれは自分自身で切り抜けなければならない、という確信です。

——いつロンドンを去りましたか。

一九五四年でした。わたしは成人教育の分野で数年間働いていました。その時、社会学の講義の担当依頼を二つ受け取りました。一つはレスターから、もう一つはリーズからでした。両方の依頼が、彼ら自身も亡命者であるが、わたしよりも若い人々からのものであったのが特徴

ロンドンでの成人教育、第二次世界大戦後まもなく（右端がエリアス）

的でした。そういうわけで彼らはイギリスの大学で教えていました。わたしはレスターの方が好ましいと決意しましたが、そこではオデッサ出身のノイシュタット[53]が教授の地位を占めていました。それは、その当時イギリスで設立されていた新しい社会学部の一つでした。レスターでは、わたしはその学部を作り上げる手助けをしました。

——ロンドンを去らざるをえなかったことは残念でしたか。

はい、その通りです。でも、レスターはこぎれいで、さっぱりした中型の都市でしたし、ロンドンまで出て、また一日でもどることができるというもう一つの利点がありました。

——そして、そこで学部を作り上げたのですね。

はい、相当な程度まで学部ができあがりました。わたしは学生と良い関係を保っていましたし、社会学の入門コースを教えるのが大好きでした。わたしは最初の一年間の学習のためのすばらしい入門コースを発展させ、約十年間そこで教えましたが、それから、わたしが大学を退職したときにはそのコースの内容はますます薄まり、ついに衰退しました。そのことが自分の人生の大きな失望の一つなのです。

またわたしは、本当に才能のある人のみが講師になることを保証するために配慮しましたが、それはたいへん珍しい結果を生み出しました。つまり、ロンドンに続いてレスターはイギリスで、社会学の教授を供給する重要な場所になっていたのです。われわれとともに講師であった人々の多くは今、教授の職についています。

とはいえ、彼らの中にわたしの研究方法をさらに発展させた者がほとんどだれもいなかったことをわたしは残念に思っています。彼らのほとんどは、長期的過程におけるわたしの思考方法を、主流の外部にあるものと見なしました。それに、彼らは間違ってはいませんでした。というのも、もし彼らがわたしの研究方法を引き継いでいたら、彼らの学問上の経歴に支障があったかもしれないからです。長期的な過程で思考することはまったく社会学の流行ではありませんでした。

――あなたは自分自身で学問上の経歴を望みましたか。

わたしにはそのチャンスがありませんでした。

——**なぜなかったのですか。**

ともかく、わたしは自分自身を社会学者としてかなり革新的だと思っていましたが、こうした革新的な見解はその当時、実際のところ受け入れられませんでした。自分の年間授業の一つにおいて、同僚のために珍しい着想を打ち出したときには、いつでもそれは若い世代との非常に対立的な議論に帰着しました。

——**例を示していただけますか。**

はい。こうした講義の一つは代名詞に関するものでした。その中で、社会学者としてわれわれは物事を、わたしの視野から、彼／彼女の視野から、われわれの視野から、さらに複数の第三者の視野から、すべて同時に見なければならない、とわたしは発言しました。これは非常にすばらしい着想だとわたしは思いますが、それはすべて快く受け取られたわけではありませんでした。イギリスの伝統には非常に保守的な傾向がありました。

社会学部の若い人々はおそらくわたしの革新的な着想をヨーロッパ大陸の気まぐれと見なしたことでしょう。とはいえ、その考えについて彼らが、機転が利かなかったということでは決してありません。しかし、彼らはわたしに激しく反対しました。わたしが話し終えるやいなや、戦いが始まりました。そして、わたしの同僚の全セミナーが二つの敵対するグループに分裂しました。わたしがポパー(54)について話し終えたとき、そのような戦いがまさに起こったことを依然として覚えています。わたしはポパーを、あの偉大なポパーを攻撃していたのです。そして、それがわたしのようなまったく無名の人間から発せられたことで、言語道断ということになったのです。

その上、ポパーは、イギリスでは揺るぎない地位を占めていた、大陸出身の人間の一人でした。しかし、それを実現するには、あなた方は明らかにイギリスの体制によって社会的に認められなければなりません。その方面におけるわたしの唯一の接触はC・P・スノーとの友情でしたが、それは、わたしがロンドンを去ってレスターに移動したときには、消滅していました。そういうわけで、わたしは第三階級の人間のままになっていました。何らかの深い外傷的な影響がなければ、明らかにわたしが持ち合わせていたある種の内面的強さという理由だけで、そのことにわたしは耐えられた、とたぶん付言すべきでしょう。自分自身への信頼をわたしは失っていませんでした。それは、自分は、かなり重要な何かを達成できるという自信です。そうした信念は何事によっても打ち砕かれることはありませんでした。

——どうしてそうなるのでしょうか。

そのような質問には答えられません。両親がわたしに与えてくれた安全が常にわたしを支えてくれた、と言えましょう。

わたしは決して敗北を認めたことはありませんでした。わたしの同僚をともなった研究会は常に発火点でした。個々の激しい衝突の後で、次年度には、わたしは何か新しいものを携えてもどってきました。そして、今やあの作品、この作品が出版されているのです。

こうしたことすべてにおいて自分がよく理解していないのは、自分が決して計画的な人生を送らなかったということです。わたしは、まるでコンスタンツ湖上の騎手のように、氷を突き破って自分が落ちてしまうのではないかという恐怖を感じることなく進んで行きました[13]。それがわたしの基本的な生活感情です。

――一九五〇年代は、あなたはまだ無名の人物でした。どのようにそれは変わったのでしょうか。

わたしは部外者でしたが、わたしがイギリスを去ってからようやくそれが変わりました。ところで、そのステップも計画されてはいませんでした。わたしはイギリスを去る決心がつきませんでしたが、ある日、そうせざるをえなくなったのです。わたしは客員講師としてオランダに招待されました。さらにわたしはドイツにも招待されましたが、イギリスよりもドイツに長く住むということが、数年にわたって徐々に生じることになりました。そして、ついにわたしはレスターにある自分の家を手放すことになったのです。

――その前にあなたはガーナに住んでおられましたね。それはいつでしたか。

一九六二年だったはずです。ノイシュタット氏に有力な知人がおり、だれか二年か三年そこで社会学の教授職を引き継いでくれる者はいないかという問い合わせが彼にありました。ノイシュタット氏はその手紙をわたしに見せてくれました。そこで、わたしは「やりましょう」と言いました。わたしの多くの友人はわたしのことを気が狂っていると思っていました。何と言ってもわたしは六十歳を越えていましたから。でもわたしには未知のことについて大いに好奇心がありました。そういうわけで、わたしはガーナに行きました。

——ガーナをどう思いましたか。

それはすばらしい体験でしたし、その経験を通してわたしはアフリカ文化に関して深い愛着を感じるようになりました。

人文主義的なギムナジウム時代から自分が親しんでいた古代ギリシャ文明に関するわれわれの理解があいまいなのは、それが、原始社会とは言えないまでも比較的、原始的な社会であり、異なった発展段階にある社会であるということをわれわれが認識していないからである、といった考えをわたしはいつも持っていました。たとえば、われわれは、ギリシャ人が雄牛を神々に供物として捧げたことを知っています。われわれにとって、それは文献上の出来事ですし、われわれはパルテノン神殿の小壁に雄牛が祭壇へ連れて行かれ、生贄にされるのを知ります。でもわたしはそれをすべて自分の目で見たかったのです——内臓が破裂し、血がほとばしる光景を見たかったのです。それは、文明人であるわれわれが、文明の現段階では再生できない経験だと思います。こういうことを文学的暗喩としてのみ捉えることはまったく間違っています。

ガーナにて、料理人（左）、運転手と。

ガーナでは魔術的な行為を見るだろうということ、つまり動物が生贄にされるのを、そのままの形で見るだろう、ということが分かっていましたし、実際に多くのことを目撃しました。それはより発展した社会ではその特色を失ってしまったような経験でした。当然、これはわたしの、「人間の感情表現は昔はより強力で、より直接的であった」という、文明化の過程の理論と関係がありました。

車で首都アクラから四十五分の所に大学のキャンパスがありました。大学はオックスフォードとケンブリッジをモデルにして整えられていました。学生を含め人々はガウンを着用していました。教授たちは、一段と高い特別の席で食事をしました。わたしには運転手付きの車があり、料理人もいました。すべてが、わたしがかつてレスターにいた時よりもずっと豪華でした。

――それでは、あなたが捜し求めていた原始的文化をどこで見つけたのですか。

わたしは「原始的」という言葉を使いたくないのです。その言葉が嫌いなのです。「あまり分化していない」という意味で「より単純な」というのが正しい言葉です。ともかく、わたしは学生と一緒にたくさん実地調査をしました。わたしはアフリカの美術を集め始め、学生の何人かがわたしを彼らの家に連れて行き、その様子を見せてくれました。そこでわたしは、ガーナの生活がいかに公式化され、慣例化されているかを学びました。学生は父親の椅子の背後に立ち、父親に対してまるで召使のように振る舞っていました。古いタイプの家族の権威がガーナではまだ非常に強力でした。

わたしはまた運転手と一緒に車でジャングルを突き抜け、それから――ジャングルの奥深いところで――ある村に到着したことを覚えています。そこでわたしは、電気を使わないことが何を意味するのかが初めて分かりました。電気の代わりに、みんなが携帯しているランプから何百という小さな炎が光っていました。人々はまだ通りにいましたし、通りでは多くのことが起こっていました。「白人が来たぞ」と言い、それから彼らはわたしを取り囲み、どこから来たのか、妻はどこにいるのかと尋ねました。最初の質問の一つはいつもこうでした。妻をどこにおいてきたのか、子どもはどこにいるのか。自分には妻がいないと言いましたが、それは彼らには理解がしがたい、想像できないことだったのです。

ヴォルタ川流域の新発電所計画との関係で、わたしには最も記憶に残る経験が一つありました。政府はたくさんの村の住人に、建設予定の大きな貯水池の中に村が姿を消してしまうという事実を前もって知らせなければなりませんでした。そういうわけで、わたしはほぼ一週間、ガーナの社会福祉事業団長と一緒に村から村へと車で移動しました。彼は会議を招集し、人々に、やがて水が流れてきて、村が水没するが、政府は村人に他の土地を提供すると説明しました。わたしにとってこうした状況は――それは時々夕方、村長の家の前で起こったことですが――忘れがたいものでした。特にあの激しい議論がそうでした。わが先祖に何が起こるのか、この土地の先祖にいったい何が起こるのか、そんなことが起こってはならないし、起こるはずもない、と彼らは言いました。水がそんなに上昇して、われわれも高いところに移るようなことは決して起こりはしなかった、と彼らは言いました。発電所が何のことなのか彼らには理解できなかったのです。それから、若い連中が、だいじょうぶ、われわれはだいじょうぶだよ、とよく言っていました。若い連中は輪の少し外側に――輪の内側は老人たちで占められていました――すわり、それから村長が、われわれは動くつもりなどない、と言いました。最終的には、彼らは妥協案に賛成しました。政府は、その霊を慰撫するために彼らが先祖にささげる三頭の雄牛を彼らに与え、さらに現在の土地と同じくらい肥沃な土地も与えることになりました。

その事件が起こる三年前に影響を受けた村に、政府の高位の代表者を送り、長い議論で村人にその問題の準備をさせようとしたことで、わたしはエンクルマ[56]の功績を認めなければなりません。

――人々について、また彼らの共同生活の様式についてあなたはガーナで何を学びましたか。

非常にたくさん学びました。それはわたしのような者にとって必要不可欠だと言えましょう。たとえば、フロイトが後に残してくれた理論はさらに発展させられる必要がある、という意見をわたしはいつも持っていました。より単純な社会における超自我や自我の形成は現代社会のそれとは違うだろうとわたしは思っていましたし、その予想はガーナで完全に確認されました。

つまり……自制の問題です。自分自身の「内なる声」に頼るだけでは十分ではないのです。幼少期から自制を自分自身に課さなければ、人々は生きていけません。しかし、そうするには、人々は、彼らにあれこれをするように強制する外的事物があると想像しなければなりません。そのような国に行けば、それはどこでも理解できます。だれかが奇妙な形をした貝殻を海辺で見つけるとしましょう。その人はその貝を自分で持ち帰ります。それは個人の物神となり、さらにその人はその貝殻に助けを求めることができます。

その段階では人々は、われわれに比べてはるかに不安定な状態で暮らしているのです。人々はもっと多くの重大な危険――たとえば、病気――にさらされます。われわれに比べてかれらには予期せぬことがもっと起こりえます。したがって、かれらは、神々や霊がかれらに差し出すことができる保護が必要になります。かくして、村には五十もの違った神々がいることもあるのです。さらに加えて、それぞれの家庭は個々の神を持っています。もしそれを人格構造に応用するなら、超自我はわれわれのそれとは違った形で作られるのです。というのも、これらの神々や霊は超自我の顕れだからです。

自我の構造は本能の衝動によってさらに容易に破られますし幻想と現実を隔てる境界は、われわれの場合のように、まだ敏感でもないし、安定的でもありません。

――アフリカについてあなたが言われることを多く聞いていますと、われわれは子供のことを考えます。

その場合には、それがどのように違うかが誤解されています……そのような経験について言うなら、二つの態度があり、その両方とも間違っているとわたしは思います。最初の態度はいつもの植民地主義的な態度です。つまり、われわれはもっと合理的であり、もっと進歩しており、彼らはもっと非合理的で子供じみている、という態度です。ある意味では、われわれの方が優れているという態度です。二番目の態度も同じく間違っていますが、それは、人間の感情や情緒を思うままに表出させるのがもっとよい、ということを強調します。理想化することが実際もっと簡単で精彩に富んでいます。

自分自身の態度は両者とは違っているとわたしは思います。われわれの生活様式は、われわれの物理的安全性が彼らのそれよりも比較的大きいという理由があるからこそ可能なのだ、ということをわたしはまったく明確に理解しています。われわれがもし同じような不安定な状況で暮らせば、われわれもまた目に見えない諸力の手助けを求めます。なぜなら、人々は、もし永遠に、またいつも規制不可能な危険にさらされるならば、生き残ることができないからです。

もちろん、わたしは一方に偏った状況をここで説明しています。われわれと同じ知的レベルに達している多くのガーナ人がいることは間違いありません。彼らは同じく教養があり、自制心もある上流階級です。しかし、わたしが大衆のことを考えると、自分の目の前に、家々のあちこちにある小さな祭壇が浮かんできます。あるいはまた、野外調査に当たって、村長にどうすべきかと尋ねたことを覚えています。すると彼の助言は、まず賢女の所に行って、祝福を受けてくれ、というものでした。われわれは、つまり三人の学生とわたしはそうしました。女性のテーブルには物神が置いてあり、彼女は、われわれとわれわれの作業を助けるために、小さな森の霊を呼び出しました。

——そうした経験が原因となってあなたの宗教観は変わりましたか。

いいえ、まったく変わりませんでした。自分は、啓蒙主義的な見地から宗教を蔑視しているわけでもなく、宗教にロマンティックな憧憬を抱いているわけでもありませんし、その時もそうでした。ある状況では人々は宗教を必要とすることもありうる、とわたしはいつも思っていました。しかし、わたしにはその必要はありません。

——あなたは決して宗教を必要としなかったのですか。

いいえ、子供の頃は必要としていました……第一次世界大戦が分岐点だったと思います。そこで見たものすべてのことから、わたしは、人間だけが人間を助けることができ、自分だけが自分を助けることができる、という認識を持って帰って来ました。

——ガーナに行く前にアフリカの芸術は好きでしたか。

いいえ、ガーナにいる間にようやくそれを正しく評価するようになりました。時間が経つにつれて、優れた、純粋な作品とそうでないものを識別するようにならざるをえませんでした。

——その中にある何があなたを魅了したのかについてもっと正確にいくらか語っていただけますか。

実際、ピカソの中にあるものと同じものです。きっとあなたがたは、アフリカの芸術とヨーロッパにおける芸術の発展の間にあるつながりを知っておられることでしょう。

現代の絵画や彫刻と非常によく似たものをわたしは感じています。アフリカの芸術を発見したとき、そうした感覚が深まりました。その芸術は十九世紀やルネサンスの伝統的な芸術よりも情感をはるかに強く、はるかに直接的に表しています。さらに、その芸術は、わたしの文明化の理論と非常にうまく合っています。というのも、ルネサンス時代には文明化の大きな前進があり、それは、特に絵画や彫刻をできるだけ写実的に制作しようとする試みに表れています。二十世紀にはそれに対する反動がありました。またそれをフロイトと関係させることもできます。精神分析において起こったこと――新しいレベルでは、高度な感情表現が許されるかもしれないということ――は、非自然主義的芸術においてもまた見られますし、それは夢に非常によく似ています。恐怖を感じさせるような仮面や友好的な仮面がありますが、そのどれもが、言ってみれば、無意識的なものに対して、より強い表現を与えています。

――ガーナからまたレスターにもどったのですね。

はいそうです。それは一九六四年だったに違いありません。そこでのわたしの職は一年ごとに更新されました。

――それから徐々に成功が到来したのですね。

それはわたしには分かりません。わたしはそのことを決してそんなふうに理解したことはありませんし、今日でもほとんどそんなふうに感じてはいません。もちろん、わたしは今のところドイツやオランダでは自分が非常に尊敬されていることは分かっています……

こんなふうに言わせてください。これまでやろうとしてきたことが失われる危険性がもはやないような段階に自分が近づいているのかもしれない、とわたしは思い始めています。でも、この危険性が過ぎ去ったなどと絶対に確信しているのではありません。お分かりのように、まだわたしは一生懸命に研究していますし、わたしの研究が実際、社会学的伝統の一部になるような状況を作り出したいという意識的な願望を持ってそうしています。その段階に達しようとしてわたしはまだ一生懸命に研究しています。

――意見が変化する最初の兆しはいつ頃目立つようになりましたか。

そんなことは分かりません。実際、自分が完全に理解されているという感じはまだありません。わたしの研究にはまだ取り上げられていないテーマがたくさんあります。自分の研究がすんだという感じはまだしないのです。

わたしが発展させようとした類の理論は、自然科学のモデルに基づいて伝統的に理論だと見なされているものとは違う、というまったくの事実が、大きな誤解を生み出しています。人間科学における将来のモデルは、物理学的モデルの方向よりも、むしろわたしが取ってきた方向にある、というのが実際、自分の意見です。だから今でもわたしは、もっと多く書くための、また自分自身を理解してもらえるための時間を持つことを望んでいるのです。

成功ということについて語るなら、アドルノ賞を受賞し、ビーレフェルト大学で名誉博士号を頂いて自分は当然幸せです[57]。こうしたことは、自分の発言機会がさらに増えているという喜ばしい徴候です。とはいえ、自分が長い間持ってきた空想をまだ持っています。それはこうです。わたしが電話で話すと、反対側で、もっと大きな声で話してください、よく聞こえません、という声がします。それから、わたしが叫び始めると、反対側の声が、もっと大きな声で話してくださいい、と言います。

——そうした空想をいつ頃初めて持ちましたか。

レスターにいたときだと思います。反対側の声が今のところ、あなたの声は今ではよく、少しだけよく聞こえます、と言っているのは確かです。でもまだそんなによく聞こえてはいません。だから、わたしはもっと明確にしゃべらなければなりません。

——あなたの空想の中の声はドイツ語を話していますか、それとも英語を話していますか。

どうしてわたしが識別できましょうか。ドイツで自分が完全に理解されているとも思っていません。違った言い方をすれば、それが英語かドイツ語かオランダ語か、そのどちらを話しているかというのは、正しい質問ではありません……わたしは旅人です。わたしはその両方でもあり、どちらでもないのです。

——ドイツにはいつもどりましたか。

自分がドイツに「もどった」とは実際には言えません。なぜなら、それは段階的な過程だったからです。ミュンスターでは客員教授の資格でした。それからイギリスにもどりました。それからコンスタンツでは一年間、客員教授の資格をもらいましたが、またイギリスに帰っていきました。そんなふうにして、それが徐々に永続的な何かに変わっていきました。つまり、はっきりとした決断の結果として自分がドイツにもどった日を示すことができないのです。わたしはそこにもぐり込んだのです。自分の人生において、ドイツはいつもそんなふうでした。

正直に言えば、ビーレフェルト大学の学際的研究センターは他の何よりも、ドイツでのわたしの滞在に多く貢献してくれました。水泳プール、森、知的な雰囲気などがありました。大学の中に住むということをわたしはいつも好んできたのですが、イギリスでは、わたしにはそれが提供されませんでした。

――ドイツは結局、他のどの国よりもあなたの祖国のような何かでしょうか。

それを言うのはむずかしいことです――文化的には、わたしはドイツ人です。そうなのです。

――どんな意味であなたはドイツ人ではないのですか。

いずれにせよ、外国人への敵意が潜在力として存在しているということをわたしが憂慮しているのは当然です。たとえそれが今ではユダヤ人にではなく、外国人労働者に向けられているとしても、その敵意はドイツでは依然として強いのです。そういう理由から、わたしがオランダにアパートを持っていることはわたしには望ましいのです。基本的にわたしはヨーロッパ人なのです。

われわれは単一の国と同一視されうるし、そうあるべきであるという観念をわたしは決して共有しない、と言い添えさせてください。あなた方がわたしをあれこれの小さな区分に押し込めたいと思っているのは明らかですが、わたしの場合、それは役立ちません。ドイツの社会学者と見なされることでわたしはいくぶん満足しますが、もちろん、わたしはそれ以上のものなのです。

もしあなた方がドイツの社会学について、また四人の最も有名な社会学者についてだれかに尋ねるようなことがあれば、その人は二つの答え——実際あなた方はそれを聞くことができる——のうちの一つを提示するでしょう。わたしはそのうちの一人か、まったくの部外者であるか、そのどちらかです。二番目はまた、ところで、アメリカ、イギリス、フランスの社会学にも当てはまります。わたしの着想は非常に小さな集団において認められ、採用されているにすぎません。

——あなたの研究、著作、着想はあなた自身の最も重要な部分ですか。

ここでも「部分」という言葉はふさわしくありません。わたしの研究は、自分の中で意味があると感じているものの中心です。わたしの学生時代においてもそれは明らかでした。わたしは研究をしたかったし、何らかの種類の学者になりたかったし、大学にいたかったのです。早い時期にそのことは分かっていました。

——人生を通じてずっと研究することをあなたは好みましたか。

そういう表現はあまりに単純です。研究者になるのはつらい作業です。わたしは自分自身に研究を課しました。それは自然に生まれる何かではなく、つらい闘争でした。わたしは何度も何度も戦わざるをえませんでしたし、依然としてそうせざるをえないのです。

それがもっと簡単であればと願うことも大いにできましょう。わたしはしばしば同じことを八度も書き直さざるをえないのです。

――それなら、そこから得られる満足は何でしょう。

研究が結局うまくいく、ということです。また、それが実際すばらしいということがわたしには分かりますし、それが、努力を価値あるものにする唯一のことなのです。英語の雑誌で――それを読んでわたしは非常に腹が立ちましたが――最近わたしは、自分がたぶん古典的社会学の最後の代表者であろう、また壮大な統合を目指して奮闘しているだれかであろう、といったようなことを読みました。それを読んでわたしは怒りました。なぜなら、わたしはむしろ新たな道を切り開く最初の人間になりたかったからです。何物も努力には値しないかのごとく、かくも多くの人々が意気消沈するのを見ているとわたしは何度もショックを受けます。なすべきことが多くあるのに、かくも多くの人々が意味のないことで時間を無駄にし、知的に腐敗しているのです。自分は徐々に新しい何かを、またこれまで自分が知らなかった何かを見ているのであり、その中で自分はある例を示しているというのがわたしの経験です。われわれはそれができるし、努力する価値があるのです。
この勇気の欠如、ニヒリズム、愚痴こそ恐ろしいものだと思います。

――あなたは一生、すばらしい自信を抱いてこられましたね。

それがすばらしいかどうか分かりませんが、わたしは自分がやっていたことを決して疑いませんでした。

――もしだれかが、自分の発言すべきことは重要である、と確信をもって言えば、それはすばらしいことです。

そうです。そうした確信は、わたしが潮流に逆らって泳いでいたとき、つまり力のあるすべての人々に反対していたときも存在していました。あらゆることで自分自身を信頼するとすれば、それは自分が決していかなる流行にも毒されることがなかったということです。それが流行しているという理由で、自分自身にあらゆることを発言させるようなことは決してありませんでした。

そのことをわたしは実際、今日でも少し誇りにしています。つまり、譲歩することが非常にむずかしい場合でも、自分は決して譲歩しなかったことです。流行している意見が偽物であるということは、自分にとっていつも明らかでした。流行している思想を受け入れていたら、イギリスでわたしはずっと楽な生活を送っていたでしょう。でも妥協案にくみすることはしませ

ノルベルト・エリアス、1984年（Photo: Bert Nienhuis）

んでした。わたしにはそれができませんでした。

――たぶんそんなふうにして自分自身の思想を信頼することはまさに楽観主義に近いものでしょう。

いいえ、楽観主義などというものではありません。それは、科学者にとって通常の研究方法なのです。問題が生じると、ある日、解決法が自分にはあるということが分かります。解決法が考え出されてはいませんが、それはあるのです。フロイトを例に挙げてみましょう。彼はどこから確信を得たのでしょうか。彼もまた流れに逆らって泳ぎました。それはそんなにまれなことではありません。

――でもあなたは、成功をつかむまで非常に長く待たなければなりませんでした。

だいじょうぶです。わたしはとても粘り強いのです。でも、フロイトは直接の敵意に遭遇しました。それはわたしが遭遇した敵意よりもっと激しいものです。

――沈黙するよりも、それに対抗するほうが楽なのでしょうか。

そうです。それが正しいとわたしは確信します。でもわたしには、他の多くの人々が理解しない諸関連を自分は理解しており、それゆえ、そのように言うことが自分の義務であるということが分かっているのです。

以前は、科学的研究によって何かが実際に発見されるということがもっと当たり前だと思われていました。今やそのような態度は、ニヒリズムがたいへん流行しているということもあって、異常のように見えます。それは、かつては違っていました。この点でわたしは初期の時代の化石なのです。

数千年もの間、人間の意味構造の中心は宗教であったことが銘記されなければなりません。今日、多くの人々にとってその場に大きな空隙が現れ、われわれはその代わりになるものを人々に提供していません。わたしはこうした状況で、宗教がなくてもわれわれは非常に意味のあるやり方で生きられるということを示したいと思っています。そのような少ない言葉でそれをまとめることは陳腐な感じがするかもしれません。しかし、嘘をつかないこと、新しい父や母の姿を空に作り出さないことが現在における、われわれの主な仕事の一つだとわたしは理解しています。その中に、わたしは人間の成長過程におけるさらなる一歩を見ていますし、ニヒリズムはわたしにしてみれば、成長することを望まない人々の態度なのです。わたしは自分自身もう少し暇な時間があれば、と思っていますが、現在のところ、こうしたことが人間の成長の苦しみであること、想像上の父や母の姿がなくてもいつかわれわれはうまくやっていけるかもしれないし、さらにまた、社会として意味のある生活をわれわれ自身で構築しなければならないことを指摘するのがわたしにとって非常に差し迫っているように見えるのです。

——そんなふうに説明されれば、あなたの研究は独立を目指す闘争の表現だと思われます。

あなた方はそれを心理学的な問題に還元することはできません。あなた方が意味していることがそうであれば、わたしはあなた方に反対しなければなりません。われわれは社会的責務について語っているのです。もしあなた方がこの膨大な社会的責務を個人に関係するものと見なせば、わたしをまったく誤解することになります。

われわれは「独立」していません。だれもそうではありません。だからわたしはその言葉を使わないのです。われわれはお互いに依存しています。

——あなたはいつも自分の研究を「個人的な」生活より重要なものとして位置づけてこられました。あなたは決して結婚して、子供を持とうとはされませんでしたね。

さて、その二つ——自分がやりたいと思っていたことと、結婚すること——は両立しない、ということに非常に早くから気づいていました。いつも対立があります。

――それはむずかしい決断でしたか。

あなた方の質問の背後にある憶測が正しいかどうかわたしには疑わしいのです。そういう問題は、それがまるでうまく考え抜かれてきたように思えます。しかし、このことにおいては、実際には何も考えられてはいませんでした。人生は違ったコースをたどります。たぶん、そんなふうに生き、あれこれの道を意識的に決める人たちもいるのでしょう。ともかく、わたしはそんなふうに決めませんでした。わたしにとって、それは決定ではありませんでした。

――でも父親にならなかったことで時々後悔しませんでしたか。

いいえ、そんなに深く後悔していません。つまり、わたしはいつも学生を教えることが非常に好きでした。そして、あなた方は、言ってみれば、そういうことを代理と呼ぶことができます。教えることはそれ自体で何か父親らしいものがあります。

――われわれはもう一度ドイツにもどりたいと思います。ドイツに対してあなたもまた非常に否定的な感情をお持ちになっているに違いありません。結局、この国はあなたに非常に悪いことをしてしまったのですから。

はい、その通りです。でも、反ユダヤ主義に、何か同じようなものでもって、報いることはわたしにはふさわしくありません。人々の全集団を非難することは間違っており、正しくはないとわたしは思っています。ユダヤ人に関してもそういうことが長くなされたのです。だれに対してであれ、わたしは同じようなことをするつもりはありません。ナチスの時代を理由として、人々全体を批判しようとは思いません。まして、二、三世代後となれば、非難などしません。

——しかし、あなたの母親は殺され、あなたの経歴も台無しにされたのです。

そんなことがあっても、ドイツ人を見たとき、彼はわたしの母親を殺した、とは言いません。それはまったく非現実的でしょう。

——たぶん非現実的でしょう。でも、憎しみと呼べるような何かもあるでしょうね。

さて、どう表現しましょうか。たとえば、この学際的研究センターに、最初はわたしに対して非常に奇妙な感じでふるまっていた元ナチ党員が働いています。彼は反対の方向で大げさにしようと努めていました。わたしはまったく中立的で、距離を置いたままでした。あなた方が示しそうな、そうした深い反ドイツ感情は間違っています。

——それを乗り越えることが道徳的義務だとあなたは明らかに感じておられますね。

いえ、それはまた感情の問題でもあります。わたしにはこうした感情、つまり、この憎しみの感情はありません。

——でも、あなたはきっと国家社会主義者を憎んでいたに違いありません。

はい、わたしは彼らを憎んでいます。でも、同時にわたしにはヒトラーの集会に行くほど十分な冷静さはありました。わたしはそれに好奇心を抱いていました。

——その頃、最悪のことが起ころうとしていたのですね。

まさにそうです。残っているのは哀悼の気持ちです……ガス室で死んだ母親の情景がまったく頭から離れないのです。わたしはそれを克服できないのです。

赤十字を通じて母親が送った最後の手紙をわたしはまだ持っています。[58] その時、母親は最初の収容所にいたのです。そこからまだ手紙を送ることができたのです。彼女は十語ほど書くことを許されていました。それ以上はだめでした。

わたしの感情はまだそこにあり、それはとても強くて、四十年後でもわたしはまだそれが克服できません。ですが、わたしが母を殺した男に会ったとして、わたしは何をすべきでしょうか。わたしは何をすべきだと思いますか。わたしはそいつのところに行って、おまえは悪者だ、おまえはわたしの母を殺したのだ、と言うべきでしょうか。

わたしはナチスの全エピソードについて書きたいのですが、まだこれから解明されるべきことが多くあります。

——あなたは自分自身をまだユダヤ人だと思いますか。

はい、そうです。わたしはユダヤ人です、ドイツ系ユダヤ人です。わたしの全体質、さらにわたしの容貌においてもそうです。あなたの質問の仕方では、まるでわたしに選択の余地があるように思えます。でも、わたしはこう答えることしかできません。わたしには選択の余地などありません。わたしはユダヤ人です。わたしが何を語ろうと、何をしようと。
それはわたしにユダヤの冗談を思い出させます。それは、もしわたしがユダヤ人なら、それを誇りに思う方がまだましだ、というものです。でも、わたしはそう思いません。わたしが思うに、ユダヤ人であろうとするから自分はユダヤ人なのではなく、ユダヤ人であるからユダヤ人なのです。

——同じようにあなたはドイツ人でしょうか。

もしわたしが単に、ドイツ人であると言えば、それは必ずしも正確ではないでしょう。実際わたしはこう言うべきでしょう。わたしはイギリスで三十年間暮らしたドイツ系ユダヤ人です。そのすべてがわたしの体質に入り込み、わたしはそのすべてなのです。

——最後に一つ質問があります。あなたが一番そこで死にたいと思っている場所はありますか。

いいえ、ありません。場所など問題ではありません。ただわたしは苦痛のない死を望んでいます。自分が老いぼれになって、もはや人の役に立たなくなるとき、消えてしまいたいとわたしは思います。でも、それがどこで起こるかは自分には興味はありません。

——さらに、あなたはどこに一番、埋葬されたいと思いますか。

それはもはや「わたし」ではなくなるでしょう。

――しかし、時々、人々はその点ついて非常に正確な願望を抱きます。

わたしはそうではありません。わたしはそんなことについて考えたこともありません。わたしは生きている人々の問題に関心があります。それに、わたしは実際、ある箇所に書きました。死んだ人々は問題などまったく抱えない、と。

第二部　人生の記録

学問がわたしに教えてくれたこと

何年も前にイギリスの社会学者が行ったシンポジウムで現代社会学の弱みと強みについて議論がなされた。そこで生まれた小さなエピソードがわたしの心の中に生き生きと残っていた。当時ロンドン大学・ベッドフォード・カレッジの社会学教授であったバーバラ（後に女男爵）・ウートン[1]は、いくぶん人を怒らせるような演説で次のように叫んだ。「それに、あなた方のだれもが社会学の専門家ではありません。まわりを見てください。あなたも、あなたも、そしてまたあなたも——彼女は聴衆のうちの何人かを指差した——違います。あなた方のだれも社会学を学んだことなどないのです。あなたがたはどこか別の分野からやって来たのです」。

その頃、わたしは亡命中のまだ若い社会学者であり、イギリスでは大学のポストに就いてはいなかった（とはいえ、バーバラ・ウートン教授は、とりわけベッドフォード・カレッジでの講義を勧めてくださったりして、わたしに大いに援助の手を差し伸べていただいた）。その講義でわたしは立ち上がり、最近まで社会学の教授の職と学部がかくも少なかったということを前提とすれば――第二次世界大戦前にはイギリス全土で二つの学部しかなかった――昔の数少ない社会学の提唱者たちが彼ら自身社会学を学んでいなかったのは、ほとんど驚くに値しない、ということを指摘した。第一世代が他の分野の出身者であることは仕方がない、とわたしは言った。そのような状況は、新たに制度化されたどの自然科学でも観察された。大学の通常の学科目として社会学が比較的後になって採用された理由を社会学者に説明する必要がなくなることをわたしは望んでいた。そのうえ、わたしは、経済学や歴史学のような社会学以外の何かを元来学び、自ら率先して社会学の知識を獲得し、さらに社会学それ自体が提示する問題を理解することが社会学者にとって不利であったということが決して当然視されるべきではない、と付言した。優れた社会学者になるには、われわれは社会学を、さらに社会学のみを学んでおかなければならない、と主張することが専門家の倫理についての誤った理解を特徴づけている、とわたしは述べた。もし社会学を実践する人が単に社会学ではなく、それ以外の何かを学んでいれば、それが社会学的想像力の豊かさと深さにとってじつに有益なのである、という印象をわたしは時折得ていた。物理学者を専門化された物理の分野に、経済学者を経済組織の研究に、さらには歴史家を特定の歴史時代に限定した専門的な学問研究の倫理は、専門研究の生活において、社会学の多大な応用にとっては確かに適切であったが、社会学研究の革新的で先駆的作業や大学での教育には適切ではなかった。学問はそれがなければ化石のようになるだろうし、とりわけ社会学は繰り返し何度もそれを必要とした。この作業は、社会学の分野のみならず他の人間科学の分野、たぶんあれこれの自然科学の分野においても専門的知識――それが通常の研究コースで得られる場合であれ、独立した研究で得られる場合であれ――を要求した。つまり、専門的な社会学の標準化された知的母体を相当越えて知識が進んでいるのである。

こうした取るに足りない長広舌によって、当時そこにいたイギリスの社会学者の間でわたしが多くの友人を得ることになったかどうかは分からない。このような言葉によって、長く中断していた自分の大学での経歴をイギリスで再度始める機会が増えたのかどうかも分からない。しかし、当時わたしは沈黙の知恵を理解する力を欠いていた。

「第一世代の社会学者」としてわたしが一括した人々の中で、とりわけ、何か他のことを研究した後で、社会学を自分たちの主要な研究と教育の領域として、おそらく明確な知的決意の結果として取り上げた人々の中で、社会学の研究を、自分たちがそこに持ち込んだ包括的な知識によって、豊かにした例が多くある。ここではマックス・ウェーバーを挙げれば十分であろう。彼は訓練を重ねた弁護士であった。彼の著作のいくつか、とりわけ『社会学の基礎概念』――それは実際には社会学者にとって法律書であるが――は、ウェーバーの法律上の訓練を考慮に入れていない人には理解できないであろう。しかし、ウェーバーがそれを必要だと感じたときには、彼は膨大な知識を、特に歴史的な知識を独立した研究を通じて獲得した。マックス・ウェーバーをして彼自身を社会学者に転じさせることになった諸経験をもっと正確にたどることはおそらく価値があるかも知れない。マックス・ウェーバーは自分の研究の結果としてではなく、自分自身の選択によって社会学者になっていたのである。こうした事例は一九二〇年代の多くの社会学者にも類似していた。彼らは第一世代の社会学者であった。

わたし自身はそのような人々の一人である。わたしは医学と哲学を勉強した。ヤスパース[2]――わたしは彼のゼミで自分の最初の論文(トマス・マン[3]と文明化の作家に関する論文)に取り組んだ――は、散歩に出かけている間に、マックス・ウェーバーについてわたしに何か話をしてくれたが、彼はウェーバーに敬意を払っていた。しかし、わたしは大学のコースを修了する前に、社会学の本を自分が何か一冊読んだ記憶はない。一九二三年に超インフレの時期が終わる頃、わたしが若き「博士」として最初にハイデルベルク――そこでわたしは学生生活を楽しんでいたが――に行ったとき、わたしはもはやヤスパースのゼミには出席せず、アルフレート・ウェーバーのゼミに出席することになった。わたしは社会学の講師であるカール・マンハイム博士を知るようになり、彼のゼミにも出た。マンハイムはわたしよりもほんの二、三歳年上であり、われわれはすぐに良き友人になった。彼は第一世代の社会学者ではあったが、ルカーチ[4]のかつての学生として、また故国が厳しい政治状況に立たされていたこととの関連でマルクス主義文学について相当な知識を持っていた。が、わたしにはそれがなかった。わたしが社会学の主な著作に徐々に親しむようになり始めたのはその時期であり、だいたい二十八歳か二十九歳の頃であった。

わたし自身の学問的経歴は元来、かなり違った方向をとっていた。学問的基礎は学校で作られていた。両親が通わせてくれた人文系のギムナジウムでわたしは運が良かった。選択的であったり、偏ったりするかもしれない記憶をたどってみると、ブレスラウのヨハネス・ギムナジウムでの年月は、自分の知的方向設定にとって非常に重要な時代であったようにわたしには思われる。後年、わたしは自国の文化的財産に対する生徒の興味を刺激するというより、むしろそれを削いでいるような多くの学校のことを耳にした。そうした理由により、わたしは特別な感謝の意を表して母校を振り返るのである。わたしには決して明確でない理由により、ブレスラウのヨハネス・ギムナジウムは、教師や同僚の学生の間で見え隠れする反ユダヤ主義的な敵意の圧力をユダヤ系の学生がほとんど感じることのない、町で数少ないギムナジウムの一つであった。それは少数のユダヤ人教師が上級の地位を占めている数少ないギムナジウムの一つでもあった。教師陣には後年、自ら大学の教師として名を成した人々が多く含まれていた。数学者のユトナーは別にして、わたしが特に鮮明に記憶しているのは古典学者のユリウス・シュテンツェル(5)であり、彼はしばらくの間わたしのクラスの担任教師であったし、さらに、わたしの古典文学に対する興味は彼に負うところが大きく、わたしが古典文学を理解できるのもすべて彼のおかげである。彼は、その著作が今日まで知られているように、後にキール大学の教授として同僚の学者の間で広く知られていた。わたしはあの小柄な上級クラスの先生リース博士を覚えている。というのも、彼のおかげでわたしのフランス語の基礎ができ上がり、わたしがフランス語を好きになったからである。さらに、わたしはクリューガー博士のことも記憶しているが、彼は、とりわけわたしのクラスのメンバーの間で特別な哲学のグループを組織化する責任を負っていた。数多くの頭脳明晰な学生がそれに所属していた。わたしは彼らのうちの一人か二人と友人になった。われわれはカントを読んだが、医学のみならず哲学を学ぶというわたしの後年の決意は大いに、このグループを通じてわたしが得た刺激によるものであった。わたしはさらに自分自身の能力に関して自分が抱いた疑念についても鮮明に覚えている。それは、グループ内の友好的な競争意識から生まれた疑念であり、グループの指導的な秀才たちの知識や輝かしい知性に自分が果たして適合できるのかどうかということに関連していた。

ここでわたしの教育の基礎について触れることはいくぶん重要であるように思われる。それには、依然としてドイツの教養ある中産階級の古典的教育の理想が全体的に染み込んでいた。その中心には古代ギリシャ・ローマの古典作家、シラーやゲーテの時代のドイツ古典主義者がいた。七十年以上も前の子供の精神世界へともどっていくことは必ずしも容易ではないが、記憶を求めて昔に遡ると、半ば闇の状態から、わたしの個人的、社会的特殊性をかなりよく示しているようなエピソードが現れてくる。ユダヤの習慣では十三歳になると、両親の家の歓迎会の後に続くシナゴーグでの儀式によって、われわれは大人の地位を認められていた。これは社会発展のもっと初期の段階の諸条件を反映していた。宗教的習慣は依然として変わらなかった。自分自身の社会では、十三歳ではわたしは学童であり、大人に近いわけでもなかった。思い返してみると、このまったく形式的で、しかも非現実的な大人の世界への参入のときには、わたしは自分自身を子供として、利発で小さな子供として捉えているのである。このような儀式の折には、広い範囲の親戚や家族の知り合いがわたしにプレゼントをくれることが分かっていた。彼らのほとんどが、適切な本を探しにブレスラウの有名な本屋に行くこともわたしには分かっていた。それゆえ、わたしは一週間前にこの本屋を予防策として訪れ、本屋に次のように要求した。「エリアスの成人式(バーミツヴァ)にふさわしい贈り物についてだれかが尋ねたら、その人がだれであれ、その若者は図書館協会版のドイツ古典を望んでいると助言してください」。本屋とのこの申し合わせは、数多くの本を交換する必要性をわれわれから省いてくれた。そして、結果として、わたしはすでに所有していたシラー全集に加えて、ゲーテ、ハイネ、メーリケ、アイヒェンドルフ、および他の古典作家の全集を同じ版で得ることになった。

ドイツ古典文学への、わたしの教育のこうした初期の方向性――それはこのような本を所有することへの誇り、こうした著者へのわたしの早期の傾倒に表れているが――は今もなお非常に意義深いように思われる。それは、たとえわたしが哲学における観念論的傾向の不適切さに徐々に気づくようになった後でも、また、社会学に転向してからわたしがこうした伝統の明白なる人文主義に対してますます批判的な見方をするようになり始めたときも、人間の諸問題への幅の広い、深い接近をわたしに可能にさせるのに、ある役割を果たした。わたし自身の社会学的見解はこうした伝統の非世俗性、さらには社会学におけるその明白なる余波に対するわたしの反抗から進化したように思われる。しかし、この根本的な見解の変化は、比較的長い過程の所産であった。その中では数多くの経験がその役割を果たした。自分がそれらをすべて意識しているのかどうか自分にはよく分からない。

戦争体験がこの過程にそれなりに貢献をしていたのかもしれない。確かに、戦争体験は、わたしが前線からもどってきたときに、学校時代に最初にあおられたわたしの哲学研究への願望をひどく切り崩しはしなかった。しかし、わたしは明らかに未決定の状態であった。なぜならわたしは哲学ばかりでなく、医学も研究する決意をしていたからである。これをわたしがどれだけうまく処理したか、二つのコースを同時に追求することがどれだけ可能であったかもはやわたしにはあまり定かではない。しかし、その二つの学科目がわたしの知的見解に、とりわけ学問的研究の対象についてのわたしの考えに決定的な影響を及ぼしたことは、わたしには実際よく分かっている。徐々に興味が薄れながらもわたしは自分の医学研究を臨床学期の中盤まで継続した。それからわたしは、二頭の馬に同時には乗れないことを悟った。わたしは医学を断念し、自分の哲学課程を修了することに専念する決意を固めた。しかし、それまでにわたしは中間前臨床試験を受けることになっていた。それに備えるために、わたしは数多くの科学系科目に関する知識をかなりたくさん獲得していた。ここでもまたわたしは教師との関係では幸運であった。解剖学はしばしば退屈な科目だと思われている。カリウスは、解剖研究室での研究を含め、人間の体の研究をいかにして面白くさせるかを知っていた。わたしは筋肉、神経、内臓間の関連についての興味を今日まで維持しており、社会学者として、この種の知識なくして、どのようにしてわれわれは人間についての適切な観念を作り出せるのか今でも想像できないのである。

後にわたしはある時、笑ったり、微笑んだりすることを扱う問題に取り組んだ。それは、人々がどのようにして生物学的に相互に順応するかということを、パラダイムのような形で、つまり、われわれが基本的に、習得によって獲得される順応、すなわち社会的順応性に係わっているときでさえ、見逃されてはならないような方法で示しているようにわたしには思われた。医学を研究していた年月の間にわたしが獲得した知識のおかげで、人間の微笑や笑いの社会的側面を、おそらく生物学的な側面と呼ばれるかも知れないこととと切り離さないようにするのがまったく自然であるようにわたしには見えた。わたしは人間の顔の筋肉系が持つ独特の多様性について知り、この筋肉系が現存する類人猿のそれに比べると、さらにどれだけ複雑であるか――たとえば、人間の笑いにおいてかなり重要な役割を果たす頬の筋肉がどれだけ発達しているか——を観察した。それゆえ、このような面からも、わたしは、人間が生まれつき自分の同類者と一緒に暮らすことや、種特有のコミュニケーションの形式——それは、人間だけのものではないにしろ、習得された社会的パターンの同化によっていくぶん活性化され、かつ変形されるかもしれないし、またそうであるに違いない——にうまく順応していることを認識させられたのである。こうした種類の研究によって、わたしはとりわけ、人間の顔の異常な個性化——特にそれは動物の顔が相対的に硬直しており、個々の違いがずっと少ないことと比べると分かる——が部分的には人間の顔の筋肉が特に柔らかくて、多様であることに起因することを証明したかった。

人間の肉体の問題に関する今日的な議論においては、人間の顔は人間の体の一部であるということが容易に忘れられているのである。「閉ざされた人間」〔*homo clausus*〕という人間についての依然として支配的なイメージに対するわたしの戦い——それはこれまでのところ、個々の人間は基本的に相互に調節し合っているということ、つまり人間存在の集団関連性を他の人々に伝えたいというわたしのほぼ空しい試みでもある——はいくぶんそのような生理学的、解剖学的知識に依拠しているのである。われわれはしばしば、顔による調節の特別なパターンを、ある感情の「表現」として、つまり、まるで感情が原因であり、顔の筋肉の動きのパターンが結果でもあるかのごとく語る。しかし、それはあべこべである。それは「閉ざされた人間」の精神性の例であり、それによってわれわれは、外部に向けられる、つまり特に他の人々に――この場合では、顔の信号の場に――向けられるあらゆるものが、その人間の内的存在の孤独な部分に偶然もたらされるある種の付随物である、というふうに考えるようになる。実際、他の人々に対して、コミュニケーションを図るためになされる感情の合図は、人間の体質の基本的な特徴である。顔の合図と感情は、結果と原因と同じ形で、相互に関係しているのではない。両方とも元来まったく同一の人間的反応なのである。感情と表現は基本的に同属である。文明化の有力なパターンに依存して、ただ段階的にのみ感情的興奮とジェスチャー、あるいは顔の筋肉の動きとの間に分離壁が挿入される。ただ段階的にのみ、より複雑な社会にいる子供は感じないで笑うようになるのである。そして、ようやくその時、人々にとって、自分自身の真の自我が自分自身の内部に閉じ込められているように見えるのである。

確かにこうしたことすべてはもっと後になって自分にとって明らかになったにすぎないのだが、その頃それはわたしの文明化の理論と社会学的思考一般の主な支柱の一つになった。しかし、果たしてわたしが「閉ざされていない人間」〔*homo non-clausus*〕という新たなイメージを明らかに組み立てることができていたかどうか、また、医学を研究していたときにわたしが獲得した知識がなくて、後になってそれをさらに発展させることができたのかどうかは、大いに疑わしい。

その頃はそれを完全には認識しないで、わたしの前臨床学期、そして特に解剖学の研究はわたしの基本的な思想に重大な影響を及ぼした。その頃、今と同様、わたしは他の何よりも統合的な人間の神経組織の構造と機能に興味を持っていた。解剖をしている間、わたしは人間の脳の構造と機能について何かを学んだ。自分の思想が依然としてかなり未熟でありながらも、わたしは自分が解剖室で得た人間の性質についてのこうした知識を、わたしが畏敬していた哲学教師ヘーニッヒスヴァルト、もしわたしの記憶が正しければ、彼もまた医学を学んでいた）の新カント派的人間像と比較せざるをえなかった。哲学では、人間の「内的世界」や観念の領域に対して、その彼方に「外部世界」が位置しているという仮定、つまり先験的な現実の超越的構成要素といった仮定が当然視されていた。解剖しながら、わたしは人間の脳の内部にはとてつもなく複雑な構造以外には何もないことに気づいた。脳の機能の謎はその当時とても解決されそうにもなかったが、その基本構造は、感覚受容と動作という相補的性質、「内的世界」と「外的世界」の間の恒常的調停、包括的世界の方位設定と移動とのあるつながりに完全に調和していた。哲学的、観念論的人間像と解剖学的、生理学的人間像の矛盾は長年わたしの信念を動揺させた。わたしはこの問題にすっかり夢中になり、絶え間なくそれについて思い巡らしたが、ようやくその明快な答えを見出したのは、わたしが社会学に自分の注意を向けてからずっと後のことであった。ずいぶん長い時間をかけてわたしは、外界から密封されたあの支配的な人間のイメージから遠ざかり、基本的には世界、自分ではないもの、つまり他のもの、とりわけ他の人々に順応する個人という対立的イメージへの方向を見出すようになったが、それは哲学の研究を断念するという自分の決意と密接につながる過程であった。

わたしはかつてそのような未解決の疑念をヘーニッヒスヴァルトに対して暗に示したが、生物主義が不適切であり、そのような弊害に汚染されていない判断力こそ有効であるということをほのめかされて、自分の考えをすぐに訂正されたことを覚えている。有効性の概念には、ヘーニッヒスヴァルトがわたしに対して使った機能以外に他のいかなる機能もないし、その場合それは、哲学の基本的手順――それは時間的流れの中で観察される過程を、時間を超えた、動かない、変化を免れる何かに還元することである――を擁護するために捧げられたある系統的な議論の構成要素として、批判的な反対意見に対して役立つ、ということをわたしはようやく段階的に知るようになった。実践的な科学者たちは長きにわたって、ニュートンの法則が普遍的にというよりもむしろ部分的に有効であるということ、さらに、物理学者たちの間でコンセンサスを得られている宇宙に関する標準的モデルが、新たな観察に鑑みて訂正されるかもしれない、あるいはまったく廃棄されるかもしれないということを知ってきた。

わたしの医学研究は、少なくとも、哲学から社会学に転向する決意の中である役割を果たした基本経験の一つであったことに気づいたのは後になってからにすぎない。しかし、社会学を学ぶ学生のために入門講義を行っているときにも、わたしは時々脳の断面図の模型を手渡していた。

社会学を学ぶ者として、社会的諸関連の理解に必須である人々のイメージ——それは、人間、動物、植物、鉱物の間にある生命に基本的に順応する人々のイメージである——を形作れるようになるには、われわれは人間の神経組織の構造の概略を知るべきであるようにわたしには思われた。さらに、生理学や解剖学のような基本的な医学研究は、人間は一片の物質であるというような観念を信用しないことをわたしに教えてくれた。明らかになったのは、人間はとてつもなく複雑な物質の組織体である、ということであった。人間を構成する物質の全体性は、その物質の組織体がもはやうまく機能しなかったり、あるいは完全に崩壊したりしても、なお存在するかもしれない。しかし、生命体はそのときには自らを再構成する能力を失い、人は死ぬとわれわれは言う。

まさしくこのような関連で、構造とは、機能とは何を意味しているのかということについてわたしは初めて明確な考えを持つようになったのである。中枢神経系や末梢神経系などの実体は人間の組織体の内部ではどちらの機能を司るのか、またそのような組織の構造はどのようにその機能に合致するのかといったことをわたしは知るようになった。社会組織は実質的には生物学的組織とはまったく異なる。それにもかかわらず、後者の研究で得たわたしの経験は、前者の理解を始める時期が来たときも少なからずわたしには役立った。そのおかげでわたしは、現存の社会構造の診断を、先入観に支配された政治的な願望の概念もしくは恐怖によって汚染させることから免れたが、そうした見方は、問題となっている構成物がどのような様相を呈するべきか、呈するべきではないかを示すものであり、それが実際どのようなものであるか、現実的にどのように機能しているかを示すものではない。

学生としても、また研究者としても、わたしはドイツにおける政党の政治生命を、興味はあるがあまり深く関与しない観客の見地以外の見地から眺めるようになったことはなかった。政党に対するいかなる熱烈な献身もわたしには無縁であった。若者としてなぜこれが真実なのかを自分が知っていたとはわたしは思っていない。政治的な献身のモデルは実質的にはわたしの両親の仲間や親戚にも見られなかった。わたしの仲間の学生たちの間でさえも強い政治的忠誠心を持った人々は例外的であった。その当時の政治の出来事についてわれわれが話したことは当然である。われわれはそれについてときには興奮して、またときには退屈しながら議論した。そうした主人公のほとんどは異質の世界、われわれが個人的にはまったく近づくことのない世界に属しているようにわれわれには思われた。兵役の義務に自分が服していたときでもこれはほとんど変わらなかった。ドイツ皇帝や将軍や、またわたしが無線通信士のグループの一員として配属させられていた師団の上官も、単に軍務に服している人間にはかけ離れた人物であった。わたしは時たま兵士会議――一九一八年にわたしの部隊が、おそらく明瞭な発言能力を理由にわたしをそこに派遣した――に参加したが、政治というものは問題を回避しながら多くを語ることであり、実際、自分にはまったく関心のあることではない、という思いを強くさせるだけであった。さらに自分が医学や哲学を研究することによって自分の内部では、他の方向を目指す関心事が深まった。わが大学の教師たち――カリウスやとりわけヘーニッヒスヴァルトのような人々――の何人かが提供してくれた学問的献身のモデルがどれだけ印象深いものであっても、彼らの政治的忠誠心はわたしにはまったく未知のままであった。

たぶんわたしの記憶がわたしにいたずらをしているのかもしれない。おそらく政治的献身のモデルは長きにわたって手近にあり、わたしだけがそれに気づいていなかったのであろう。確かに、大きな社会的危機の始まりはすでにずっと昔からわたしを象牙の塔から追い立てていた。三年以上も戦争が続き、わたしは軍務に服することになり、大インフレのどん底で数年も工場で働き、またその他多くのこともあった。しかし、わたしは、見解の一方的な偏り、すなわち、もしもあなたがたがある政治的な立場を取り、政治というゲームに喜びを見出すなら、慣れておくことが必要となるような事実の歪曲を見逃すほど、自己武装したり、あるいは頑迷になったりすることがありうるとは思わなかった。これらはすべて大げさな言葉であり、半分真実であり、満たされえぬ約束なのである。

超インフレが収まり、両親が再び生活できるようになったとき、『ベルリーナー・イルストリールテ・ツァイトゥング』という新聞に――その時期これが最初で最後であるが――わたしは首尾よく記事を売ることができた。自分はジャーナリスト的な作品で今や生計を立てることができる、もし最悪の状態になれば、両親が再び自分を助け出してくれるという確信によってすぐその場で辞表を提出した。そして、わたしはアカデミックな経歴への入口を見つけるという淡い期待を抱いてハイデルベルクに向かった。

わたしが尊敬していた教師へーニッヒスヴァルト――彼はわたしの研究の指導教官でもあった――と自分の関係は、ほぼ修復が不可能と思われるほどまったくの決裂状態で終わった。自分の博士論文に取り組んでいる過程で、わたしは徐々に――自分自身と痛ましい議論をしながら――先験的な真実という思想全体が完璧ではないという結論に達した。カントが、因果関係の観念であれ、時間観念であれ、自然の観念もしくは道徳律の観念であれ、永遠であり、あらゆる経験に先立って与えられると見なしたすべてが、それに付随する言葉も含め、個々の人間の意識の中で存在するようになるには、他者からの習得が必要である、といった事実をわたしはもはや無視できなくなったのである。それゆえ、獲得された知識として、それは人間の経験の蓄えの一部を形成した。さらに、このことが今や自分には反駁できないように思われたので、わたしはそれを博士論文で思い通りに書いた。へーニッヒスヴァルトはそれを完全に誤りであると宣告した。わたしにとって納得のいくような理由を示すこともなく、彼はわたしにその主張を変えるように命じた。彼はそれをそのまま受け入れられなかったのである。われわれは両方とも自分の意見を擁護した――今日にいたるまでわたしがそうしているように――が、ついにわたしは、彼の権力の潜在力がわたしのものより大きいことを認めざるをえなかった。わたしは最も明白な数節を取り消し、他の節も二、三ほど語調を和らげて量の減った完成品を彼に送ったが、何の解説もないまま彼はそれを受け入れた。かくして、わたしはブレスラウ大学の博士号取得者にしてもらった。わたしの博士論文は紛失してしまった。困難な時代という点を考慮して、その頃わたしは短い抜粋を印刷すればそれでよかった(1)。しかし、わたしに講師の資格を与えてくれる「大学教師資格試験」の論文を続いて書くために、ヘーニッヒスヴァルトに指導してもらうよう依頼するのは無意味のように思われた。

ついでではあるが、このような口論があったからといって、彼に対する敬意や彼がわたしに教えてくれたことに対する感謝の気持ちが減ったことはいっさいなかった。ヘーニッヒスヴァルトは彼の世代に属するドイツの多くの教授同様、権威的であり、いかなる無意味なことも耐えようとはしなかったし、愚かな人間や形而上学者にも我慢がならなかった。彼は、フッサール(6)の現象学も含め自分が哲学的思索として認めたことを拒絶した。ハイデガー(7)や実存主義一般も彼は論ずる価値のないものと思っていた。彼はそのような不正確な思考様式への蔑視を隠せなかったのである。ヘーニッヒスヴァルトから（そして自分の父親からも）わたしはいかに考えるかについて学んだ。それにはこうした短い言葉ではとても表せないほどの意味がある。わたしは、彼に対してだけではないが、とりわけ彼にある種の良心のことで恩義を感じている。そうした良心のおかげでわたしは思考のだらしなさ、わざとらしさ、気取り、不正なごまかしなどいずれも見逃すことができないのである。要するに、問題に関係のないものはほとんど見逃せないのである。もちろん、自分の良心が時々眠ることはわたしも認める。ヘーニッヒスヴァルトは自分自身に対してもまた同じく厳しかったのである。彼の時代の新カント学派の間で彼は明らかに最も独創的な学者の一人であった。わたしが、自分は彼からどのように考えるかを学んだと言うとき、その意味は生産的に考えるということである。つまりそれは、彼は自分を例に挙げながら、思考を信頼することをわたしに教えてくれた、という意味なのである。じっくりと考えることで何か新しいこと、何か確かなことが発見できるかもしれない、という自信を彼はわたしに与えてくれた。戦争と戦後時代の経験、それからわたしの医学研究はおそらく役に立ったであろうが、当時わたしが多かれ少なかれ自己学習しなければならなかったのは——その頃、社会学への転向によってそれが必要になった——観察するという補足的行為、つまり経験的作業という戦術であった。

かくして、わたしは、あいまいな思考様式に対して武装してハイデルベルクに赴いた。そこでの学生時代から、わたしはその生き生きした町について最良の記憶を保持していた。実際に自分が行こうとしていたこの場所をもっと前に訪れたことがあったのだが、その時よりもさらに明確に、わたしは、自分の人生との関連で自分は何を成し遂げたいのかということを理解できた。わたしの前には大学で教わったあの教師たちが例としていた。わたしの願望は長い間そちらの方向へ引っ張られていた。そして今やわたしは、自分にもそれができる、つまり、教えたり、研究したりすることができる、という自信を手にしていた。わたしには、自分が良き教師であることが分かっていた。仲間の学生の間でも、むずかしい主題を簡単なやり方で説明できるという評判がわたしにはあったからである。わたしは教えることが楽しかった。研究について言えば、自分の能力の証拠としてせいぜい博士論文があるくらいであった。したがって、研究というのは困難な仕事であった。知的な能力においては自信があったし、着想においてもわたしはそれが不足してはいなかった。ところが、博士論文が要求する、集中力を要する知的作業は非常にむずかしかった。ただ後になって分かったことであるが、すべての若者の九〇パーセントは最初の主要な研究論文を書くのに困難を経験するのである。さらに、そのことについて言えば、ときには二番目、三番目、あるいは十番目さえむずかしいのである。その頃だれかがわたしにそう教えてくれていたら、と願うことがあったのかもしれない。もちろん、あなたがたは、「自分だけが博士論文（あるいはそれが他の何であれ）を書くのにこんなに苦労をしているのだ。他の人にとってそれはまったく簡単なのだ」と考えてしまう。しかし、それは実情ではない。今ならわたしはそのように言える。困難などまったく普通のことである。ただわれわれはそれをやり続けなければならない。自分自身の場合には幸運であったことがわたしには分かった。そのような作業が非常に楽であるとはわたしは決して思わなかったが、わたしには持続力があった。わたしはそれに固執した。

ハイデルベルクではわたしはかなり急速に学問的な出来事の渦に巻き込まれた。その頃、ハイデルベルクは古いスタイルの前産業的な大学町であり、それは大学が町を支配していたことを意味している。たとえ間接的であれ、住民の相当な割合が大学で生計を立てていた。毎日の情景では学生たちが大きな役割を果たしていた。しかし、ドイツが帝国から共和国に変貌すると、それにともなってはっきりとした変化が現れた。一九一八年以前は、学生団体――彼らには、色とりどりの帽子、飾り紐やステッキ、入念に磨き上げられた傷跡や決闘の習慣、その他の儀式化された形式的行為で使われる高価な装飾品があった――が重要な役割を果たしていた。今や、「自由な学生」（彼らは依然としてそう呼ばれていたが）が、つまりどの学生団体にも属することなく、かろうじて組織化された自らの連合体を持ち、その生活態度や様式においてさらにもっと形式にとらわれない若い男女が、はるかに影響力のある、ほぼ支配的といってよい役割を、市の生活、とりわけ大学の知的生活において演じていた。同時に、一九二四年から一九二九年、三〇年にかけて、わたしがハイデルベルクにいた頃、この町には、偉大な知的活力があり、教授陣にも数々の有名な人物が含まれていたし、少なくともわたしが接触している仲間の間では、個々の学生に高度な要求をする学問的水準もあった。

このような仲間は特に社会学者の集団であった。それもまたその頃のハイデルベルクの特別な性質の一つであった。ここではマックス・ウェーバーの思い出が大きな役割を果たしていた。アルフレート・ウェーバーはその遺産を保持するだけでなく、社会学に自分なりのやり方で新たな刺激を与えた。さらにマックス・ウェーバーの未亡人マリアンネがその伝統の受託者として、また後で再度わたしが言及するような意味で、重要な役割を果たした。その頃、マックス・ウェーバーも彼の研究もまだ、やがてそれが獲得する国際的偉業に達してはいなかった。しかし、ドイツにおける、とりわけもちろんハイデルベルクにおける社会学の地位に関するかぎり、自分自身の学科をはるかに越えたところで共鳴される模範的な社会学者が出現したことは最も重要であった。振り返ってみれば、後の世代によって引き継がれた暗黙の選択過程の結果として、ウェーバーは優れているように見えるかもしれないが、それと同じ程度で彼が当時生きていた人々にとって、一九二〇年代の社会学者集団よりも際立っているわけでもなかった。その著作がかなり注目されていた古い守護者に含まれる人物、つまり、テニエス[8]、ゾンバルト[9]、シェーラー[10]、フランツ・オッペンハイマー[11]のような人々がまだ生きていた。トレルチュ[12]の著作は、ジンメルのそれと同じく社会学の、容認された知的備品であり、ハイデルベルクの雰囲気に駆り立てられてわたしはそれを今や自分のものにした。そして、その背景にはいつものように、無表情ながら雄弁そうな姿でカール・マルクスの巨大な像がそびえていた。

何が語られようが、社会学の議論の干満は再三ほぼマルクスの周辺を渦巻いていた。マルクスの社会理論に賛成するにしろ反対するにしろ、その孫や曾孫たちとの議論はその当時、先進産業国の社会学では公然と、またさらにもっとしばしば隠然とした形で永久的な役割を演じた。こうした役割が、この社会自体の内部における、プロレタリア階級と雇用者の間の、またそれに相応する諸政党間の持続的な緊張と密接につながっていたという事実を付け加えることなくして、この事実に言及することは間違いであろう。

一九二〇年代の初めにハイデルベルクで短期間学んだとき、わたしは哲学の学生の間で生活した。わたしはとりわけあの敬うべきリッケルト[13]のゼミに参加した。さらに比較的若いヤスパースは自分の好みを追求し、トマス・マンと文明の作家たち（西洋の合理主義文化に奉仕する作家たち）――ヤスパースは侮蔑的に彼らをそう呼んだが――との論争を長期のゼミの主題にするようわたしを励ましてくれた。しかし、博士論文という飾りをまとい、講師の地位に上がるために「教授資格獲得」のチャンスを探しながら、一九二四年に再度ハイデルベルクに到着したとき、わたしの興味は方向を変えていた。わたしは社会学者が担当している講義やゼミに出た。そして、わたしがそこで知るようになった学生は、男子も女子も、哲学の学生よりも比較にならないほどさらに政治に関心を持っていた。さらにまた、その学生たちの間には奇妙な分断があった。わたしの記憶が正しければ、その当時、アーノルト・ベルクシュトレーサー[14]がその助手を務めていたアルフレート・ウェーバーの所には、あらゆる点で政治的色彩の濃い学生が行き、それには極右仲間が含まれていた。が、もしわたしが間違っていなければ、極左連中は例外であった。一方、極右の人々は若い私講師カール・マンハイム博士のゼミにはいなかった。そこでは、学生間の政治的ニュアンスの幅は、共産主義者から独立社会主義の共鳴者を経て若い社会民主主義者や民主主義者に至った。こうした仲間の中でわたしは間もなく自分の足がかりを見つけた。とはいえ、わたしは、自分は党派とは無縁であり、そのような状態でいるつもりであったという事実を秘密にはしなかった。

わたしはたちまちマンハイムと友達になった。そして、わたしは、自分が彼の学生よりも年上であり、かれ自身よりもほんの二、三歳若いだけであり、さらにまた学生の間により多くの自分の知り合いがいたということで、知らないうちに彼の非公式の助手に収まった。一九二〇年代の終わりに、『イデオロギーとユートピア』を上梓して間もなく、彼がフランクフルト・アム・マイン（フランクフルト大学）の社会学の教授に任命されたとき、彼はわたしに公式の助手として同行するよう依頼した。できるだけ早く教授資格が取れるという条件でわたしは同意した。マンハイムは、もしわたしが最初の三年間、彼の助手として仕事に専念してくれれば、彼の指導の下でこの資格を喜んで取らせてあげよう、とわたしに語った。わたしにはアルフレート・ウェーバーの指導の下でもまた教授資格を取得する機会があったが、自分は彼の候補者リストの四番目であった。マンハイムのリストではわたしは一番であった。そういうことで、わたしは大学の教師の資格を取得する前に、三年ほど待つという彼の申し出を容認した。それは一九三〇年代のことであった。それから三年後にヒトラーが政権力を掌握した。わたしはようやく何とか教授資格試験の手続きを潜り抜けた（就任講義を別にして）が、しかしそれはわたしにはほとんど役に立たなかった。わたしは流浪の旅に出たが、再び勉強するにはあまりに歳をとりすぎ、教授の資格を得るには若すぎた。

しかし、一九二四年にハイデルベルクでわたしが徐々に自信を見出していたとき、われわれはそのようなことすべてをほとんど予感してはいなかった。アルフレート・ウェーバーは、教授資格取得候補者としてわたしを考慮に入れることに同意してくれ、わたしにはそれがうれしかった。しかし、それにはまだ長い時間がかかりそうであった。物事を確実にするには、自分の計画をマリアンネ・ウェーバーに同意してもらうことがおそらく重要であろうし、確かに有益であることをマンハイムはわたしに説明した。彼女はある種のサロンを開催しており、ハイデルベルクで大学教師の経験を得たいと熱望する若い社会学者はそこに顔を出すことが得策であった。その後、間もなくわたしはマリアンネ・ウェーバーの家に招待された。定期的な間隔でハイデルベルクの学問的エリートの一部がそこに集結した。そこにはエルンスト・ロベルト・クルティウス[15]のような男性たちや、ヤッフェ夫人[16]のような女性たちがいたが、彼女は夫の死後、アルフレート・ウェーバーと一緒に住んでいた。

マリアンネ・ウェーバーは堂々たる女性であり、自分の足をしっかりと地に下ろし、自分の問題をうまく処理でき、彼女に残されたものを守りながら、巨大な知的財産を頑として所有しているという印象をわたしに植え付けた。もしあなたが彼女のグループの一員であれば、あなたは彼女に頼ることができるであろう。わたしの判断が正しかったかどうかは分からないが、この強力な女性がいなかったなら、マックス・ウェーバーは、彼が行ったあのすべてのことを遂行する持続力を持っていなかったであろう、というふうにわたしは思った。『経済と社会』のような何かを書くために必要とされる恐ろしい緊張、計り知れない集中力が想像されねばならない。そうすれば彼が精神的に衰弱したことが分かるし、またその頃、彼女の助力が彼にとって何を意味したか、彼女が彼を――彼が死んだ後にはその遺産を――支配していたという事実も理解できる。見知らぬ人を処理する際には、彼女は丁重で、控え目で、距離を置いていた。その頃、彼女がハイデルベルクの知的風景の一部であり、まさに彼女の義理の弟アルフレートがハイデルベルク社会学の世界では無視できないだれかであったことは確かであった。彼女はアルフレート・ウェーバーに、また特に教授資格取得候補者に相当な影響力があったと言われていた。彼女が拒否したら、それは致命的になることもありえた。しかし、たとえあなたがウェーバーの家の堂々たる、わずかに流行遅れの部屋の中で、またとりわけネッカル川が見える大きなバルコニーで動き回る若者であったとしても、あなたはこのサークルの中で実際、何が起こっているのかを探る機会をまだほとんど得てはいなかったのである。

ある日、二言三言、友好的な言葉をかけてくれた後で、彼女はわたしに午後の会の一つで、公開朗読会を開くよう要請した。それは通常のことであった。招待状が来なかったとしても、わたしはそれを期待した。それが実際に来た、ということはよい徴候であった。日付が取り決められ、もし自分の記憶が正しければ、三週間後にわたしはバルコニーでゴシック建築の社会学に関する短い講義を行った。わたしはしばしばリュックサックにデヒオ[17]を一冊入れてハイカーの一団と一緒に出発し、ある大聖堂から別の大聖堂へと歩いたが、それ以来ずっと、天に向かって上昇しようとする大聖堂というロマン化された見解を放棄し、あの力強い建造物が、日曜日のみの教会という今日の考えをはるかに越えて、市民の日常生活の中に突き出ていたことを知った。小規模な商人たちの屋台店が教会の壁にぴったりとくっついていた。市場から聞こえてくる騒音が開いた扉を突き抜け、ミサの音と混合した。抑えきれないプライドを持った競合する都市――それぞれが一番高い尖塔を建てようとしていた――の象徴であるあの高い屋根、天に向かって泣き叫ぶ言語に絶するような貧困が入り混じっていた。わたしはドイツとフランスの社会構造の違いについて、それが両国の大聖堂の構造に反映されていることについて話した。最後に丁重な拍手があり、親切な言葉が聞かれた。それは大学の経歴にいたる小さなステップであった。マックス・ウェーバーの未亡人のサロンでわたしはまだ見捨てられてはいなかったのである。

一方、わたしは教授資格論文の主題についてアルフレート・ウェーバーと話をしていた。彼はわたしに四、五年待たなければならないだろうと言った。数名の若い人々が順番でわたしの前にいた。しかし、彼はわたしが提案した主題を好んでいるように思われた。フィレンツェの社会と文化が科学の興隆にとって重要であったというのがその主題である。ところが、オルシュキ[18]の『イタリア文学の歴史』に触発されたその計画は、数々の難題を突きつけた。もしそうする必要があるなら、わたしは何とかイタリア語を読むことができたが、それはただそれだけの問題にすぎなかった。

その一方でわたしは他の問題とも戦わなければならなかった。ハイデルベルクでわたしが接触するようになった知的生活全体の異常とも思える政治化が特別な難問であった。知識人のこの政治化は疑いもなく異なった政党の間で、さらには社会一般における議会外の準軍事的な諸組織の間でますます進行する権力闘争を反映していた。しかし、その反映は格別に秘儀的なものであった。外部での権力闘争がますます野蛮になる一方で、社会科学者たちの間では、とりわけ社会学者や経済学者たちの間ではその反映が文明化された形を取り続けていた。学生や講師の間には右翼的な社会科学者、左翼的な社会科学者がいた。前者はハンス・フライヤーと関連のある社会学者を含んでおり、フライヤーは後にヒトラーの下で、国家社会主義の苛酷さを時々、緩和しようと努めながらも、ドイツ社会学の組織化において指導的な役割を果たした。右翼の社会科学者のためのもう一つの焦点は機関紙『行動』〔*Die Tat*〕であった。この機関紙の周辺にいる集団は「行動派」として知られるようになった。若い左翼的な学者たちが知的にも、組織の上でも労働者階級に依拠していたのに対して、基本的には「行動派」に中心を置く若い学者の右派のある部分にとって、ホワイトカラーの労働者は同じく重要性を帯びていた。この派に共感した人々は、ホワイトカラー層の増加に希望の根拠を見出したが、彼らはその層がそれに対応する組織力によって間もなく支えられるかもしれないという希望を抱いた。彼らにとってこれは、社会そのものの進化が、労働者階級の大衆運動や階級意識に対して、ホワイトカラーの労働者の高まりつつある階級意識の中に、自らのものを掲げられる均衡力を生み出すかもしれないということを暗示した。

右翼の若い学者たちの間に国家社会主義者が分散していた。そのうちの一人はアルフレート・ウェーバーの助手であった。アルフレート・ウェーバーは、自由主義者としてその深く根ざした確信と原理（それはたとえいつも彼の情熱的な気質によるものではなくとも、意識的な抑制を通じて現れた）によって寛大な男であった。彼はまた、もし問題が発生していたら、助手として共産主義者を雇っていたかもしれない。彼の個人的な好みということで、それが彼にどんな犠牲を強いたとしても、寛容の原理はそれを彼に要求したし、彼はこの原理を真面目に考えていた。彼がユダヤ人を自分の教授資格取得候補者の一人に選んだという事実は、そうした同じ態度を反映するものであった。こうした確信はまた助手に国家社会主義者を採用することを彼に要求した。

その当時、その種がどのような実をつけるのかだれにも分からなかったし、それが姿を現したとき、彼は勇敢にそれに反対したが、むだであった。それ以前に、一九二〇年代の後期に自由主義的な教授として模範的な寛容の精神を示すことを自分の責務としていた。ちょうどユダヤ人であるエリアスが教授資格取得候補者として受け入れられる価値があったように、若い国家社会主義者が、功績によって助手の地位を与えられる価値があったのである。なぜそれでいけないのか。

アルフレート・ウェーバーは自分が偉大な兄に見劣りすると感じていた、と人々は言った。彼がそうした悪夢に苦しんでいたことはありえるが、わたしにはそれが証明できない。人々は二人の兄弟を比較せざるをえなかったし、またそうせざるをえない。両者とも、自分の願望や理想に合致するものがあれば何であれ、書物中の主要な仮説として、それを自ら掲げることができるような世代の成員であった。しかし、マックス・ウェーバーにはある種の良心があり、その良心が、経験的な証拠による明証性という点であれ、それが依拠している議論の本質的論理という点であれ、彼が非常に厳密に願望していたものが何であるかを試すことに彼を駆り立てたのである。さらにまたマックス・ウェーバーは実際、情熱的な男でありながらも、自分の感情がその著作の中で自由に表明されることをほとんど許さなかった。それがどこで彼の筆を左右したかを見分けるには非常に綿密な検証が求められるのである。

もしマホメットが、イスラムの精神によって現代世界が生まれたことを暗示するような本を万一書くとしたら、彼は、自分のために書いているという疑念をそれが生み出さないようなやり方で自分の論文を提示するのに困難を感じるかもしれない。類似した仮説に対するマックス・ウェーバーの、覚めた、論理的な説明は、経験的な仮説に支えられ、そのような疑念をほぼ取り除いてくれるように思われた。同じことはマルクスの歴史概念への反対的仮説、つまり、〔経済が単に宗教の発展を推進したという考えよりもむしろ〕そのようなものとしての宗教は経済発展に刺激を与えることができたという考えの概略としての彼の作業の機能にも当てはまる。このような点でもまた、マックス・ウェーバーの説明方法は、非常に距離が置かれ、あらゆる党派心の徴候からも非常に自由であった。それゆえ、その作業の一般的影響が、歴史の唯物論的概念に対するブルジョアの激しい反発として、決して減少しているわけではないのに、綿密な読みでさえも、より広範な研究との結びつきで、そうしたイデオロギー的偏向の証明を明るみに出すことはほとんどできなかった。こうした両面価値的態度は意図的なものではなかった。ここでわたしが言わんとしてきたことは、ウェーバーの知的統合性を疑問視することを意味しているのではない。それはむしろ、これからわれわれが理解するように、ハイデルベルクでわたしに興味を抱かせ始めた現代社会学の問題の表明でもある。この問題――それは決して完全に遺棄されていない――は後に参加と距離化の問題に対するわたしの関心の中に反映されたのである。[ii]

博士号のための自分の作業過程で、わたしはすでに人間世界の多様な側面、およびそれらの間の諸関係を、伝統的な「知識の主体」から始めることで——他者とともに生活することもなく、また他者から学びもしないで、まるで人間が実際にいささかなりとも人間になれるかのごとく——思想的に捉えることはできないと認識していた。明らかにわたしは、自分の社会生活それ自体の経験を通じて、たとえば、戦争でこのことに気づくようになったのである。本を読んで学ぶことがその中心的な部分ではなかったことは確かである。人間の問題について考える場合に、われわれは個人というよりはむしろ人々を、出発点として、つまり、人間の複合体、人間諸集団、多くの人々によってともに作られる諸社会を出発点として捉えなければならない、ということをわたしは早くから理解していた。自分の博士論文においてさえ[iii]——それは、その時の状況から考えて、まるでそれが個々の人間の精神的産物でもあるかのごとく、依然として全体的に哲学的なスタイルで書かれてはいたが——わたしは明確に、「個人」という伝統的な概念はさらに発展させられる必要がある、と述べていた。そして、個人を知的な孤立から解放し、個人をわれわれの概念的モデルにおいてさえも諸世代の連鎖、連続の秩序の中に組み入れるという作業が、社会学の責務の一つであり続けてきたようにわたしには思われるのである。

戦争とインフレを経験する過程で、わたしはまた社会構造の中で個人が比較的無力であるということのみならず、哲学の基本的仮説がとりわけ秘儀的な性格——その一つは思考が全能であるといった観念であった——を帯びていることもさらに意識するようになった。そのときでさえも、歴史における個人の位置に関する自分の研究において、わたしはすでに、通時的な秩序を持つ連続性というこの問題、つまり秩序それ自体としての長期的な社会過程というこの問題の手がかりを得ていたのである。しかし、さしあたり、そのような諸過程と格闘するためにわたしが処理できる唯一の手段は、哲学的な手段であった。わたしはただそれを概念的に、まるでこれらの社会歴史的諸過程が精神的な諸過程であるかのごとく、結果をともなう一連の理由があると、またそれが新たな結果のさらなる理由を生み出すといった具合に、把握できただけである。(iv)しかし、わたしがそのような形で一九二二年から二四年にかけて処理していたことは——それは依然として今日でも続いているが——明らかに長期的諸過程の特別な秩序であり、それはまた、人間の歴史のためのある種の枠組みとして、物理的自然の法則のような秩序とは異なっていた。

アルフレート・ウェーバーとカール・マンハイム（一）

そのような問題に没頭してわたしはハイデルベルクに再度やって来た。そして、わたしは、当時そこで社会科学者たちの心を支配していた問題が実際わたし自身の問題と密接に係わっていることを知った。そこでも人々は伝統的に歴史と呼ばれているものの特別な秩序について疑問を持っていた。論点となっていた主要な問題は、おそらく今ならわたしが、歴史家の構造を欠いた歴史と呼べそうなものというより、むしろ社会学者の構造化された歴史であり、それは十九世紀においてマルクスやコントの著作の中にパラダイムとして表明されていた。そして、その研究は、ドイツでは主にマックス・ウェーバーの研究によって新たな刺激や生命力を与えられていた。

自分の兄の研究のすぐ後に続いて、しかも自分自身のやり方で進みながら――間もなくわたしはそれを知ったのだが――アルフレート・ウェーバーはこのような種類の社会学的問題に取り組んでいた。とりわけ彼が興味を抱いていたのは、すべての人間社会の、およびその進化の重要な側面として文化が特異なものであるということであった。彼の関心の一つは、社会的構成物としての文化は経済的要因に還元されないし、経済的利害関係では説明不可能であるということであった。彼は、文化は人間によって創造され、それゆえ、いくぶん人間の諸社会関係に関連して常に理解されなければならないという考えから出発した。しかし、文化の、つまり芸術や宗教のような構成物の発展的パターン――わたしの記憶が正しければ、アルフレート・ウェーバーはそのように理解していた――は、経済、テクノロジー、科学のような実利的な人間の構成物の発展的パターンとは非常に特徴的な形で異なっていた。後者の領域では、直線的であれ弁証法的であれ、進歩があり、また退行的運動があったことも確かである。しかし、進歩や逆行の概念は、現実的には芸術もしくは宗教に、それゆえ文化にも適用されえなかった。彼の見解では、後者は、ある時代の精神もしくはある民族の魂が表明される――象徴的な言い方をすれば――自己充足的な構成物として、ただそれ自体に拠って立っていたのである。

わたしは、アルフレート・ウェーバーが文化社会学の研究において、「文化」〔*Kultur*〕と「文明化」〔*Zivilisation*〕の二つの概念を、その支流の一つとして対立的に使用する初期の伝統をさらに採用していたことに間もなく気づいた。わたしは、自分が最初にハイデルベルクに滞在していた間、自分がヤスパースのためのゼミ論文に取り組んでいたときに、すでにそれに出くわしていた。トマス・マンは、その『非政治的な人間の観察』の中でこうした意味での「文化」と「文明化」の対立について長々と書いた。このような概念的対立の中には、非常に根の深い、明らかにドイツ流の知的・政治的保守主義が表明されていた。それは、わたしが他のところで示したように[v]、ドイツ社会の特別な発展という文脈においてのみ理解されるのである。トマス・マンは、アイヒェンドルフの「役立たず」[19]――彼は国中を旅しながら民謡のような詩をうたう若い歌手であり、政治にはまったく超然とした態度をとり、外的な目的など持たずただ自分の内的感情だけに導かれている――が、文化という言葉が彼にとって意味するものをある種、象徴的に体現していると解釈する際に、まったく間違っていたわけではない。自分が賞賛しているこの人物に対して、マンは、自分が憎んでいる人物、文明化された文人の像を対置した。それは、マンの兄ハインリヒ・マン並びにクルト・ヒラー[20]、さらには他の左翼知識人に依拠したイメージであり、彼らは、一九一四年から一八年の戦争時代にさえ現存の秩序を批判し、合理性、人間性、議会制民主主義のような西洋文明の理想を支持していた。

今やわたしはアルフレート・ウェーバーの研究の中に、事実に即した議論によってうまく支えられてはいるが、同時に感動的なシンボルの重要性を持った、またそのようなものとしてトマス・マンの文化の概念と同じ伝統に立つ文化の概念に出くわした。ドイツの反文明化の伝統という広く枝分かれしている遺産が、国家社会主義のようなものを生み出すという予測をするなら、われわれは預言者的な能力を必要としたであろう。さらに、アルフレート・ウェーバーの名前が同時にヒトラーの運動のそれと同時に挙げられるかもしれないという単なる思いつきは、前もって反駁されるべきである。アルフレート・ウェーバーは、国家社会主義運動がハイデルベルク大学を圧倒したときに、その流れに勇気を持って反対した誠実な人々の一人であった。彼が左翼の功利的、合理的ヒューマニストを基本的に嫌悪すべきものと見なしたという事実があるとはいえ、そのことで彼は決して「野蛮人との条約」によって自分自身の文明化の基準を低下させはしなかった。

人間とは両面価値的な生物である。書物とは違って、人間が矛盾から解放されることはありえない。彼の兄と同じくアルフレート・ウェーバーは情熱的な男であった。しかし、アルフレートの内部では同じように情熱的な偏見が、その人道主義的寛容性、その自由主義的合理主義とさらにもっと公然と対立していた。それは彼の学問的研究により直接的に、より明白に浸透した。マックス・ウェーバーならそのようなことを許しはしなかったであろう――そうした態度が大いに役立って彼の著作は長く読まれた――が、その兄とは違って、アルフレートはある種の個人的な形而上学が彼の事実に即した研究に侵入し、影響を及ぼすことを許した。ここにわれわれは再度、まったく自己充足的でそれゆえ無目的なものとして概念化された人間的産物の一群と、目的がより有益な産物から成る別の一群の、あの昔ながらの対照を見るのである。それは、明らかにドイツ的な伝統に特徴的な価値の強調が付与されている対照なのである。事実に関する区別立ては、ある明白な価値の区別立てと並行し、それは、文化を、そのとりわけ高い価値によって区別される産物の一群と見なし、文明化を価値のより低い産物の一群と見なした。

こうした事情をわたしがすぐに見抜いたというのは決して真実ではなかった。しかし、それに対するわたしの注意は、わたしがトマス・マンとハインリヒ・マンの抗争を研究したことでいくぶん鋭くなっていた。ディルタイ[21]風に非個人的な知的傾向として単に描写されたかもしれないような何かが、つまり、思想史の中で純粋に存在しているような関連が、こうしてある人間の個性に、非常に個人的で、まったく誠実で、深く感じられる確信としていかに情熱的に現れていたのかわたしには最初は感知できなかった。

ましてやわたしは、自由主義的保守派の文化社会学者、つまり精神的価値の提唱者が、その反対者を──功利主義的でそれゆえ浅薄な人間の理想だとその文化社会学者が捉えているあらゆることを代弁する人を──より広い世界の比較的無名の左翼党派や左翼運動の間だけに見出していたのではない、ということにすぐに気づきはしなかった。自由主義的保守派の文化社会学者は、その敵をまさしくハイデルベルクそのものに、社会学者カール・マンハイムというもう一人の人間に見出した。

一九二四年にわたしがハイデルベルクに到着したとき、カール・マンハイムは三十歳だった。このハイデルベルク時代に、マンハイムは、社会学の教授の地位という明確な目的によって刺激され、その知的生産性の頂点に立っていた。この年月に彼は『イデオロギーとユートピア』や「文化現象としての競争」を含む数多くのエッセイを書いた。彼は輝かしい思想家であり、格別の論客でもあった。彼の野望――知的領域での競争は彼の非常に個人的な問題でもあった――はいくぶん世界観の純潔さと並行した。彼は自分自身、競争相手との戦いでどれだけ自分が無慈悲になれるか気づいていないように思われた。彼は自分が次の候補者よりも優れていること、争っているその賞を自分が獲得する価値があることを知っていた。彼はそれを当然だと思っていた。彼は敵をつぶすことで相手に害を与えることなど意図してはいなかった。彼は、自分こそその賞を獲得するにふさわしい人間であると確信していた。

そして、実際彼の方がたいていもっと優れていた。彼の野望が不快ではなかった理由の一つはそうしたことであった。彼は成功に値した。彼がイギリスで二回目の亡命生活をすごしていた――ドイツは最初の亡命の地であった――ときに、大学教授の地位をめぐって二度の戦いをいどまざるをえなかったとしても、彼を責めることはほとんどできない。ごく少数の人間しか完全には習得することのない言葉を使って外国で暮らす亡命者として完全な教授の地位を二度獲得することには成功しなかった。マンハイムは独裁者から逃れていた間に、この偉業を二度も達成した。最初はそれをドイツで達成したが、そのときには彼はホルティ[22]によってハンガリーから追放されていた。それから二度目はヒトラーから逃れながらイギリスで達成した。その職業が彼にとってさほど重要でなかったなら、マンハイムの業績はおそらくもっと偉大であっただろう。しかし、そのことは、われわれがそれを根拠にして判断を下す問題ではない。

ご存知のように、マンハイムは、思想というものは利害関係に影響されるかもしれないというだけではなく、また利害関係によって左右されるに違いないといったマルクスのテーゼを取り上げ、それを特別な方向にさらに発展させた。マルクスにとってこの命題は階級闘争の概念と密接につながっていた。そして、彼の解釈によると、それには相対化する潜在的要素はまったくなかった。なぜなら、それは要するに、抑圧し、搾取をしている階級のみ、その経済的利害関係を表明する思考形態を通じて社会的現実を歪曲し、隠蔽しなければならないと論じているからである。抑圧されている人々の立場から、つまり、とりわけ産業プロレタリアートの立場から思考するあらゆる人間は、社会的諸条件をあいまいにしたり、歪曲したりするために、思想をイデオロギー的に使う必要がないのである。マルクス主義者として、それゆえ――この議論はそのように続く――われわれは社会について現実に忠実な方法で、もしくは、換言すれば、科学的に考え、かつ語ることができるのである。徹底性を欠く場合には、マルクスはこの現実に即した関係を、存在が意識を規定する、と言うことで定式化した。この思想はマンハイムと彼の同時代人の言語用法に反映されていた。彼らは思考の「存在従属」〔*Seinsgebundenheit*〕について語った。

マルクスの定式化は、一方では意識を欠いた人間の社会的存在があり、他方では、この意識のない社会的「存在」によって波の上のコルクのように受身的にもてあそばれる意識がある、といった状態で存在論的二元論の思想を浮かび上がらせる。同じような方法でマンハイムの「存在従属」という思考の定式化は、まったく思考のない社会的「存在」――それに対して思考が、その次に来る副次的な何かとして加えられる――という二元論的思想を暗示している。さらに、ここにはまた単純なビリヤードの球のような因果性が暗示されている。つまり、原因としての、思考のない存在における変化が、結果としての思考における変化を生み出すのである。正しいとされる思想が、もっと綿密に検査すると、ある集団によって、他の集団に対する闘争の宣伝のために使われる手段に転じてしまうということはしばしば観察されうる。そして、そのような思想の機能が系統的に検査されるなら、それはより重要性を帯びた、純粋に社会学上の問題を生み出す。

マンハイムの、この重要な問題の処理法は、マルクスのそれのように、意識や思考それ自体が人間社会の構成要素であるという事実に配慮しないでそれが定式されたということで苦境に直面しているのである。人間同士の社会生活の全体的機能は、この社会生活に対する人間の意識的な認識の性質によって、人間が何をどう考えるかによって左右されるのである。意識に縁のない存在、存在に縁のない意識という二元論的な命題は虚構である。しかし、マンハイムはこの虚構を支持した。彼はマルクスを越えて、地位に関係するイデオロギーはわれわれの敵の思考だけではないと仮定するところまで行き着き、その結果、その真実への主張は破壊されてしまった。ましてや、意識のいくつかの要素の部分的な限定を指示してみても、それは十分ではなかった。むしろ、意識の全体性は、明白な「実存的状況」の表現として、つまり、地位に結びつくものとして証明されねばならない。実際、このような形で捉えなければならないのは他の反対の集団もしくは反対する人々の意識の全体性だけではなく、われわれ自身の意識の全体性もそうなのである。かくして、彼は自分自身がある罠にはまるのを見た。そして、それはいくぶん、古代の哲学者たちによって語られているようなクレタ人の有名な罠に似ていた。クレタ島出身の哲学者は、すべてのクレタ島人は嘘つきであると言った。彼自身がクレタ島人であったため、その発言は嘘と見なされざるをえない。しかし、すべてのクレタ島人が嘘をつくことが嘘なら、その発言は真実になるに違いない。しかし、もしすべてのクレタ島人が嘘をつくことが真実なら、その発言はまた嘘である、という具合になる。もしすべての発言が「存在従属」のイデオロギーなら、この発言もまた「存在従属」のイデオロギーなのである。したがって、この見解を提唱する人はだれでもイデオロギー以外の何物も生み出すことはできない。すべての発言がある見解と結びついており、この意味において、それがイデオロギーということであれば、それではなぜわざわざ研究に従事するのであろうか。

マンハイムには自分の見解をとてもみごとに、力強く説明する能力があった。加えて、彼が発言せねばならなかったことは実際、非常に重要であったし、それを革命的と見なしても人々は間違ってはいなかった。長くて、強力で、尊敬に値する伝統によって、個々の人々の思考、彼らの「思想」は自律的で、完全に自己充足的で、いわば不偏不党の産物であるように見えた。「精神」とか「思想」とか「思考」などのような現行の概念そのものがこうした考えに信用を与えたし、人文科学や思想史のような巨大で、大いに敬意を払われた知識の分野は、そのような不偏不党の、精神的な構成物を探究するように明らかに企図されていた。もちろんマルクスとエンゲルスが、個人の思想を、支配階級の可能なイデオロギーとして暴露する過程を開始していた。しかし、今やマンハイムが姿を現し、一見するといくつかの点でマルクスよりもはるかに過激であるように思われた。マンハイムが基本的に前提としたことは、マルクスの思想、さらにはそれに連動する形で彼自身の思想をも含むすべての思想が、つまり思考全体が——マンハイムの言葉を使えば（実際それは依然としてマルクスの言葉であったが）——「存在従属」的として、自分自身の見解を狭める社会党派間の闘争内部の立脚点を表明するものとして解されなければならない、ということであった。これは「精神」の自己充足性を根本的に退けること、また、思想を地位に関係する党派性の表現として完全に暴露することを意味した。

もしこの立場が最後まで考え抜かれたなら、それは実際、人間のすべての知的努力の全体的破壊を意味した。マンハイム自身は、自分自身の議論のこうした論理的帰結から退いた。全体的な、純粋に破壊的な相対主義の絶望から逃れるために、彼はその立場に対抗しようとして関係主義という概念を作り出した。それぞれの人間はその思考の中では確かに「存在従属」している、というのがこの思想がだいたい示唆しているところであった。他の人々、とりわけ異なった階級的立場を有する人々は世界に関して、異なった部分的視野を持つのである。「真実」なるものはこうした部分的視野の全体性である、とおそらく言えないであろうか。

マンハイムは数々の思想を使って実験し、それによって彼は自分が落ちた罠から這い出ようとしたのである。つまり彼の関係主義もしくは遠近法主義は、彼の安全綱の一つであった。それがどれだけ有用であったかを言葉で表すのは易しくない。なぜならイデオロギーの概念は常に利害関係によるある種の歪曲を暗示し、その反面、遠近法の概念は部分的に正しい見解を暗示するからである。もしすべての思考がイデオロギーなら、この部分的正しさはどこから来るのか。マンハイムが実験に使ったもう一つの安全綱は、産業界の雇用者や労働者として階級闘争的状況に結び付けられていない知識人集団は、その態度においておそらく、階級的イデオロギーにさほど密に縛られてはいないし、社会に関するその見解も、経済的階級ほど直接影響を受けることはなかろうという考えであった。

マンハイムが陥った苦境は、明らかに、彼自身の政治的共感が左翼穏健派にあったという事実によって、また、最初のドイツ共和国で数少ない社会学教授の地位の一つを得るという私講師の希望が、影響力のある党組織の積極的な支援なくしては果たされなかったという事実によって、決して軽減されることはなかった。マンハイムがユートピアに対して、イデオロギーの外部に与えたあの特別な位置は、究極的にそれがイデオロギーという性格を有するという事実があるにもかかわらず、また全体的イデオロギーという彼自身の概念があるにもかかわらず、イデオロギーとしての社会主義を相対化から救おうとする不本意の意図が彼の側にあったことに起因したのではなかろうかという疑問をわたしはしばしば持ってきた。

社会学の理論の非科学的な性質についてわたしが不安を感じていたときに、マンハイムのイデオロギーの概念はわたしにとって明らかに大きな手助けであった。ここにおいてわたしの感情と知的興味は明らかにそれぞれ近づき合った。徐々にではあるがようやく、何かを区別をしなければならないということがわたしには分かった。マンハイムはある人々や集団の社会に関する見解と、社会におけるこれらの人々の地位との関係を、特にその利害関係という点で非常に明確に理解した。そして、保守主義の思想に関する分析で、(vi)彼はイデオロギーの模範的分析を提供した。しかし、彼はこの時点で急に止まった。彼は、イデオロギーとしての他の人々の思想構造を批判的に暴露するという行為を超えて進むことはなかったし、おそらくそれを超えようとは思わなかったのであろう。彼はそれを相対化し、解体することで満足していた。わたしにとってみれば、イデオロギー批判は目的への手段であり、現実を解明し、同様に現実を隠蔽する知識が観察される社会理論に向かう一歩にすぎなかった。治療を可能にする医者の、人間の体についての知識はイデオロギーではない。どうして人間は人間社会の非イデオロギー的知識を生み出す立場にいるべきではないのか。

ハイデルベルクで、また後にはフランクフルトでもマンハイムと一緒に研究することはいつも楽しみであった。ハイデルベルクでは、先にわたしが述べたように、マンハイムはその知的生産性の頂点にあった。彼は計り知れない知識を持っていただけでなく、議論でも大いに技量を発揮した。彼の攻撃の破壊的な辛辣さはしばしば彼の精神が従事していた高いレベルの抽象化を隠すこともあった。こうしたことすべてによって知的な学生たちは彼に引きつけられ、その中には何人か女性もいた。が、彼らはハイデルベルクではまったく小数派であった。

私講師としてマンハイムは力と地位において明らかに正教授であるアルフレート・ウェーバーに従属していた。しかし、多くの人々はマンハイムの中にハイデルベルク社会学の将来の人間像を見た。わたしはアルフレート・ウェーバーとマンハイムの両方のセミナーに出席したが、あの地下でくすぶり続けていた二人の男の敵対関係に完全には気づかなかった。その頃、ハイデルベルク大学の研究団体における人間同士の関係は、語調においては穏やかであった。ウェーバーもマンハイムもお互いに関するその批評においては、わたしが聞くかぎりでは、慎重であった。

それゆえ、二人の男の対立関係があれほど公然と、突如として吹き出したとき、さらにいっそう驚きであった。これが起きた契機はチューリヒで開かれた第六回ドイツ社会学者会議であった。そのような折に、私講師が主要な論文の一つを読み上げるために招待されることはいくぶんまれであった。わたし自身はエティケットのような問題にあまり通じてはいなかった。そうした催し物では厳しく序列化された順序で、最初に最も地位の高い正教授、特にアルフレート・ウェーバーやゾンバルトのような枢密顧問が、それからたいていさほど有名でない若手の教授が、それからまた私講師、そして最後に非公式なかたちで私講師の地位への昇進を待っているわたし自身のような若い博士号取得者が、議論のために何かを提供することを——もし彼らがそれを望めば——許された。したがって、マンハイムが社会学者たちの大会で重要な講義の一つを提供するよう選ばれたということは、マンハイムが自分自身で作り上げた並外れた名誉のしるしであった。

議論された問題点は、彼の中心的関心事の一つ、つまり社会的競争の問題であった。当時「ケルナー・ツァイトシュリフト」の編集者であり、ドイツ社会学の最古参者であったレオポルト・フォン・ヴィーゼがこの主題に関して最初の講義を担当した。そして、マンハイムが「文化的現象としての競争」という表題の下で二番目の講義を担当した。それは華麗な講義の遂行であり、花火の打ち上げのような刺激的な洞察力であり、講義の知的内容はおそらく、競争の問題を味気ないほどより公式的な形で扱った先行の論文と比べると引き立っていた。議論に加わった発表者たち——ウェルナー・ゾンバルト、経済学者のエミール・レデラー[23]とアドルフ・レーヴェ、そしてわたし自身を含む――はマンハイムに拍手を送った。さらに、わたしは今や、これら二人の男の間にあった反目について何かを述べることになるが、それは、わたしが知るかぎりでは、包み隠されることなくこの大会で公然と現れた。それはドイツ社会学の、さらにいくぶん控え目に言えば、一九二〇年代のドイツ社会の状況にかなりふさわしかった。わたしにとっては、それはトマス・マンの『非政治的な人間の観察』で、つまり、保守的なトマス・マンとより左翼的傾向のある兄のハインリヒ・マン、およびハインリヒのような人々との間で展開された議論で自分が最初に出くわした抗争の継続であり、かつ新しい形でもあった。わたしはアルフレート・ウェーバーとマンハイムの両者を知っていた。燃え上がるような両者間の敵意は、特に新来者であるわたしには、これらの政治的意見の相違がいかに強いか、あるいは、違った言い方をすれば、マンハイムやウェーバー自身の社会学的見解がどれほど党派間のあの競争によって決定されているかを鮮やかに再現しているように見えた。そして、その「精神的」領域――依然としてそのように呼ばれているが――に残す痕跡は、マンハイムの講義の主題であった。

わたしにはマンハイムの話を詳しく展開する必要がない。なぜなら、それはクルト・H・ヴォルフが編集したマンハイムの作品集に再録されているからである。(vii) しかし、わたしはおそらく当時の、二人の重要な社会学者のこうした論争の性質を明らかにする側面にいくつか強調してもよかろう。

マンハイムは明らかに挑戦者であった。彼がそのことを自分自身でどれだけ分かっていたのかわたしにはしばしば不思議に思われた。が、わたしはそのことで決して明確な決断は下せなかった。わたし自身は、若くて、はるかに力のない男として、彼にとって脅威になることは決してなかった。ハイデルベルクでの、後にはフランクフルトでのわれわれの共同作業には実質的には摩擦がなかった。しかし、彼より年上の人々との関係では、とりわけもし彼らがより高い地位についている場合には、彼はたちまち競争的闘争を開始し、その戦いをかなり激しく、執拗に行った。亡命生活を余儀なくされ、さらにロンドン・スクール・オブ・エコノミクス〔LSE〕で職を提供されたとき、彼はたちまち専任の社会学者モリス・ギンズバーグ[24]との敵対関係に巻き込まれたが、ギンズバーグは、マンハイムがその職を得る際に手助けしてくれた人間であった。マンハイムが人生においてこのような抑えがたい衝動をほとんど知らなかったとわたしはかなり確信している。すでにわたしが述べたように、マンハイムにはほとんど子供に近い、腹の立てようのない無邪気さがあった。ホブハウス[25]の弟子であるモリス・ギンズバーグは、社会学的思考におけるあらゆる杜撰さを鋭く批判する人であった。彼には強い道徳的感覚があり、哲学や社会学の倫理の問題に興味を抱いていた。マンハイムにとっては、自分自身の方がより優れた社会学者であることは疑う余地もなかった。事実、おそらく彼はそうであったろう。しかし、彼はそれを口外することを憚らなかった。彼の講義は活気にあふれ、かつ興味深かった。学生たちは彼のもとへ集まった。いささか消極主義者であるとはいえ、彼なりにマンハイムと同じく聡明な、親切な男であるモリス・ギンズバーグはひどく傷ついた。そうした状況はついに耐えがたくなった。ギンズバーグは、「彼なのかそれとも自分なのか」と宣告した。そして彼が所属するカレッジは当然のごとくカレッジの専任教員を支持し、そして、新来者をそこから去らせた。

しかし、チューリヒで社会学者の大会が開かれたときには、そのことはだれにも分からないはるか未知の世界に位置していた。後に、戦争が始まった最初の年にケンブリッジで——LSEがそこに疎開していた——依然として憎しみを心に秘めていたギンズバーグが、マンハイムとのこの痛ましい力量争いについてわたしに語ってくれたとき、わたしは一九二八年に開かれた社会学者の大会でのアルフレート・ウェーバーの興奮した演説を思い起こした。

マンハイムは序論とともに一般的な用語で自分自身の理論的立場を提示し始めたが、それは、聞く耳を持っている人にとっては、彼の政治的立場でもあった。知的生産物をめぐる競争の重要性に関して、彼は二つの両極端な立場があると言った。最初の立場はせいぜい競争に、知的生産物の発生における周辺的な役割を帰するものである。二番目の立場は競争に、極度に構成的な役割を帰するものである。それゆえ、後者の場合には、知的生産物は社会生活のもとに包摂される。これら両方の極端な見解とは正反対に、マンハイムが述べたところでは、彼自身は、競争には、貢献的な役割しか与えなかった。容易に理解できることではあるが、これらはコード名であった。

そのコード名はマンハイムの基本的立場を、非観念論的で、かつ絶対的には唯物論者ではないものと定義づけた。が、それは部分的には、政党の競争のような社会的な決定因子が知的生産物の形態を共同決定することを容認していた。

マンハイムの講義を今日読む人はだれでも、めったに出会えないような知的レベルでもって、かつその豊かな新しい着想によって行われた彼の議論がなぜ多くの聴衆に、きわめて魅惑的な影響を与えたかを容易に理解するであろう。「知的領域における競争の重要性」の主題がいかに徹底してマンハイムにとって適切であったかが感じられよう。彼は完全に非個人的で客観的な形をそれに与えていたし、またおそらく、それには非常に個人的な意味があること、同時に自分が、自分自身の生活の中心テーマについて語っていることを彼は知らなかったのだろう。とにかく、この議論の中で彼は、その純粋な社会学的直観の証拠となる新しい思想の枠組みを創造したのである。これまでのところ、そのような思想の実り豊かさを完全に証明できたと思われるような、いかなる補足的な経験的研究も存在していない。イデオロギーの系統的研究が今日にいたるまで社会学の日常的関心事に含まれてこなかったことは明らかに残念である。しかし、おそらくそういうこともあって、理論的で経験的なモデルが、依然として長い距離を隔てて存在している理論、すなわち長期的な社会過程としての人間の知識の理論が、そのような研究によって課せられる慎重で、詳細な作業のために必要とされるであろう。

自分の出発点として、また対比を目的としてマンハイムは、中世の教会の世界観や思考様式の、競争のない統一性を選んだ。この統一が崩壊した後で、多数の競合する社会的実在物がヨーロッパで確立され、それは植物の種を包む莢が破裂するときに飛び散るような無数の種にたとえられた。宮廷、貴族、貴族社会、中産階級、下層階級のようなこうした実在物のそれぞれがそれ自身独特の世界観や思考様式を持ち、それは、その存在的位置、その社会的状況や利害関係によって説明できた。

ここで、またその研究全体を通じて、マンハイムは専門用語として思考と知識の「存在関係性」〔*Seinsbezogenheit*〕を使うが、それは「存在」が「意識」に対置される場合のマルクスの用法を明らかに指している。ここで彼は、思考と知識を社会的存在の外に位置する何かとして見せようとするマルクスの二元論を全体的に受け継ぎ、かくして、存在と意識をそれぞれ——存在が原因となり、意識が結果となるという形で——因果的関係性に当てはめる。

あらゆる思考と知識の相対化と破壊は、結果的にそれを思考のない物質へ包摂することで、この存在的二元論という前提と運命をともにする。この点でマンハイムは最後までやりきった。彼は自分自身の立場を含むあらゆるものを相対化する覚悟をしていた。時々彼はモデルとしてデカルトの方を向いた。あらゆることが疑われなければならなかった。それが理想であった。しかし、デカルトの場合、自分自身の思考は疑念と破壊を超えて残り、相変わらず諸現象の流れの中で揺るぎない極となっていた。マンハイムの場合、あらゆる安全な現実適合的知識――それは結局ありあまるほど利用可能である――が実際にそこなわれずに生き残ったかどうかは必ずしも定かではなかった。

彼はさらに前進し、中世の統一性の解体によって解き放たれた数多くの社会的存在物や思考形態から、数々の競合する、存在に関係した思想の根拠がいかにして現れたかを説明した。それは、ある種の集中化の過程――彼はそれを多くの市場がより大きな市場に経済的に集中されることにたとえた――によって起こった。競争の結果によって、国の多様な啓蒙運動が自由主義の根拠へと集中化され、そのことが刺激となって保守主義の根拠を形成した。彼は自由主義や保守主義の根拠の特別な性質をいくぶん詳しく説明し、かつそれらに関連する社会的観点を手短に指摘することで両者を相対化し、さらにそうしながら、アルフレート・ウェーバーの名前をついでに挙げた。マンハイムについては、自由主義に対するそのの見解が相対化を促すような、また破壊的な性格を帯びていることを彼が意識していたかどうかは決して定かではなかった。しかし、アルフレート・ウェーバーはそれを自分の哲学的、政治的信条を破壊するもの、さらにはおそらく、自分の畏敬すべき兄マックスの社会的、政治的信条を相対化するものと見なしたことは明らかであった。意図的であろうが意図的でなかろうが、それがアルフレート・ウェーバーへの挑戦であることはだれにでも分かった。そして、それは雄牛に差し出される赤い布のように作用した。

マンハイムはさらに穏やかに進んだ。彼はさまざまな政治的根拠の「存在関係性」を、さらには、それがその異なった観点によってまったく同一の問題へと分極化されることを明確にしようと努めた。疑いもなく、アルフレート・ウェーバーは自分自身の社会的信条を、兄のマックスのそれと同様、自由主義の一種と見なしたし、マンハイムがまったく直接的にアルフレート・ウェーバー、またアルフレートのものとされる引用に言及したにもかかわらず、マンハイムの自由主義についての説明が実際アルフレートの信条に合致していなかったことは否定しようもない。アルフレート・ウェーバーはこうした自分への説明を戯画化と捉えたのかもしれない。

自由主義には強い合理主義的気質がある、とマンハイムは続けた。その提唱者は合理的なものと非合理的なものを手際よく区別し、前者を後者から、それゆえ価値判断から解放しようとした。マンハイム自身、すべての思想の全体的浸透性を、プロレタリア的なものもまたブルジョア的なものも同じく、利害関係の「存在関係性」によって証明しようとする一方、ここで彼はマックス・ウェーバーとアルフレート・ウェーバーの世界観を自分自身の世界観の反対の局を成すものとして提示した。自由主義的なブルジョアジーは、典型的に知性主義的なやり方で、それぞれ違った風に思考する人々の間の緊張の非合理性を廃止し、それを比率の統一性によって、つまり人間の理性に置き換えようとしている、と彼は述べた。その上、自由主義者や民主主義者には、中心的な党派として、自らの社会的な地位に合わせて、議論のための仲介的基盤を求める傾向があった。対照を成す「存在状況」に根ざす価値判断や観念の対照的性格を理解することが、自由主義者や民主主義者には欠落している、と彼は論じた。

似たようなやり方でマンハイムは自分の薬を保守主義や社会主義に投与した。後者に関して、その階級意識に目覚めようとしているプロレタリアの見解について、彼は、その世界観の非合理性は価値判断の概念においてのみならず、利害の概念においても識別されうる、と述べた。ここで彼は二つの傾向の間の違いを指摘した。マンハイムによれば、一方は、自由主義に関係しており、そのイデオロギーと同様、すべての思考の「存在従属」的な、それゆえイデオロギー的な性質を意識していなかった。他方は、マルクスとルカーチの系列であり、すべての思考の「利害関係従属」的な性質を意識しているが、この洞察力を自分自身に適用することを怠った。こうした傾向は、その思考が他の社会的信条の思考と同じく「利害関係従属」的であったとしても、それ自体の思考と真実の間には、あらかじめ定められた調和があるということが単に仮定されているだけであった。プロレタリアの階級的利害はここではまったく単純に人類全体の利害関係と同等視されているだけであり、その結果、プロレタリアの階級意識は、現実の適切で、正しい意識として現れた。

お分かりのように、マンハイムはすべての党派的信仰体系の全体的相対化において非常に徹底していた。一九二〇年代の社会学者のコード化された言葉が、一九八〇年代の社会学者のそれとはいくぶん違うことが注目されよう。さらにまた、ある世代の流行のキーワードが次の世代によって適切に理解されないという理由から生じる困難は、本や記事に記録される研究の寿命が、流行の、世代依存の記号化された言葉の説明が簡単であればあるほど、またそうした言葉が使われることが少なければ少ないほど、長いということをわれわれに銘記させてくれる。わたしは今日の思想や信仰の全領域の全体的相対化、イデオロギー化を提示しようとしてきたが、それは、ありとあらゆる限定的な句がありながらも、一つの代表的な例によって、マンハイムの社会学の中心物を構成していた。すべての政治的信仰や思考形態をイデオロギーと見なす際のマンハイムの技量はわたしにはまったく独創的であるように思われる。しかし、この相対化の手前でわれわれが踏みとどまる必要などないこともまたわたしは確信している。

とはいえ、この脈絡ではわたしは、社会学者のそうした集会の中心舞台の背後から突如として炸裂するアルフレート・ウェーバーとカール・マンハイムの論争の記憶を呼び起こすことに自分の話をとどめたい。第六回ドイツ社会学者大会の議事録を今日読んでみると、[viii] マンハイムの講義に続いてなされた議論へのアルフレート・ウェーバーの貢献が契機となって、二人のハイデルベルクの社会学者間の対立――それは長い間存在していたが、たいてい丁寧な儀礼の中に包み隠されていた対立であり、一九二〇年代における社会学の状況にいくぶん光を当ててくれる対立でもある――が突然表に現れたという事実を見逃すのは容易である。意図的であったにしろ、意図的でなかったにしろ、マンハイムがいささかアルフレートの怒りを刺激したことは確かであった。マンハイムは自由主義を相対化するような説明によって、また、社会学の研究を政治的価値判断から解放することが可能であるといったマックス・ウェーバーの考えを半ば隠しながら攻撃することによってそうしたのである。マンハイムは、アルフレート・ウェーバーの研究グループの中で、自分が自らを、必ずしも「文明化された文学者」ではないにしても、知性主義者としてしばしば特徴づけていたことを、気がついていなかったとはとても言えまい。今や形勢を逆転させ、自由主義というコード名の背後に隠れて今度は自分の方がアルフレート・ウェーバーを知性主義者として非難することは、この上ない皮肉であった。

アルフレート・ウェーバーは礼儀正しい、洗練された男であったが、わたしが述べたように、情熱的な男でもあった。この場合、彼は自分の怒りを抑えるのに困難を感じた。彼は通常の丁寧な前置き、つまり好意を得んとする懐柔を省くと述べてはいたが、すばらしい講義は明らかにそれを受けるに値すると丁重に付け加えた。しかし、今や彼はマンハイムに直接呼びかけていた。

現実的な問題はあなたのものの見方の背後にあるものであり、舞台裏を手短に見る試み——間違える危険を冒して——なくしてわれわれがあなたの思想を公平に評することができるとはわたしは思わない。ところで、あなたがかくもみごとにわれわれにとって今日起こりうるとした思考の相対化――あなたはそう呼んでいるが――の現実的で、生命力溢れる意義は何なのか。

自由な討論における即興ということになると、アルフレート・ウェーバーは特に優れた話し手ではなかったし、特に動揺していたときは、そうであった。容易に興奮するとはいえ自制のできる多くの人々のように、彼は婉曲な表現がなければ、そして実際、弁明がなければ、だれかを直接公然と攻撃することはむずかしいと思った。このような折に彼は、自分の苛立ちを直接表明するのに二十分以上――話し手に許されている時間よりもはるかに多くの時間――を必要とした。アルフレートは時々、自分の感情の圧力のもとでわずかにどもり、自分の言葉を最後まで終えられなかったが、その議論そのものは完全に明確であった。もちろんそこには「存在従属」の思考があるが、他の種類もある、と彼は言った。さらに、すべての「存在従属」の思考がマンハイムの説明したような種類に属しているわけではない。科学的な思考は明らかにマンハイム的な意味で「存在依存」ではないし、相対化できるわけでもない。さらにまた、ギリシャ人や他の民族の神話的な思考が、説明されたようなやり方で相対化されることのない人間の条件の諸側面を明らかにしないのかどうかということが、未解決の問題と見なされなければならない。その上、思考の「存在従属」はマンハイムが示したものよりもずっと多様である、と彼は続けた。ギリシャ人やその他の古代の民族の思考様式が、さらには、まったく一般的に見て、より単純な民族の分類上の装置がわれわれ自身のものとは異なっていることをすべての歴史家は知っている。研究に値する別の種類の思考の「存在従属」もあるし、同じことは、国民の思考様式の違いについても言える。フランス人には、ドイツ語にはほとんど訳せない概念があるし、その逆の概念もある。アルフレートはそのように述べた。

それから彼は、自分にとって決定的なことを自分自身に言わせることになった。それはまた自由主義を知性主義的としてマンハイムが汚名化していることに対する答えも含んでいた。

あなたの議論の中で欠けているとわたしが見るのは、たとえば、行動の基本としての、さらには階級の行動としての知的創造性の認識である。わたしが拒絶するのは、これらすべてのことを究極的に、古い唯物史観——お許しいただきたいが——に属している二、三の社会学的範疇によって補足される知的範疇に還元することである。あなたは社会的権力の場について述べ、そこから発生する切望に、これらの権力の場と切望に結びついている公的な存在の解釈に言及した。異常な微妙さと明敏さで繰り返される歴史の唯物論的概念を除けば、それは何なのか。本質的にはそれは他の何物でもない……わたしはただ態度をはっきりさせておきたいだけである。わたしの意見は以下のようなものである。異常な優雅さと繊細さでもって、究極的には精神的な性質を有している問題を、その限界を定めることなくこれらの範疇に包摂するこの昇華された知性主義——わたしならそう呼びたいのだが——は、古い唯物史観的見解によって代表される粗雑な知性主義と、当然ながらまさに同じ効力を持つに違いない。

わたし自身はその時——まだ研究室も地位もない若い社会学者に利用可能な限定された時間内で——ウェーバーとマンハイムの対立（必ずしもそれは正しくはないが）を、今日の自分にもっと馴染み深い表現で、つまり永遠の法則の中で思考する提唱者と、構造化された過程の中で思考する提唱者との意見の不一致として、解釈しようと努めた。が、それも必ずしも正しくはない。なぜなら、マンハイムは、歴史の流れを意識する一方で、それを単に構造化されていない移り変わりとして相対的に理解したからである。彼は相対主義を超えることはできなかった。その理由は、長期的で無計画ではあるが方向性を持った社会過程——知識の社会過程も含む——が依然として彼の視野の限界を超えていたからである。

こうした議論が特に明らかに示しているのは、一九二〇年代のドイツの社会学において、マルクスの研究とその唯物論的な歴史概念が果たした中心的な役割であるようにわたしには思われる。マンハイムの社会学は、マックス・ウェーバーとアルフレート・ウェーバーの社会学も同じく、実際には、マルクスの歴史に関する教義との、この長引いた議論の異なった形態としてのみ理解できる。それはすべてマルクスの社会と歴史の理論を乗り越えようとする試みであった。マンハイムがこれを行った一つの方法は、存在が意識を規定するという二元論的思想をマルクス主義そのものに適用してみることであった。マックス・ウェーバーはこれをもっと慎重に行った。たとえば、宗教はまさにその経済的エトスを通じて経済的構造の形成に積極的な役割を演じることができるという仮説を支持するために、宗教の経済的エトスの概念を使ってみることで彼はそうした。アルフレート・ウェーバーもマルクス主義を超えようとしたが、彼は、経済的発展との関係において、文化に相対的自立性を帰することで、また、社会集団の経験的に認識できうる利害関係の領域を、経験的手段ではほとんど把握できないような知的・精神的領域と対比することでそうした。

おそらくわたしは、こうした議論、および社会学はマルクスの理論を超えていかに発展するかという問題が、今でも、それが一九二〇年代においてそうであったのと同じく、深刻な論題であるということを少し付け加えておくべきであろう。しかし、社会学のさらなる発展の方向に立ちはだかっているこの障壁を回避するあらゆる試みは空しいようにわたしには思われる。マルクスは、社会発展全体の原動力の機能をこのような発展の部分的領域に帰する、長期的な社会過程の理論を創造した。このような仮説が回避されえないことをわたしは確信している。それは欠くことのできないものなのである。将来のあらゆる社会学理論は、その中核に長期的な社会過程の理論を含むことになろう。

今日また自信を持って言えるのは、社会過程の原動力を共同体的生活の単一の領域、つまり経済的領域に限定することは明らかな事実を正当に扱えないということである。経済的諸力以外の諸力もまた社会の無計画の発展において作用している。特にそれは国家間の、初期の段階では部族間の抗争によって、つまり、大小の生存単位の競争によって社会発展に作用する諸力でもある。それはまた、方向設定の、つまり知識の手段の進化における前進によって社会発展に作用する諸力でもある。実際、方向設定の、つまり知識の必要性は、パンの必要性、飢えを満たしてくれる何かの必要性と同じく基本的なものであり、一方は他方なしには満たされない。知識の必要性——いかにして空腹を満たすかという知識も含む——は、空腹を満たすことなくして満たされない。次に空腹は知識がなければ満たされない。われわれが直面している最も重要な作業の一つは、一方における社会学的相対主義者や経済的唯物論者、他方における哲学的唯名論者によって人間の知識に課せられた呪いを人間の知識から解き放つことである。生産手段の発展、暴力手段や自己抑制手段や方向設定手段の発展は相互依存的に絡み合っているし、同時にそれらは相対的自立性を持つ。その四つはどれも、その他のうちの一つの上部構造に単純には還元されえない。そこには種類の異なった限定された数の諸力があるが、これらの四つはすでに進むべき方向という観念をわれわれにもたらす。

アルフレート・ウェーバーとカール・マンハイムの間のくすぶっている対立――それはあのチューリヒでの社会学者の大会で短時間に燃え上がり、衆目にさらされることになったが――はわたし自身が常に直面する問題を思い出させる。学者たちは互いに深く傷つけ合うことがある。彼らは他者の生涯の研究の価値を下げようとして、正当な理由のある、しっかりとした目的を定められた攻撃を行うことがある。いつ、いかなる程度で、そうすることが必要となり、正当化できるのか。長年の間、わたしは生きている著者の本を批判することを差し控えてきたが、その時わたしは、これはいつも避けられるわけではない、と感じ、それ以来、公然とした攻撃、精神の闘争はときとして避けがたいということを認めてきた。それはむずかしい問題である。他の人々の生涯の研究が脅かされるのである。確かに、もしできれば、その人が死ぬまで待つべきである。

定着者─部外者関係の一部としてのユダヤ人についての感想

ユダヤ人についてわたしがここで話さなければならないのは、実際、わたしの徒弟時代についての説明、学問がわたしに何を教えてくれたかということについての説明の一部である。汚名化された少数者に属しながらも、同時に汚名化を行う多数者の文化的流れと政治的・文化的運命に完全に組み込まれることは、奇妙な経験である。ドイツの伝統とユダヤの伝統に同時に属することから生じるアイデンティティの問題がわたしを常に不当に悩ませてきた、ということはわたしには言えない。自分の生まれがユダヤ系ドイツ人であるという事実をわたしは決して秘密にしたことはない。わたしは、人々がそれを理解してくれることを期待している。同時に、幼い頃から、学校で勉強していた間、わたしはフランス語とフランスの文化的伝統に深い共感を抱いていた。人生のかなり後になってイギリスの言語と文化的伝統にも同じく大きな共感をわたしは抱いてきたが、それは運命が取り計らってくれたことである。一九三五年からわたしがイギリスで過ごしたあの長い年月は、自分にとって並外れた、豊かな経験であった。それはつらいけれども後になってためになる経験であった。確かに、それは恐ろしい変装、繰り返し亡命するユダヤ人の運命であるが、それでも幸運であった。

まさにこういう運命のおかげで、こうした断片的な感想においてもわたしは、ユダヤ人的運命の過程から学んだことを見過ごすことはできない。しかし、それについて語るには、わたしは議論の幅を広げなければならないだろう。さもなければ、わたしの社会学的良心はわたしに心の安らぎをまったく残してくれないだろう。

わたしが生まれ育ったドイツ社会のユダヤ人問題を誤解することはたやすい。なぜなら、これらがどのような種類の問題であるかが明らかではないからである。人々は人種問題について語るし、あるいはおそらく民族もしくは宗教の問題についても語るであろう。しかし、特殊な宗教上の、あるいは文化上の問題がドイツのユダヤ人の社会的地位にどれほど影響を及ぼしたとしても、ドイツにおいて明確に区別される少数者から生じる問題の決定的要因は実際には社会的な、それゆえ社会学的な種類である。知識の分野としての社会学の未発達は、ここで論争されている人間の諸問題の構造が、さらに処理され、解決される社会学的な問題として明確化されていないことを意味する。

自分自身が幼い頃からドイツのユダヤ人として得た経験が原因となり、後に社会学が自分にとって魅力あるものになった、ということもありえなくはない。わたしはそのことについていささかの幻想も抱いたことはない。文化的には非常に強くドイツの伝統に愛着を抱きながらも、わたしは、自分の人格構造を通じて、軽蔑される少数派集団に属していた。わたしは自分自身をこの集団の最も際立った特徴、その特別な宗教から遠ざけてはいたが、その少数者――加えて、何世紀もの間、追放されたり、抑圧されたりしてきた少数者――の特別な運命、つまりこの少数派集団の社会的運命が、自分個人のハビタスに、また自分の自己意識や思想に紛れもなく表明されていた。

後にわたしはこれらの経験の多くを、社会学的理論に、定着者‐部外者関係の理論に統合した。(ix) ドイツ帝国における他の多くの部外者集団と同様、ユダヤ人は全領域に及ぶ社会的機会への権利を禁じられていた。その他の国にも、それとよく似たことがあり、そこでは、定着者は、部外者に対してこのように地位を閉ざしたり、部外者を、定着者の多くの地位から排除したり、さらに、定着者が供給する権力機会から部外者を排除する。明らかな例は合衆国におけるヒスパニック集団や黒人集団である。アメリカの人種差別秘密結社K・K・Kは、多数派の成員、とりわけ自分たち自身の地位が脅かされていると感じている人々、自分たち自身の自己価値の感情が損なわれ、不安定であると感じている人々の中に生じうる深い憤怒を示している。彼らがとりわけ脅かされるのは、社会的に劣っており、軽蔑され、かつ汚名化されている部外者集団が法的のみならず社会的平等性を要求しつつあるときであり、以前は部外者集団の成員たちに閉ざされていた地位を彼らが多数者の社会で獲得し始めるときであり、さらにまた、おそらく、定着者たちのうち不安定で地位がより低い集団に属する人々よりもさらに高い地位、さらに大きな権力機会を軽蔑されている人々に引き渡すことになる身分へと彼らが移るときでもあろう。

軽蔑され、汚名化され、比較的権力を持たない部外者集団は、その成員が、定着者にとって部外者集団にふさわしいと思われるような劣った地位に甘んじている間は、また、部外者たちがその低い地位にかなった従属的、服従的な人間のように振る舞っている間は、黙許される。黒人たちが奴隷であり、ユダヤ人が奇異な服装をして、ゲットーの成員として見分けがつくような小商人もしくは行商として国を放浪している間は、定着者と部外者の緊張は、もちろんそれが常に現存しているとはいえ、比較的低いレベルにある。緊張のレベルが高まるのは、部外者集団の成員の社会的地位が上昇するか、部外者集団が、地位の高い定着集団との法的、社会的平等性を目指して戦うときである。このような場合には、たいてい非常にむずかしいアイデンティティの問題が両方の集団に生じる。ここではそれについてわたしは詳しく論じられない。この場合、定着者集団にとって、彼らには当然と思われる物事の秩序がぐらつき始める。彼らの優れた地位——それはその成員が多くが持っている自己価値、人間的プライドといった個人感情の全体的要素を形成している——は、軽蔑されている部外者集団が社会的平等性のみならず平等な人間的価値をも要求することによって、脅かされる。自己集団の成員との社会的機会をめぐる競争は当然視される。しかし、軽蔑されている部外者集団の成員と競争することは、屈辱的であり、耐えがたいと見えてしまう。このような機会が以前は定着者の独占であり、部外者集団に属する人々には閉ざされていることをみなが知っている過渡期の時代には特にそうである。

ユダヤ人はキリスト教社会では何世紀もの間、軽蔑され、汚名化された部外者集団であった。この長い歴史の結果、ユダヤ人というまさにその言葉は、相手を蔑み、侮辱するような潜在的意味を帯び、英語の「黒人」〔nigger〕ということばとあまり違わなくなったのである。子供時代にわたしでさえユダヤ人という言葉を吐くのをためらった。この言葉が、最も深い軽蔑の潜在的意味を含む罵倒の表現としてあまねく使用されていることは早くから知られていた。これは間違いなく一般的なヨーロッパの問題であった。全領域的な要素がその特別な困難の一因になったが、それはこの定着者－部外者問題によって付随的にドイツにもたらされたものであった。ここでわたしはそのうちの二つに言及する。

包括的なドイツ社会それ自体はようやく最近になって――一八七〇年から――ヨーロッパの定着した国民国家の間で、しばしば屈辱的で、位の低い立場から、かなり大きな力を持った立場へと上りつめていた。それゆえ、地位やアイデンティティへのドイツの意識は、あの古い、長い間統一されている国の意識に比べるととりわけより不安定で、傷つきやすいものであった。[x] 自分自身の国において部外者であるユダヤ人の少数派は、定着者集団であるキリスト教徒をよりいっそう苛立たせ、特別な敵対心を刺激した。なぜなら、定着者集団そのものはその地位とアイデンティティに関して、それ自体の歴史的状況の結果、依然として不安定であったからである。かくして、ドイツには一方の極端から別の極端へと、また、屈辱感から、世界史において自国のみが偉大で重要であるといった感情へと揺れ動く傾向があった。もちろん、ドイツのさまざまな階級の間で、部外者集団であるユダヤ人に対する敵意の度合いは違っていた。いささか誇張すれば、こう言えるかもしれない。社会的に不安定であればあるほど、それだけ反ユダヤ的であった。かくして、南アフリカでは、他者の目から見ても自分自身の目から見ても自分自身の地位と人間的価値にあまり自信をもてないより貧しい白人こそがたいてい、抑圧され、汚名化されている部外者である「アフリカ黒人」——この場合は多数派である——にすべての社会的機会への平等性や権利を容認しようとするあらゆる試みに特に敏感に反応するのである。

二番目の困難は、ユダヤ人は、非常に少数の例外があるとはいえ、実際ドイツ帝国における多くの社会的機会や地位から締め出されていた——彼らは、たとえば、より高い位のブルジョアや貴族の社会、徽章を持った学生友愛会、将校、外交官、高級官僚、大学の教授などの職業から締め出されていた——という事実と関係があった。それにもかかわらず、とくに商業や文化などのユダヤ人に開かれていた分野では、彼らは、軽蔑される少数者集団として自らに与えられた低い地位にふさわしい態度で振る舞うことはまったくなかった。彼らは自分たち自身の法的平等を重く捉え、まるでドイツ人のように振る舞った。ヨーロッパの国民国家内部の同じような立場にある部外者集団、たとえば、ジプシーはたいてい、定着者集団に比べて文化的にも経済的にも明らかに劣っていた。二十世紀の初めには、ユダヤ系ドイツ人にとってそのことはもはや事実ではなかった。東から新たにやって来たユダヤ人移民は別にして、彼らは文化的に同化しており、経済的にも平等であった。このことが理由となって――さらにまた、たぶん書物の国民（彼らの間では特別な価値が知的研究に置かれた）という長い伝統も理由となり――彼らは定着者の大部分が彼らに抱いた侮蔑的で不快なイメージを内面化しなかった。わたしが後に、他の「定着者－部外者関係」の中で観察することになったあの規則性がここでもまた適合した（さらにまた、それをわたしが他の例で認識したのは、わたしがそのことをいわば身を持って体験したからであろう）。この規則性は次のようになる。定着者のより強力な人々は自分たち自身の集団の「われわれ像」を、最良の少数者から理解し、軽蔑されている部外者の「彼ら像」を最悪の少数者から理解する。(xi)

　軽蔑され、辱めを受ける部外者集団が、より強力な定着者集団が部外者集団に対して抱く、あの人間的価値を減じせしめるようなイメージを内面化する場合もある。軽蔑される人間集団はさらに自らに関して屈辱的で、汚名化されたイメージを抱く。二十世紀の初めのユダヤ系ドイツ人の大部分にとって、またたぶん十九世紀におけるユダヤ系ドイツ人の多くにとっても、それは事実ではなかった。彼らがさらされた侮辱や非難、部外者としての彼らの屈辱的な存在は時々、不快であり痛ましいものではあったが、それは彼らの自己価値的感情の中核に達することはなかった。彼らは事実上、二番目の位の人間ではあったが、だからといって自分たちを二流の人間と見なしたわけではなかった。変化しつつある定着者－部外者関係の中に自分たち自身がそれぞれ位置しているような集団の「われわれ像」や「彼ら像」についての研究がもっとあればとわたしは思っている。白い肌の人々が支配している社会で、黒い顔をした人が歩き回ることが黒い肌の人にとって何を意味するかは、黒い顔は美しくなりうるということを、権力が黒人の方にわずかに有利に傾くことと関連して、自分自身と他者に公然と言うために、彼らがどれだけ多大な努力をなさなければならないかということから理解される。さらに、いくつかのイスラム教集団がイスラム文化を提唱する強調的でしばしば狂信的なやり方は、長期的な屈辱と深い劣等感への反動として――権力の推移の結果――理解される。

定着者集団と部外者集団の関係において、権力バランスの変化の過程で発生するそのような問題の例は他にも無数ある。定着者―部外者問題を理論的にもっとよく理解しようとすれば、それは確かに、そうした問題を社会習慣において解決しようとする際に有益となろう。

第一次世界大戦以前のドイツで暮らすユダヤ人としてこれらの部外者問題をわたしの両親とわたしがどのようにうまく処理していたかを記憶をたどりながら再現しようとするとき、自分たちの集団に対して向けられた差別と自分たちがこうむった汚名を知る一方で、われわれはそうしたことをまるでベールを通して見ているかのごとく捉えていた、とわたしは認識する。なぜなら、ドイツ国家の法的保護があったし、物理的にも経済的にも文化的にもわれわれはまったく安全な生活を営んでいたからである。子供として、わたしは自分が属している集団の成員に向けられる嫌悪や憎悪が存在することについては知ってはいたが、それがどの程度のものなのかは知らなかった。わたしの両親もその知人もそれについて現実的な説明はしなかった。彼らは自分自身をドイツ人と思っていたし、明らかに本当の状況をわずかに自分自身から隠した。反ユダヤ主義は大部分、教養のない人々、もしくは生半可な教育しか受けていない人々の仕業のように見えたし、われわれは彼らをいくぶん軽蔑の眼差しで見ていた。わたしがようやく状況の実像を捉えたのは学校を卒業した後のことであって、最初は兵隊として、次は学生としてであった。

子供時代から自分に思い出されるイメージは、法的平等、したがって経済的平等という点からその社会的な不平等と排斥の多くを隠そうとしていた部外者的社会のイメージである。われわれがドイツのキリスト教社会でたびたび出会ったあのイディッシュ語でぼそぼそつぶやき、にんにくの臭いをぷんぷんさせている、卑劣で、人をだます行商人というイメージは、われわれが自分たち自身について知っている事柄からはるかにかけ離れていたので、ひどい侮辱にはならなかった。われわれはいくぶんカプセルに包まれたような世界で生きていた。かくして、時折ユダヤ人に向けられる公然たる憎悪の爆発――それは無教養なフーリガンの非行にも似ている――を忘れ去ることは容易であった。

とにかく、それはわたしの父親の態度であった。彼は、自分自身が立憲国と見なした国家で成長し、その保護の下で裕福な人間になり、そうした国家は経済の上昇によって支えられていた。彼はまったく率直で、誠実な男であり、時々短気ではあったが、とてもごまかすことなどできなかった。父親にしろ、母親にしろ、時々、大事なことをわたしに隠すことはあったが、故意に嘘をついていたなどと想像することもできない。わたしが両親と最後に会ったのは一九三八年であり、その時、彼らはロンドンにいるわたしを訪ねてきた。わたしは、たとえ財政上の困難がいくらか生じようとも、イギリスでわたしと一緒に暮らすよう彼らに頼んだ。父親はそんなことを考えすらしなかったし、母親も当然ながら彼の決定を受け入れた。わたしは、自分がナチの蛮行をほのめかしたとき、それを受け流すために父親が使った言葉を忘れることができない。「彼らがわたしに何ができるというのか。わたしはだれにも不正を行ったことはないし、自分の人生で法を破ったこともない」と彼は言った。父親は一九一〇年に仕事から退いており、その頃、税務局の顧問として名誉職についており、最終的には小勲章を受け取った。彼はドイツ人であった。彼はいつも法律に従った。ドイツの政府が彼をどんなに不利に扱えようか。かくして、昔気質の人々は無邪気にもドイツに帰った。

ブレスラウのような都市ではユダヤ系ドイツ人は、社会学的に言えば、二級の社会を形作っていた。しかし、わたしが述べたように、彼らは自分たちを二級市民とは見なしていなかった。多くのユダヤ人が明らかに、彼らに帰せられた劣等性を受け入れなかったという事実、また、多くの場合、彼らがまるで同等の価値を有する人間のごとく振る舞ったという事実は、多数派であるドイツ人集団の多くの成員を苛立たせた。繰り返し浴びせられる「生意気なユダヤ人」という非難の理由の一つがそれであった。さらにまた、そのことが確かにユダヤ人への敵対感情をかたくなにした。

このようなタイプの数多くの「定着者−部外者」関係がある。これを認識すること、その問題を学問的距離化のより冷静なレベルに止揚することは、過去と折り合う際にわたしには有益であるように思われる。両方を見ることが有益である。繰り返し起こるこの種の「定着者−部外者」関係の基本問題が一つであり、もう一つは、キリスト教起源とユダヤ教起源の人々を、二十世紀の前半のドイツにおいて眺める特別な社会環境である。多くの国家には異なった起源を持つ多数者集団、少数者集団がいる。その社会が国民国家の統合段階に近づくにつれて、両者間の緊張が通常、増大する。たとえば、国家形成のこの局面では、多数派種族と小数派種族の緊張状態はしばしば若いアフリカの国で増大する。それは今日のベトナムでは中国人小数派に対する土着民との関係で、またトルコの多数派人口に対するアルメニア人との関係でも増大している。

民族的同化か、あるいは別々の国家の形成が最後にはその問題を処理する選択肢であり、民族的放逐か、少数民族の殲滅が別の選択肢である。部外者集団の同化は常に長引く過程であり、少なくとも三つの世代、さらにはしばしばそれ以上の世代を必要とする。この解決がどれほど可能であるかは、部外者が潔く同化を受け入れるかどうかに、また定着者が部外者を同化できるかどうかによる。概して、その背後に数世紀にわたって社会的・政治的発展を不断に継続している定着者集団、自分自身の価値への安定した「われわれ意識」を有している定着者たちは、発展がたびたび阻害され、自己価値の感情がひどく不安定で、傷つけられてきた民族、実現不可能な価値要求を自分自身に課しながら、より輝かしい過去の陰の下に暮らし、かつよりつつましい現在において独自に新たな役割を見つけなければならない民族よりも、部外者集団の同化をもっとうまく受け入れることができるし、かつもっと進んでそれを行おうとする。

そのような問題について語ることは、それを隠し、未解決のままくすぶり続けた状態でそれを目立たないようにすることに比べると、はるかに希望が持てるし、それが明らかに社会学の責務の一つなのである。もしわたしが部外者に対する定着者のこの関係に言及することを省いたとしたら、もっと重要な何かがこれらの解説から欠落していたかもしれない。

それは、疑いもなく、子供時代の、さらには若者時代の自分に人格形成の上で決定的な影響を及ぼした。一方では、わたしは若者として自分自身がわが家庭の背景とわが教育を通じてドイツ文化、ゆえにヨーロッパ文化の流れに浸っているのに気づいたが、他方では、わたしは特別な集団に属していたのであり、したがって、時々、予想もされない、最初は不可解で、それに対しては答えようもない攻撃にさらされていた。わたしは徐々に、自分が、ドイツで続いている多くのことから排除されている少数者に属していることを知るようになった。わたしは、子供のときその理由を自分が分かっていたとは思わないし、すでに述べたように、わたしの両親はそれについてわたしに適切な説明を何らしてくれなかった。しかし、そのことは未来の社会学者にとって決して悪い教育ではなかった。それは、人に自分自身を支配的な社会から距離化する機会を、さらには、イデオロギー的な歪曲や社会的な権力関係の隠蔽を見抜く鋭い眼力を与えてくれた。

自分自身を定着者集団の支配的なイデオロギーから、特に、ヴィルヘルム時代のドイツでも、またワイマール共和国においても——他の国でもそうであったように——ほぼいつも反ユダヤ人的な戦闘的スローガンとより強く結びついていたあの国家主義的イデオロギーから距離を置くこうした機会は、もちろん、広く汚名化された部外者集団の中で成長するときに人の身に降りかかる特異な経験の一つにすぎなかった。後にわれわれは次のような問題に直面することになった。もしわれわれ自身の信仰が完全に世俗化されていたら、その宗教の特異性こそが最も顕著な特徴であるような集団の伝統にわれわれを縛っていたのは何であったのか。ごく段階的にのみ、また自分の社会学的洞察との関係の中でのみ、わたしは、人の起源によって、とりわけ、汚名化された部外者集団の内部で成長するという事実によって引き起こされる社会的特異性そのものが、それに係わっている若者の精神性に、強い人格形成上の影響を及ぼすことに気づいたにすぎなかった。そして、特別な宗教がおそらく、たとえそれがますます世俗化されたとはいえ、若者の文化的伝統の特異性としてしばらくの間作用し続けたのであろう。たとえば、それは、わたし自身の目的で、わたしが暫定的に良心形成の社会特殊な特徴と見なしたようなものに明示された。わたしは、ユダヤの伝統では、人間の罪深さという感覚、つまり人間の動物的衝動、とりわけ性的衝動のタブー視があまり抑圧的ではないし、この種の違いは、社会の継続性を前提とすれば、世俗化がますます進んでも維持される、と感じていた（それは実際、憶測にすぎないかもしれないのだが）。同じことは、感情が強く込められた形而上的宗教の仮説への嗜好にも当てはまる。そうした仮説はわたしには相変わらず縁がない。支配的なタブーを破る際に、文明が基本的な衝動を処理する方法は変わるということを理解する自分の能力は、良心形成のそのような特異性と結びついているのかもしれないという憶測とわたしは時々戯れてきた。

他者の著作同様、自分自身の著作からもまた不明瞭であるか、もしくは正確でない文章の一部をいくつか取り除きたいという私自身の欲望に、同じ起源があるのかどうかは、わたしにとってまったく未決の問題である。むしろそれは家族の伝統の一部かもしれない。この点でわたしは自分の父親と同じように感じるのである。父親が退職した後で、税務局はそこが抱えているむずかしい事例をいくつか彼に送り続け、それは時々、両者が当惑したことではあるが、父親の知人と関連していた。彼らはみな顧問をつれて、また会計簿を携えてしばしば自信に満ちた、平然とした様子でやって来たが、数時間後には時折、いくぶんがっかりして家にもどっていった。表面上は特にさしたる困難もなく、父親は彼らの帳簿にふさわしくないものがあるのかどうかを、また、どこにふさわしくないものがあるのかを突き止めた。時々それは単なる誤りであり、また時々、故意の欺瞞であった。父親はそのような混乱をきたす、ごまかしの申告をひどく嫌ったが、同じくわたし自身も学問的な本の中の、煙に巻くような、誤解を生じるような文章の一部を嫌ったし、できるかぎりそうしたものが自分の文章に表れないように戦った。とりわけ、社会生活の分野において、伝統的な言語、われわれの思想の手段、概念そのものがしばしばその内部に欺瞞や歪曲を抱え込むということが難事なのである。ときとしてこのことによって社会学者の研究が実際むずかしくなるのである。

遅すぎるのか、あるいは早すぎるのか——過程社会学もしくは形態社会学の状況

社会学者の社会学以前の経験を思い起こすことは、社会学者の発展を理解する際に必ずしも無益というわけではない。長く生きることは、われわれ自身にとってのみならず、われわれがやらねばならない学問的研究にとってもそれなりの利点がある。われわれは、われわれが生き抜いてきた多くの、一連の社会状況を比較することができる。

二十世紀の後期には、社会学の研究と教育は——それは地位の確立されたアカデミックな分野にたまたま起こることではあるが——しばしば科学的、哲学的な支配体制から借用されたモデルの系列に並行して高度に専門化され、官僚主義化されてきた。そのような状況では、そうした事例がとても事実にはなっていない初期の時代の諸経験を思い起こすことがいくぶん有益であるようにわたしには思われる。その頃は、わたしがすでに述べたように、他の学問分野からやって来た人々がようやく社会学の研究と教育のためのモデルを作り始めたところであり、十九世紀の偉

大な社会学の先駆者の研究を継続していた。しかし、社会学の専門化と官僚主義化、および社会学の実践的利点は異論のないもの――さらに、それは人間諸科学が大学において機能を果たしている現状を受け入れれば、不可避的なものでもある――であり、それとともにまた、社会学の視野のある種の狭隘化、つまり社会学の想像力と感性の貧困化が起こった。したがって、その頃、何が、元来別の主題を研究していた数多くの人々をして社会学に向かわせたのか、と尋ねることは興味深いことであるかもしれない。こうした状況では、わたしはその問題それ自体を指摘することで満足せねばならない。それはこれまでいささか無視されてきたのであり、それゆえ、特に調査に値する。

今日ほぼ社会学の権威として規範化されているのは、あの初期の、とはいえまだ専門的ではない社会学者の世代のメンバーである。彼らをして社会学へと向かわせたものは、多くの場合、疑いもなく以下のような認識であった。社会的行為のレベルで都市化や産業化の度合いが増大する過程で、おびただしい新たな問題が生じているが、歴史学も経済学もその他の社会科学もそれを放置したままである。なぜなら、そうした問題は、それぞれの学問分野の問題解決のパターンに合致しないし、その伝統的な方法では理解できないからである。同時にこうした識別可能な社会変化は、大きな意味を持った革新的な作業によってそれを理解しようとして大いに気を配っている学者の前に立ちはだかった。それは人間社会の包括的な理論、あるいはもっと正確に言えば、人間の発展の理論を精巧なものにする作業であり、そのことによって、さまざまな専門的社会科学のための総合的な準拠枠が得られる可能性があった。

わたし自身はこの作業に徐々に気づくようになった。ハイデルベルクの時期にはぼんやりと、さらにフランクフルトにいた間にいくぶん鋭く意識していた。経験的事実に接近し、かくして検証可能で矯正されうるような重要な社会学理論を構築するというこの作業、つまり、後世の世代がそれに依拠して積み上げ、さらに拒否したり、訂正したり、もしくは発展させたりできるような理論構造の基礎を築くということうした作業を、わたしは、自分の曲がりくねった道で自分に合致するありとあらゆる多くの特別な作業を通じて、さらにもっと追求したのである。わたしは、自分が、諸世代の輪――社会学者たちの輪を含む――に完全にはまり込んでいることを知った。わたしは自分自身を自分の世代の人間（後の世代と関係する自分の生活は、最も初期の、またより初期の世代と関係する自分の生活がたとえ非常に深く自分に浸入していたとしても、自分に影響を及ぼしていた、という複数的意味）として非常に強く意識した。比較的高いレベルの、社会学的想像力の個人化でさえも、二十世紀の二番目の大戦争の前に登場した多くの社会学者たちの共通の特徴であった。マルクスもまた、より限られた度合いで、コントも長期的な社会過程の問題にすでに取り組んでいた。とはいえ、彼らにとってそうした問題は、政治的イデオロギーと、特別な種類の社会的願望イメージや理想と絡み合っていた。その上、彼らはそれぞれ依然として、特別な社会過程を持つ先入観にとらわれていた。彼らはまだ、方向性を持った長期的な社会過程がどのように、なぜ生じるかという問題をそれなりに提示できうるような思想のレベルに達していなかった。

広い歴史的な知識にしても、二十世紀中期以前の社会学者の間では珍しいものではなかったし、彼らの多くは、過去についてのこうした知識が現在の諸問題を理解するために不可欠である、ということをすでに認識しつつあった。これらの人々はほぼすべて、わたしと同様、歴史的知識を、したがって初期の社会構造についての知識を、専門的な歴史家としてではなく、自分たちが解決しようとしていた社会学的問題によって駆り立てられ、自分たち自身の研究を通して獲得した。それはマルクスについても当たっていた。マルクスの歴史的知識、彼のその他の経験的情報に関するかぎり、彼はだいたい独学であった。そのことは、後にはゾンバルト、マックス・ウェーバー、アフレート・ウェーバー、マンハイムに関しても——保守主義の思想に関するエッセイをマンハイムが用意していた際にも窺われたように——言えた。彼らはすべて初期の社会条件についての知識を獲得していた。それは主に、彼らが尋ねている問題、彼らが「歴史的」資料を利用する観点は根本的に、専門的な歴史家に関心を抱かせるような問題とは異なっている、という理由がただあったからである。

こうした違いをもはや適切に理解しておらず、その知識や関心も現在に狭く限定されている後の世代の社会学者は、過去の社会構造、初期の社会段階の社会学的な問題へのこうした関心に、「歴史社会学」という名称を与えた。しかし、それは誤解を招く呼称であった。わたしが言及したすべての社会学者は過去について、歴史的ではなく、社会学的な問題を尋ねた。彼らはしばしば社会の力学をいくぶん理解した。彼らは、所与の人間社会の問題や構造は、その社会が存在している時代には、もしそれらが狭い視野で、物理的な問題や構造と同じやり方で追求される静的なデータとして捉えられるなら――つまり、そうした問題や構造がまるで無限に繰り返されるかのごとく捉えられたり、その問題や構造に永遠に妥当する法則を探究することこそ重要であるかのごとく考えられたりするなら――説明できないということを、多かれ少なかれ明確に理解した。人間社会の過去、現在、さらには時々、未来をもひっくるめて、継続的な運動を表示するものと見なすことは、それゆえ、わたしが若い頃の社会学者の世代の間ではちっとも珍しくはなかった。たとえ彼らがそのことをさほど多くの言葉で語らずとも、彼らには、ある社会の現在の問題や構造は、もしその問題や構造が過去と照らし合わせて、それらにいたる長期的社会過程との関連で捉えられるなら、非常に違った形をとる――それらが近視眼的かつ静態的に、単なる孤立した現在と見なされた場合と比べると――といった直観があったのかもしれない。

遅参者としてこうした状況に到達することで、わたしにはいくつか利点もあったが、同時にいくつか欠点もあった。長期的社会過程という現存の暫定的なモデルが依然としていかにイデオロギーに染まっているかがわたしには容易に理解できた。長い時間間隔を経る社会変化を十分理解させる（現存の、しばしばかなり推論的な、長期的社会過程のモデルを、異なったタイプの理論的モデルに取って代わらせるために、詳細な経験的証拠の助力を得ることによって）ことができる研究が不足していた。このことでわたしは、経験的に検証可能で、かつ必要であれば、訂正したり、反駁したりすることができる過程モデルを意味しているのである。しかし、それが明らかに可能になったのは、ただ研究者が先入観に支配された原理的信仰に、また、その時代の政党の政治領域において一方か他方の対立するイデオロギーに束縛されていない場合であった。

そのことがわたしに興味を抱かせた。わたしは、社会理論のこうした脱イデオロギー化を始動させることに貢献しようと努めた。それは自分にとって思ったよりむずかしかった。『文明化の過程』というわたしの本の中で、自分が、詳細な経験的証拠によって、文明化が人々にもたらした変化の問題、さらにそれと密接に係わる、人々の社会的統合レベルにおける変化（それは国家を通じて起こる）などの理論的問題に真剣に取り組むことに成功したことを期待した。後の世代は、これらの、また他の長期的過程の問題に取り組み続けることが、また、もし必要であれば、こうした最初の段階を訂正し、それによってともかく社会学の継続的な発展――それは多くの点でその時までは欠落していた――を保証することができるだろうとわたしは思ったのである。

このようなかたちで存在するようになった理論的モデルはまた、一般的概念によってのみならず、実体的な研究結果によっても、現代の政治党派の領域とその理想にもはや合致しないような社会学理論の発展が可能であるということを証明するわたしの願望を満足させた。社会学の理論を現代の政治的イデオロギーの支配から解き放つことは確かに簡単な企てではなかった。最初は、こうした作業が理解されなかったからである。混乱を招くような社会的、政治的イデオロギーの優位性が克服され、社会学が経験的研究と理論的研究の対をなす方法で安全に前進できるようになるまでに数世代を要するかもしれない。単独の人間ではこの道に沿って二、三歩しか進めない。しかし、わたしは、自分が新機軸――今日の政治的信仰や社会的教説によって仕掛けられた罠から逃れること――が可能であることを示してきたと思うのである。

文明化と国家形成の理論、シンボルとしての知識や諸科学の理論、もっと広く言えば、わたしが詳しく論じようとした過程や「形態」〔figuration〕の理論はマルクス主義的でもないし、自由思想的でもないし、あるいは社会主義的でも保守的でもない。隠蔽された党派の教義、学者的な装いをしたあのベールに包まれた社会的理想はわたしには虚偽に見えるだけでなく、不毛のようでもある。それが明らかに、この理論、およびそれを含んでいる本の受容がむずかしい理由の一つであったし、今もそうである。現代の社会的信仰や利害関係の大きな対立においてあれこれの側に賛同するか、もしくは反対するかという議論を提唱することを、社会学の理論は期待されているのである。その期待が満たされていないのを発見することは――わたしの研究をそのような方向で解釈する試みが欠落していないことは確かであるが――方向性の喪失になる。たとえば、「形態」の概念が明らかに、社会学理論の根深い両極化――それによって理論が「個人」を「社会」よりも優位に置くものと、「社会」を「個人」よりも優位に置くものに分割される――を回避するために作られたという事実を見過ごすことはかなり容易である。それは、かつてはより広い世界で信仰と利害関係の主軸に相当していた両極化である。しかし、社会学者として、これらの対立から生まれる圧力にわれわれは対抗すべきである。というのも、実際にはそうした軸が長い間、とりわけ他者によって支配されてきたからである。

今日わたしは、人々（自分自身を含む）が相互に形作る「形態」によって思考することが、自分のさらなる研究に、それが有する価値を与えてくれた、と言えるのではないかと考えている。「形態」の概念という形で自分が磨き上げようとしてきた概念的手段が、人間の統合の集団的レベルを個人のレベルよりも優位に置いた初期の理論――デュルケムやジンメルの提案もしくは「システム理論の提唱者」のそれにおけるように――と、どんな点で共通しているかを見るために主に分析されているという事実を理解する力はわたしにはある。どんなに明確にわたしがそれを発言しようが、わたしは目の見えない人々にその違いを見せることはできないし、それを彼らに理解もさせられない。なぜなら、最後にはそれは自己距離化のさらなる行為、拡大する自己意識の段階の次のレベルに上昇することに依存するからである。そして、もし人々が自己距離化というこの行為を実現できなければ、わたしの説明は聞き捨てにされる。

より高いレベルへの上昇の端緒は、先行者の社会学理論に発見されることになった。マルクスやウェーバーの理論のいくつかは、それが参加の証拠を深く留めていながらも、高いレベルの距離化を証言するものである。しかし、それは距離化と参加を社会学的な問題にしてはいない。自己距離化それ自体を意識へと高めるために、その理論はさらなる一歩を上に向かって踏み出してはいあない。そうしたことが起こるまで、われわれは自分自身を、社会を眺めている個人と見なさざるをえないし、かくして、他のすべての人々を、社会の外にいる、社会の彼方にいる「個人」と見なさざるをえない。あるいはまた、逆に社会を彼方に存在する何か、個々の人間の外にある何かと見なさざるをえない。

手短に言えば、自己距離化に向かってこうしてさらに一歩踏み出し、概念的にそれと折り合うことができるまで、人間科学一般という船と同様、社会学という船を個人主義のイデオロギーと集団主義のイデオロギーの間で操縦するのはむずかしい。「形態」の概念を、それと比較されるかもしれない以前の概念と区別するのは、その概念が表明している人間に関するこうした展望である。その助力によってわれわれが伝統的な罠――「個人」と「社会」、社会学的原子主義と社会学的集団主義の両極関係という罠――から逃れるのである。「個人」と「社会」というまさにその言葉がしばしば認識を阻む。もしわれわれが自己距離化というさらなる行為を実践できれば、われわれは、意識という階段を上る際に、自分自身をまるでそれ以前の段階に立っているかのように、数ある中の一人の人間として、また、社会そのものを基本的に多くの相互依存する人間から成る「形態」として捉えることができる立場にある。そのときにようやくわれわれは個人と社会のイデオロギー的両極化を知的に乗り越えることができるのである。この作業はコロンブスの卵によって提示される作業のように簡単であり、コペルニクスの新機軸のようにむずかしくもある。

より高度な段階の自己意識に向かうこうした上昇への反抗は、最もあからさまに幼児の中に見られ、包み隠されることがさほどない経験の層からいくぶん生じる。それは、それに依拠してわれわれが自分自身を全世界の中心と見なす層である。たとえばそれは、人々がより早い発展段階で、自分の国や自分の国にいる自己集団を世界の中心として経験した自明の方法に現れる。それは、デカルトやカントからフッサールやポパーにいたるまで、学者的用語の厚いベールに包まれて、現代哲学の唯我的で唯名論的傾向のうちに再び現れる。

自分自身を、他者とともに特定の「形態」を形作る人間として認識することを拒む姿勢は、人間的経験におけるこの根本的な自己中心主義のおかげで、地球は、太陽のまわりにある惑星の全体的配置において、むしろ目立たない場所であるという考え、さらに、太陽のような数多くの星があるという考えを受け入れまいとする姿勢と同じく、明らかに強い。しかも、加えて、人間の

「文明化の鋳型」という支配的形態が、個々の人間は、内面的には「外部へ」進んで行けない何かであり、この「内面的」部分が一個の人間の「純粋な」部分であり、その「中心」、「本質」であるという幻想を強化する。文明化の過程の理論は、人間自身の、かつ個人化の、この種の経験それ自体が進化してきた何かであり、社会過程の一部である、という認識を可能にさせる。しかし、これに対抗しているのは、内面的には自分はまったく独自に、他の人々とは別個に存在しているという個人的感情の全体的重みであり、このように形作られる人々の、それに相応する嫌悪でもあるが、その嫌悪は、彼らの最も個人的で本質的な部分それ自体でさえ、このようにして長い社会発展の過程で進化してきた何かであるという知識に向けられる。

こうした経験の層を基本にして、自分自身の見解から、孤立し、まったく自己完結した存在としての人間の見解から、人間社会を建設しようとする強い傾向が存在する。生まれた時から、人間生活は人々が作る諸形態の内部にあるというのが人間存在の基本的な事実の一つであるのに、そのような明白なる事実を受け入れまいとする態度は、それゆえ、その根源を、ある人格構造、意識の発展におけるある段階に持ち、それは次のような幻想を育む。個々の人間の「核心」はいわばその人の内部に施錠されて閉じ込められており、かくして「外界」から、特に他の人々もしくは自然の対象からしっかりと封印されている。

ところで、同時にこの「閉ざされた人間」〔*homo clausus*〕という人間像にある種の政治的イデオロギーが現れる。完全に独立した個人、絶対的に自律的であるがそれゆえまた絶対的に自由な単一の人間といった概念が、現代の社会的、政治的信条の領域で非常に明確な場を持つブルジョア的イデオロギーの中心物を形作る。それがどう呼ばれようとも、社会的現実のあらゆることに相応しない、また相応できない理想、もしくはユートピアなのである。

企業家がしばしば、自由で、自己依存的で、独立した個人というこの理想的イメージための現実的な社会モデルと考えられている。官僚的な国家の介入から独立し、自分自身の判断力のみに従う商業、製造、財政組織の長として、自分の家の絶対的な主人、またこの意味での完全に自由な個人として、国家によって妨げられることのない他の同じく自由な企業家との競争的闘争において、彼は自らの富を増やし、また同時に繁栄する企業を指導することによって、仕事の創造や自国の福祉に貢献するのである。社会発展や個人の人格構造の発展の現段階において、指導的人間たちの利己主義に訴えることによって、また、飴と鞭（利益という飴と競争のメカニズムという罰）によって彼らを駆り立てることによって、ある社会の国民総生産の継続的成長を保証するために必要とされる功績のレベル、努力や豊かな創意が、人々に期待されるだけである、ということが今やまったく可能なのである。現在の人格構造を前提とすれば、そのような社会的構造が、純粋に経済的な観点から見て――もし目標が継続的なＧＮＰの成長であれば――政府によって完全に計画され、官僚主義的に操作され、しかも強力な個人的動機のない命令や服従にのみに頼る経済体制との競争において、より有益であることもまったく可能である。しかし、所有者が、あるいは二十世紀の発展段階に対応した経済組織の管理者が、他のすべての人間から独立して決定を行う自由な個人の理想像のパターンとして役立つことになるかもしれないという考えはただ——共感的に——関連する階級の錯覚として、またさほど共感されないで、政治的イデオロギーとして理解されるだけである。

二十世紀の後期において、自由で独立した個人のモデルとしての企業家のこうしたイメージのイデオロギー的性格は、独占のメカニズムとしてより明白になってきたし、わたしが他の箇所で検証し、説明したその作用は十九世紀、二十世紀の過程でますます大きくなる経済単位の形成にいたった。[xii] 比較的多数の、比較的小さな会社（そうした会社の多くは事実、その所有者と家族によって経営されており、そのため競争的闘争は個人間の決闘のように戦い抜かれた）に代わって、少数の大会社が経済の多くの領域に出現した。独占のメカニズムの理論に従えば、より小さな経済単位はそのような経済領域ではもはや競争することはできない。しかし、大きな会社では、有力な男や女でさえもそのような複雑な相互依存の連鎖に組み込まれ、彼らが決定をする際には特別な専門家の情報や助言に非常に頼るために、結果として、自由で独立した個人の理想像は、彼らに適用されれば、現実というよりむしろ戯画のように見える。ここでは「権力」が明らかに「自由」と取り違えられている。

しかし、自由競争を個々人の自由の、ある種の原型として解釈することがとりわけ不適切なのは、それが、自由に競合する単位——それが経済的組織であれ国家であれ——が相互に形成する「形態」によって生み出される内在的力学や圧力を考慮に入れないからである。それはまさしくわたしが先に独占のメカニズムと見なした力学なのである。自らを自由に競合する個人と見なす企業家は、自由競争のメカニズムが国家の干渉によって圧殺されたり、制限されたりしないことを理由に、自分自身の概念的解釈の範囲に、自由に競争する単位の場で内在的力学が作用するために自分自身と自分の決定が従わざるをえなくなるあの社会的圧力を含めないのである。非常に健康な男である企業家になぜ非常に厳しい日々の労働で自分の健康を危うくするのかと尋ねたとき、その企業家——彼の工場でわたしはしばらく働いていた——がわたしにくれた答えは、非常に啓発的であった。「ねえきみ、それは狩りなんだよ。競争相手から契約を奪うことは楽しみなんだ。それに、もしきみがそうしなければ、きみは間もなく落ちぶれるのさ」と彼は言った。それは一九二〇年代のことであったし、その会社は、だれがどう見ても一人の男が自由なやり方で指揮できる家族企業であった。でも彼には、自由に競争する単位の場の一部である会社の代表者が、たとえば、自分が競争に参加することを望もうと望むまいと、決定することができないことを理解する洞察力があった。彼は、自分が依存状態に陥りたくない、あるいは負けたくない、つまり破産したくないと思っても——競争の「形態」の特性によって——競争せざるをえないのである。というのも、それが自由に競争する単位のあらゆる場の特性であり、その単位はまさしく競争相手として相互依存しているからである。自由に競争している単位の場——その内部ではいくつかの単位が他の単位よりも大きくなる——では、単一の競争者は自動的に、もしそれがより大きくならなければ、また、大きくならないがゆえに、小さくなる。トランプ遊びをしている人が自分のトランプに、また、他の相手の技術に依存するように、企業家は市場とその競争相手に依存する。

同時にここには自己距離化の例があるが、それは、もしわれわれが、自分自身が中心であるという観点から世界を経験する意識段階から、自分自身を、ある種の具体的な「形態」を一緒に形作る他者の中の個人と見なすことができる高い段階へ昇ることになれば、必要とされるものなのである。より初期の段階の視野からすれば、自分自身を、自分独自の決定を行う絶対的に自由な主人と見なすのは当然である。次の、高い段階の視野からすれば、われわれは自分自身を、いわば個々の人間の外部に存在し、人間の行為とはまったく無関係に人間を前方へと駆り立てる、無名の社会的諸力の対象と見なすこと——それは現在の政治上の両極的立場と呼応して時々現れるのであるが——はしない。われわれはむしろ自分自身を、その決定の範囲が限定されるだれかと見なすのである。なぜなら、その人は、他の多くの人々——彼らは自身の要求をまた持ち、自分自身で目標を定め、決定を行う——と一緒に生活するからである。

ところでそれは、基本的には、人々が相互に形作る世界において、自分自身を、現在よりもより方向へと向かわせるために踏み出されるべき単純な一歩である。単一の個人の観点、もしくは個人の彼方にある社会的情報の観点から考えないで、複数の人々の観点から考えることが必要なのである。われわれが社会的束縛と見なしているのは、多くの人々が、その相互依存に一致してお互いに課する強制なのである。しかし、この単純な概念上の歩みは、多くの人々にとっては、数ある中で地球を単なる一個の太陽系の惑星と見なすことがかつてむずかしかったのとほぼ同じく、むずかしいように思われる。自分自身を他者の中の一人と見なす際に必要とされる自己距離化は、現在ではむしろまだ非常にむずかしい。個々の多くの人々は、まったく偶然の、恣意的なやり方では決してともに生活しない、という考えを受け入れることはむずかしい。われわれ自身と同様、他者も自らの意志を持つというまさにその事実が、彼ら個々の恣意性に限界を定め、彼らの共同生活に、個々の人間が孤立しているものと見なされれば理解されないし、もしくは説明もできないような、それ自体の構造と力学を与える。そのような構造や力学は、もしわれわれが複数の人間、その相互依存の多様な度合いと種類から始めるのであれば、ようやく理解されうる。

基本的には、この多様な人間の相互依存こそ、社会における人々の権力関係について語る際に、言及されるものなのである。こうしたことを調査することが社会学の研究の重要な作業であるようにわたしには思われる。あるいは、もっと具体的に言えば、それが中心的な作業になるべきである。諸集団の権力関係を定義し、説明することがなければ、マクロ社会学、ミクロ社会学の研究は相変わらず不完全であり、あいまいであり、かつ究極的には不毛である。この種の調査では、特別な注意が、権力関係における変化とその説明に向けられる必要がある。

わたしは権力の理論を社会学的に発展させ、また同時に――わたしの『宮廷社会』におけるように――そのような理論を使ってどれだけ研究が可能になるのかを示そうとしてきた。しかし、その理論についても依然として発言の機会を得ることはむずかしい。そこには明らかに、変化する権力バランスをすべての人間関係の普遍的特徴として認識すること――わたしは、それを自分の著書『社会学とは何か』において示したが――を特に嫌がる気配がある。こうした抵抗感の好例は、マックス・ウェーバーの理論的研究における権力の概念と問題によって果たされている周縁的な役割である。その経験的な研究のいくつかにおいて、特にエルベ川以東の地域における労働者に関する初期の研究において、また、いくつかの書簡の中で、マックス・ウェーバーは権力の問題に対してしばしばまったく誤りのない観察力を示した。しかし、ウェーバーは、その壮大な理論的概要において、権力関係の問題を、その命令的支配関係の類型学からできうるかぎりうまく隠すことができたのである。そのまれに見る社会学的感性によって、彼は物理的暴力の独占が国家の本質的な中枢制度の一つであるということをまったく明確に認識できた。そのような独占の掌握、単に物理的強制の脅威を用いることで社会的規範や法律に従うよう市民に命令するある支配者の能力は、明らかにあらゆる形態の国法における決定的な権力の根源の一つである。しかし、ウェーバーの命令的支配関係の理論――それは明らかに国家による支配に言及してはいるが――においては、権力の問題はせいぜい周縁的にしか触れられていない。彼は時々、支配は「授けられうる」という見解を中断させてしまう。そのことは別として、ウェーバーにとって最も興味のある問題は、個人はなぜ甘んじて自らを支配させるのかということである。このように服従する個人の動機――被支配者の支配者に対する感情的きずなのような――は彼の類型学の根本的な関心である。

他の場合でもそうであるが、ウェーバーの場合、彼をして、単一の個人の観点から社会を解釈せしめる基本的には自由主義の立場が、社会学の緻密な理論構築に破滅的な影響を及ぼす。わたしはここで、今日、政党の政治闘争において自由主義的な態度が有している利点について話しているのではない。わたしは、社会学の理論の構築に自由主義的イデオロギーが及ぼすゆがんだ影響に言及しているのである。それは、マックス・ウェーバー――そのことは社会学の理論を進化させようと努力している他の社会学者にも言えることだが――をして個人と社会の関係を、まるで個人が第一に、社会からまったく独立して、それゆえ、他の人々からも独立して存在しているかのように、そしてただ単に、副次的な、いわば遡及的な形で他の人々と接触するようになるかのごとく提示せしめるのである。

何が社会的行為なのか、何がそうでないのか、つまり、何が「純粋な個人の」行為なのかということについてのマックス・ウェーバーの有名な例は、この自己中心の基本的な態度を非常に鮮明に際立たせるものであり、それによれば、人間は自分自身を根本的に、孤立した個人として経験するのである。雨が降り始めるとき、もし大勢の人間が一斉に傘を広げても、ウェーバーにとって、それは社会的行為ではない。その理論的概略においてしばしば見られるように、ウェーバーはこの非社会的行為を積極的に概念的な表現によって確認できないのである。しかし、彼が何を理解しようとしているかはまったく明らかである。ここでは個人が自分自身のために行為をしているのである。ウェーバーが構築する社会的行為の対立物はここでは、彼の見解によると、「純粋に個人的な」行為を意味する。ウェーバーはまだ自己距離化のレベルに上昇することができなかったのであり、そのレベルに達していればそこから彼は、雨が降り始めると傘を開く多くの人々を、社会的「形態」として、つまり、傘をさして雨から身を守ることが一般的である社会の成員として認識していたかもしれない。ウェーバーは、自分が自分自身を――さらにまた、同じパターンで、他のすべての人間を――基本的に独立して存在している人間と見なすような意識のレベルで行き詰まっていた。そのような人間の行為のみが、ウェーバーにとって、個人の意思的な行為を通じて社会的になるのであり、その時、そうした行為は、具体的な行為をしている人間の意識の中で、他の人々に向けられているのである。こうした理論的概念は、わたしがすでに述べたように、特別な政治的イデオロギーだけでなく、自らを世界の中心として感じる子供の基本的な経験、つまり、孤立して存在する単子(モナド)をも体現している。

新カント主義的な特質を持つウェーバーの基本的な認識論的態度は、この経験的パターンに都合よく、また切れ目なく調和した。というのも、窓のないモナド、つまり自己中心的な人間である「閉ざされた人間」が、彼の理論化の出発点を成していたからである。知識の主体として、その孤立した人間は、世界全体を眺めながら立っているのである。頭の「内部」にあるこの世界のイメージは、向こうの世界、つまり「外部」の世界から、まるで目に見えない壁で仕切られているかのように、分離している。かくして、ウェーバーは、この「内部」のイメージが「外部」の世界と調和しているのかどうか、どの程度そうなのかを実際には決して知ることができない。カントにあっては、外部世界は一般的に無生物の世界に限定されていた。ウェーバーにあっては、それは基本的に人間社会を指した。ウェーバーによって認識されたところでは、この世界は、彼の原子論的な世界観とあいまって、実際には、多くの孤立した人間による多くの孤立した行為から成る、かろうじて秩序化された混合物にしかすぎなかった。しかし、社会学者として、われわれは、循環する典型的な構造を理想的に抽象化することによって、また、「理想的な」タイプを作り出すことによって、実際には多くの個人による社会的行為の、いくぶん秩序を欠いた混合物になっているものに、秩序をもたらすことができたのである。究極的には自然を探究する人間の理性から自然の秩序を引き出すカントの哲学的観念論は、かくして、究極的には社会を探究する人間の理性から社会の秩序を引き出すウェーバーの社会学的観念論と非常にうまく合致したのである。これは明らかに、主として、ウェーバーの最も一般化された理論的概略に当てはまる。経験的資料により密に依拠したその研究において、ウェーバーは、立証可能な「形態的」モデル――都市とか官僚制のようなモデル――を、現実との最大の一致を求める通常の、科学的方法にまったく合致するやり方でしばしば提示した。

原子論的であり、同時に観念論的なウェーバーの社会学理論へのアプローチは、社会習慣における権力関係への洞察力が鋭いにもかかわらず、ウェーバーが権力の問題に理論的な意味でほとんど貢献していない理由の一つである。というのは、権力の問題は――二、三のどっちつかずの場合はさておき――関係と依存の問題だからである。われわれが権力関係を幼児と両親、支配者と被支配者の関係で研究しようが、より小さい国とより大きい国の関係で研究しようが、それは常に、たいていは不安定であり、変化しうる権力のバランスをともなう。元来、関係性のない個人の原子論的観点からこの種の問題を理論的に理解するのはむずかしい。

より大きな権力を持つ状況にいる人々は、権力の差異の問題をより見失いがちであり、それをより隠蔽しがちである、ということがおそらく追加的な要因であろう。権力がより少ない人々の状況は、とりわけもし彼らが自分たちの状況の改善を求めて戦う立場にある場合、権力の差異を感じ取るより大きな傾向を生み出す、と仮定されよう。自分自身、部外者集団の出自であり、労働者階級とそのより小さな権力に非常に共感していたマルクスは、数々の具体的な権力問題を、自分の具体的な角度をもった洞察力から認識し、かつそれを理論的に詳しく論じた。マルクスは、生産手段の独占が、労働者と雇用者の関係において、雇用者にとって権力の資源を意味していたことを認識した。

しかし、マルクスとその信奉者のほとんどの視点は権力のこの一つの形、生産手段の独占から生じる権力の差異に著しく固定されてしまい、その結果、かれらは、より明確で、包括的な権力の理論を提示することができなかった。このような視野の狭い見解の悲惨な結果は、マルクスの理論を実践しようとする最初の重要な試みの中にきわめて明確に表れた。マルクス自身は、社会の不平等をなくすには、権力の不平等の経済的原因、つまり国家以外による生産手段の独占を取り除けば、それで十分であるといった考えを持っていたように思われる。実際的な応用によって、びっくりするほど正確にこの理論の不的確性が証明された。それは、社会構造の階層的不平等を取り除き、それを最も低い度合いまでに減らすには、生産手段の私的所有の除去は決して十分ではない、ということを証明した。マルクスの社会理論を実践に移す試みは、そのイデオロギー的視野が一方向へ偏っていること、かくしてその理論に欠陥があることをたちまちのうちに、また、いかなる本がそうした欠陥を示そうとも、それよりもさらに明確に示すことになった。

マルクスの産業プロレタリアートという観点からの理論化と、自由主義的ブルジョアジーという観点から作られるイデオロギーは、その両方が国家を経済体制の下僕として提示したという事実に共通性があった。国家政府に利用される権力機会は、両方の場合、経済的権力機会、「経済領域」一般と比べると、副次的な何かのように見える。マルクスはさらに、そのようなものとしての国家組織は、たとえば財産を守るという点で資本家階級に奉仕する以外には他のいかなる機能も持たないとか、革命によって私有財産が廃止されれば国家は消滅するだろうという考えと戯れていた。ほとんどのブルジョア的な社会理論家と同様、マルクスは、国家社会内部の内的条件の諸相に限定される理論を、適切な社会理論として提示できると考えていた。もっと現実的に言えば、つまり、実践上もっと役立つように言えば、社会理論なるものは、国家間の関係、複数の国家社会の存在とつながっているあらゆる社会構造、加えて、所与の国家社会内部の諸条件と根本的につながっている構造を説明しなければならない、ということをマルクスはまだ理解してはいなかった。その結果として、国家組織の二つの相互依存する重要な独占、物理的暴力の独占と租税の独占が、一つの階級の私有財産を保護する以外にも他の機能を持ちうるし、それゆえ、私有財産が廃止された後でも先端的権力の手段として存在し続けることができることを認識する手段をマルクスは持たなかった。マルクスの、疑似自律的な経済領域の概念が、疑似自律的な集団としての商業的な資本の所有者が国家権力に対して高度な支配権を有する——現代のアメリカ合衆国に見られるように――とき、あるいは、その権力によって彼らが国家の財源を管理する集団と釣り合うことができる場合、社会発展のすべての段階で適用できるかどうか疑わしい。

いずれにせよ、マルクスの理論のイデオロギー上の近視眼的性格は、それを実現しようとする試みの中でたちまち示された。生産手段の個人的所有が廃止されたが、国家組織は、消滅するような傾向をまったく示さず、時間が経過してもそうした傾向は見られなかった。それとは逆に、国家機能の範囲、すなわち、支配者の権力は革命によって増大した。この点で、マルクスの理論を実践に移そうとする試みは、とりわけ鮮明に、イデオロギー的な願望イメージと理想が交じり合う社会学理論によって生み出される方向性の喪失を呈することになった。革命のプログラムが規定したように、国家社会の全資本の管理――それはその時までには大部分、国民の全階級の手に分散されていたが――は今や一括され、統一された。それは党の指導者たちや政府の成員たちの手に集中された。これは、広く分散した彼らの従者に比べると、国家の支配者たちの権力の大規模な増大を意味した。物理的暴力手段の独占（軍隊と警察の国家支配によって代表される）と租税の独占（それはとりわけ国家の暴力機構の維持を可能にする）という二つの政府の独占が、今や少数集団の支配者の手によって、国家社会の全資本の独占的支配、つまり、生産手段の独占と結合した。これにはすぐさま、社会における権力機会の分配にとって最も重要な、支配者による二つのさらなる独占が続いた。革命以後の政府は、方向設定の基本的な手段の絶対的独占、特に過去と現在のすべての社会構造の解釈の独占、さらに組織を作る権利の独占を自ら要求した。国のいかなる集団も政府の許可なくして組織化できなかった。

これらすべての独占は権力の手段であったし、現にそうである。小集団の人々の手に独占が集中したが、彼らは自分たちの決定のために審議する自らの委員会を除けば、だれにも責任を負わなかったし、かくして、別のレベルで——経済的なレベルではなくて国家レベルで、労働者の雇用者に対する関係ではなく、被支配者の支配者に対する関係において——格差の激しい序列制度、この国家社会でお互いに結びついている人々の間に存在する不平等の恒久的な制度化を意味した。

この未計画の、とはいえ、理論的には予見可能な階層化——それはマルクスの理論の実践にともなって、より厳しい、よりうまく組織化された形で再度姿を現したが——は、限度のある、新たな形の平等と並行した。それは、労働者階級や小農階級に属する若手成員、特に女性成員が出世し、経歴を獲得する機会が大幅に増えるという事態をともなった。それはさらにより計画的な、より目的性のある、国家の産業化と近代化、および人口の大多数のための福祉制度の総合的な国家的拡張も含んでいた。一方、工場内でも社会的地位の序列化はだいたい西洋の私企業において見られるのと同じレベルで残った。労働者や被雇用者の私的管理者は、国家の、政党の管理者に取って代わられた。

両種の社会は、共産主義社会も資本主義社会も同じく、現実的には非常に不完全な状態に留まった。両方の社会はおそらく、より初期の発展段階にあったほとんどの社会よりもうまく機能していたのであろう。しかし、社会的不平等や貧困は両者において大いに残った。いずれの場合も、現実はイデオロギーの理想像――それによって両体制は、自らの見解で、また相互の関係において自己体制を合法化した――からずいぶん離れることになった。簡単に言えば、ソビエト連邦は平等の国から依然としてかけ離れており、アメリカ合衆国は自由な人々の国から依然としてかけ離れていると言えよう。

もしわれわれが、その二つの社会についてより客観的な社会学的見解、つまり、イデオロギーによって隠蔽されることの少ない見解を頭に描こうとすれば――もしわれわれが、現実的に見たとき両方の社会の不完全さがいかに露骨に表面化するか、軍事費のほんの一部がそれを減らすために使われると、これらの不完全さがいかに減らされうるかを念頭に置けば――われわれは二つの大国間の増大する緊張（それは今や全人類を脅かしている）が実際どのように説明されるべきなのかという質問をせざるをえない。その答えは、簡単に言えば、両大国の定着者集団、統治能力を持つ集団が二重拘束の「形態」[26]に巧みに入り込んだ、ということである。他の側によって圧倒されることを恐れて、これらの集団のそれぞれは、他集団を圧倒し、少なくとも他集団より強くなろうとし、かくして主導権を握る立場に到達しようとする。自己集団が征服されないように、両集団は相手を征服しなければならない。自己集団が取り残されないように、両集団は世界中でその敵を引き離さなければならない。この強制力の拘束をゆるめるために何がなされうるのか。

そのような質問をする際に、われわれはまず両集団の相反する社会的イデオロギー、両集団の支配的な信条や理想が、二つの大国間の敵対関係のなかで果たしている重要な役割をはっきり理解する。それはただ、二つの社会をさらに自由に発展させ、それからしばらく後に、審査委員会を通じて、これらの社会を構成している人々の大多数にとってどちらのモデルがより有利になったのか、つまり、どちらの社会がこの意味でよりうまく機能するのかを決定するという問題ではない。文明の現段階では、その二つの社会は人々の意識の中で、社会のための二つの異なる青写真とただ見なされているのではない。その二つのモデルは、人生に意味を与える信条、超自然的宗教と同じ感情的価値をもつイデオロギーという形をとる。そういうものとして、その二つのモデルは、初期の、またおそらくわれわれ自身の超自然的宗教のごとく、排他性を要求するものとして認識される。われわれの模範とする社会こそ——社会的宗教にまで高められた社会的青写真はそのように主張する——正しいものとされ、あなたたちの模範とする社会は忌まわしいもの、劣ったもの、有害なものとされる。

信仰の地位にまで高められた二つの社会モデル間のこうした根深い敵対意識は、確かに偶然的なものではない。というのも、二つのイデオロギーは国家内部における、産業社会で、二つの異なる社会階級間の対立から生じるからである。しかし、階級闘争において権力をさほど持たない階級の名にかけて考案され、精巧化された信条の支持者が大帝国の国家機構を制圧するとともに、この信条の機能は変化した。それは国家内部のレベルから国家間のレベルに変容した。国家内部の階級対立は国家間の国際的な対立のイデオロギーになった。予期されていたように、国家内部の階級対立のイデオロギーがこうして方向を変え、国家対立の疑似国家的イデオロギーになるということは、一方の側に限定されてはいなかった。他方の側のイデオロギーもまた、今や圧倒的に国内的な問題から、国家の全人口、もしくは、ともかく国家の指導的集団によって支持される疑似国家的信念へと変化した。

階級闘争のイデオロギー的武器を国家間の闘争におけるイデオロギー的武器として改造することは、国際的な規模で緊張や対立を助長する際に大きな役割を果たした。ロシア帝国やアメリカ合衆国は現在の発展段階では、もしロシアにおける産業化や近代化の過程が資本主義のモデルに従って進んでいたなら、地上で最も強力な二つの国家、そのような形でのライバルにならなかったのではないかという疑問が発せられよう。もしこうした仮定的な状況が想像されるなら、この場合、独占のメカニズムの力学が二つの大国をきっと対立状態へと導いたのであろうが、一つの決定的な要因は異なっていたかもしれない、ということが容易に理解される。対立状況においては、二つの社会の指導的中核は、社会的な破壊でもって、さらにまたおそらく物理的な破壊でもって、必ずしもお互いを脅すことはなかったかもしれない。彼らが、覇権を争う国家間の闘争の力学によってお互いにどれほど衝突へと駆り立てられようとも、資本家として、彼らは同じイデオロギーを、同じ社会的信念を共有していたかもしれない。しかし、国内の階級闘争のスローガンが国際的なイデオロギーへと変容した結果として、二つの大国間の軍事的緊張は、両大国の指導的中核が相互の破壊によって脅かされているという事態を引き起こす。共産主義者は、もし彼らが勝てば、アメリカに共産主義の制度を導入すると脅す。また一方、アメリカの資本主義者は、もし彼らが勝てば、ロシアに資本主義制度を開始すると脅す。そして、両方の側が、自分たちのイデオロギーに駆り立てられ、相手側の社会的、物理的破壊を相手の目前で描写するとき、両者はお互いに致命的な脅威を象徴する。

人々は今や二つの大国間の対立を、アメリカ人は資本主義的な社会構造を持ち、ロシア人は共産主義的な社会構造を持つという事実によって説明しようとする。しかし、両者の国内の社会構造の違いは、彼らの敵意もしくは相互の破壊に対する彼らの脅威がどの程度なのかを理解可能にすることはほとんどできない。もしこの違いのみに原因があるならば、実際こう言えるであろう。ロシア人にその共産主義国家を建設させなさい、またアメリカ人にその資本主義国家を建設させなさい。もし彼らがそれ以外に何もしないなら、彼らがお互いを妨害しなければならない理由は実際、理解されないであろう。

もしわれわれがまた、社会構造の違いは、社会的信念の違い、宗教の凝り固まった性格の何かを有する社会的イデオロギー間の相違に結びついているということを考慮に入れるなら、われわれは、敵意の度合いやその執念深い性質の説明にやや近づくことになる。このイデオロギー的対立が、ロシア人とアメリカ人の両方をして、実際にはかなり不完全な自分自身の社会制度を理想として、またそれを世界で可能なかぎり最良の制度として掲げさせ、かつその制度や社会的信念ができるだけ多くの他の国で優位になることを助長するのが一種の国家的使命であると思い込ませることになる。ここではロシア人はアメリカ人に対して、共産主義制度を広める伝道師として、ある種の利点を有する。なぜなら、ロシア人は、未来が自分たちの社会制度や信念に属していることを約束する予言を含んだ権威的な書を所有しているからである。その書は、彼らの社会制度と信念の両方とも必然的に世界に広がり、世界を包み込むだろうと予言している。明らかにロシアの人々もアメリカの人々も、自国の社会的現実には多くの欠陥がり、大きな裂け目が現実と理想像を切り離していることを知っている。しかし、同時に、一部は教育によって、また一部は宣伝と社会規制によって、共産主義制度の比類のない価値や決定的正当性への信仰が一方の側で、資本主義制度への信仰が他方の側で、それに係わっている人々の人格構造に、彼らの国民的アイデンティティの総合的要素として深く染み込んでいる。つまり、そのために自分の生命を賭けること、死ぬことは、必要であれば価値のあることになろう。

二つの強国を相互対立へと駆り立てる二重拘束の段階的拡大を規制することがなぜむずかしい

のかというその理由の一部は、社会的イデオロギーの疑似宗教的な感情上の根源が立ちはたかっているということである。より緩和された形で社会的信念を扱うことが確かに二重拘束の罠を緩める鍵である。イデオロギー的武装解除がなければ、軍事的武装解除は十分ではない。もし大戦争がなければ、資本主義者も共産主義者も長い間、お互いに共存しなければならないし、実際、変わらなければならないであろう。なぜなら、資本主義も共産主義も最終的な状態ではないからである。

社会学者自身が知的にも感情的にもイデオロギー的ディレンマ、したがってあの大きな二重拘束の罠にはまっている間は、われわれが陥っている大きな危険の克服に社会学者が貢献するとはわたしには思えない。もしイデオロギーや二重拘束に関する穏やかな社会学的研究が可能となれば、このことそれ自体は、ある程度の距離化を必要とする。

原註

（ｉ）*Idee und Individuum. Ein Beitrag zur Philosophie der Geschichte*〔「観念と個人――歴史哲学論考」〕。エリアスが提出した博士論文からの抜粋。一九二四年一月三十日に博士号が授与された。ブレスラウのホッホシュールフェアラーク社〔Hochschulverlag〕から出版。以下、原註（iii）と（iv）を参照。

（ii）N. Elias, 'Problems of involvement and detachment', *British Journal of Sociology*, 7 (1956), pp. 226-52. このエッセイは『参加と距離化』として出版された、より大きな研究の最初の部分を構成するものである。

（iii）すでに言及されたように、一九二四年には短い抜粋だけが印刷された。その頃へーニッヒスヴァルトの先験論への譲歩――そのときには、わたしは徹底して先験論に反対していた――としていくつか論点を変えなければならなかったが、その作品は本質的には一九二二年七月に完成されていた。

（iv）あれから五十六年以上も経ってから、つまり一九八〇年七月にわたしはこの作品に再度出くわした。印刷された抜粋がまだブレスラウ大学図書館に所蔵されていることをペーター・ルーデス博士が発見した。彼の要求に従ってポーランド政府当局は親切にも博士にそのコピーを送り、さらに博士がそれをわたしに送ってくださったことは誠にありがたい。

老人になっているわたしは、相当な衝撃でもって、かつて若かった自分に向かい合うことになった。一方、わたしは自分自身のことが分かった。『文明化の過程』という著作で、後に自分の関心を引くことになった問題に、自分が二十七歳のときにすでに取り組んでいたことを、相当な驚きをもってわたしは知ったのである。さらにその問題は、'Zur Grundlegung einer Thorie sozialer Prozesse', *Zeitschrift für Soziologie*, 6 (1977)〔「社会過程理論の基礎」〕のようなエッセイでもわたしの関心を繰り返し引くことになった。つまりそれは計画されない社会過程の構造なのである。

それゆえ、博士論文を書いた頃には早くも、わたしは、後にわたしが「連続的秩序」と称していたこと、つまり、あの明確な秩序――その内部では後の出来事がそれより前の出来事の明白なる連続性から発生する――

のことで頭を抱えていたのである。その頃、わたしは今日でも依然として自分にとって最も興味深い問題、たとえば、後の国家形態が初期の国家形態から出現し、さらにまたそれが、それ以前の国家形態から発生するという問題、またなぜそういうことになるのかという問題について考えていた。あるいはまた、後の経済形態が初期の経済形態から、後の知識形態が初期の知識形態から、さらにもっと一般化すれば、後の人間的社会生活が初期の人間的社会生活からどのようにして生じるのかという問題についてわたしは考えていたのである。物理的時間と社会的時間の関係の問題についても同じくすでに存在していた。それは『時間について』で非常に重要な役割を果たすことになった。

しかし、自分の学習過程のかくも早い段階で、わたしは社会発展における連続的段階を、精神的構造の連続とも見なしていた。今であればわたしはその基層を、肉や血から成る五次元的人間によって構成されるものと見なすかもしれない。わたしの初期の見解はたぶん、当時の哲学の学生に最もなじみのある過程モデルの急激な出現であった。それはつまりヘーゲルの過程モデルであった。それによると、CがDであるという推論は、AはBであるという前提から導かれた。わたしはまだ「過程」と「システム」を明確に区別しなかったが、それでもわたしはすでに、歴史的な事実はこの過程の内部で、その位置を機能させていることを理解した。さらにわたしは、今日でもしばしばまだ十分論じられていない事実を指し示していたのである。つまり、人間の経験においては、後で起こったことの理由、すなわち結果の理由と仮定されるのは、それ以前に起こったことだけではないのである。後に登場する人々の経験においては、後で起こったこと、つまり「結果」ですら、それより前に起こった何か、つまり「理由」がどのように経験され、かつどのように理解されるかをいくぶん決定する。たとえば、いわゆる「現代」なるものは単に、われわれが中世と呼ぶものから現れたのではない。われわれが中世を経験するその方法は、現代がそこから生じたという事実、およびわれわれが現代を理解する方法によってもまた影響される。その時期は、現代から見られるとき、「中世」になったにすぎない。さらに、現代を理解するには、中世を、現代が存在する前にあったものと見なすことが必要である。同様に、この現代という時代を、現代が「中世」になったり、またおそらくさほど文明化されていない時代にもなったりしたような人々の目を通して見られるもの、と想像することは有益である。今日生きている人々にとって、それは、そのような別の現代が果たして来ることがあろうがなかろうが、有益な訓練になる。

もちろん、その抜粋を読んでいるときに、初期の思想を、恐ろしい哲学的慣用句から、平易な言葉に移し替えることは決して容易ではない。このテキストでは、妥協的な常套句でもって、自分にとって重要な議論の一つを絶対的に排除しようとする自分の研究指導者をいかにわたしが説得しようとしたかも明らかになっている。最後のパラグラフでは、その問題を自分が提示しながら、それぞれ単一の思想が、理由から生じる結果として現れ、「かくして、弁証法的な過程の法則に従属することにもなりうる」ということをわたしは指摘した。しかし「弁証法的過程の原理としての有効性の思想は、その運動に従属しない」ということをわたしは付け加えた。この最後の文章で、わたしは有効性の概念の哲学的物神——それは確かに、人間の思想の進化過程に、他のいかなる概念とも同じく、その位置を占めるのであり、この連続的な秩序の内部における機能によってのみ理解されうる——に敬意を表した。しかし、神学的思考方法の世俗化された継承者である哲学者にとって、それは、進化という無限に続く流れを超えて、永遠の次元に漂いたいとする彼ら自身の願望のシンボルとしてしばしば機能する。

この高度に儀式化された思想の哲学的慣用句——それは諸過程をむりやりに諸状態へ還元する力、さらに、密に編み込まれた論争のシステムを伴う——の束縛から自由になることは決して容易ではなかった。自分の博士論文からのこの抜粋を読みながら、わたしは自分自身がコンスタンス湖を横切る騎手であるかのように感じた。自分が陥っている危険に十分に気づくことなく、わたしは逃げ出していたのである。

(v) Elias, *The Civilizing Process*, pp. 1-41.〔エリアス『文明化の過程（上）』六八—一〇六頁〕
(vi) Karl Mannheim, 'Conservative Thought', in *Essays on Sociology and Social Psychology* (London, 1956), pp. 74-164.
(vii) Karl Mannheim, *Essays on the Sociology of Knowledge* (London, 1952), pp. 191-229.
(viii) *Verhandlungen des Sechsten Deutschen Sociologentages vom 17. Bis 19. September 1928 in Zürich* (Tütingen, 1929), pp. 84-127. フォン・ヴィーゼとマンハイムの講義に関する議論。

(ix) N. Elias and J. L. Scotson, *The Established and the Outsiders* (1965), with a new introductory essay (London, 1994).〔ノルベルト・エリアス、J・L・スコットソン『定着者と部外者』大平章訳、法政大学出版局、二〇〇九年〕

(x) N. Elias, *The Germans: Power Struggles and the Formation of Habitus* (Cambridge, forthcoming).〔エリアス『ドイツ人論』（M・シュレーター編）青木隆嘉訳、法政大学出版局、一九九六年。本書刊行時、英語版は未刊だった〕

(xi) Elias and Scotson, *The Established and the Outsiders* (London, 1965), p. 53.〔エリアス、スコットソン『定着者と部外者』一一三頁〕

(xii) Elias, 'State formation and civilization', in *The Civilizing Process*, pp. 257-543.〔エリアス「国家形成と文明化」、『文明化の過程（下）』波田節夫・溝辺敬一・羽田洋・藤平浩之訳、法政大学出版局、一九七八年、一四一―三三〇頁〕

訳註

第一部

（1）カトヴィツェ（Katowice）はポーランド、シロンスク県の県都で、同地方を代表する工業都市。ドイツ語名はカトヴィッツ（Kattowitz）。なお、当時ドイツ語の新聞（*Kattowitzer Zeitung*）が刊行されていた。

（2）ローベ劇場（Lobe Theatre）は一八六八―九年に俳優・演出家テオドール・ローベ（Theodor Lobe, 1833-1905）のためにブレスラウに建てられた劇場。

（3）アドルフ・シュテッカー（Adolf Stoecker, 1835-1909）はドイツ皇帝ヴィルヘルム二世の礼拝堂牧師。キリスト教社会党（一八七八）の創設者。彼の資本主義への嫌悪は反ユダヤ主義と結びついた。

（4）オスカー・ココシュカ（Oskar Kokoschka, 1886-1980）はオーストリアの表現主義的な画家・劇作家。彼の肖像画や風景画は伝統的な写実主義的要素と構成要素を歪ませる表現主義的傾向を合わせ持っている。言葉を極度に切りつめ、幻想的表現を用いた表現主義の戯曲『人殺し、女たちの希望』は賛否の大反響を呼んだ。

（5）クルト・ラスヴィッツ（Kurt Laßwitz, 1848-1910）はドイツ語圏における空想科学小説の創始者。ブレスラウ（現在のポーランドのヴロツワウ）生まれ。

（6）ゲルハルト・ハウプトマン（Gehart Hauptmann, 1862-1946）。一九一二年にノーベル文学賞を受賞。一八八九年に処女作『日の出前』（橋本忠夫訳、岩波文庫）を発表し、その自然主義的な悲劇が観客に強い衝撃を与えた。『ローゼ・ベルント』（番匠谷英一訳、角川文庫）が一九〇三年に初めてベルリンで制作された。エリアスは『ドイツ人論』でもそれに言及している。日本の自然主義にも影響を与えた。

（7）エーリッヒ・ルーデンドルフ将軍（Erich Ludendorff, 1865-1937）は陸軍主計総監。ヒンデンブルクを補佐してタンネンベルクの戦いでドイツ軍を勝利に導いた。

（8）パウル・フォン・ヒンデンブルク陸軍元帥（Paul von Hindenburg, 1847-1934）。タンネンベルクの戦いでロシア軍に対して大勝利をおさめる。一九一六年から一九一九年まで参謀本部総長に就任。一九二五年から三四年までドイツ国第二代大統領を務める。

(9) ソンム (Somme) 河畔の戦線において第一次世界大戦最大の会戦があった。

(10) エリアスは砲弾ショック (戦争での精神的緊張によって起こる兵士のノイローゼ) にかかった。

(11) ヴァルター・ラーテナウ (Walther Rathenau, 1867-1922) はユダヤ系の実業家・政治家。一九二二年二月一日から六月二四日に暗殺されるまでドイツの外相を務めた。

(12) マティアス・エルツベルガー (Matthias Erzberger, 1875-1921) は中道政党の主要な政治家で、和平交渉による戦争の終結を唱えた。しかし、ドイツ軍は戦場では負けておらず、左翼政治家の陰謀にはめられたとする信仰が右翼政治家や市民軍団の間で広がっていった。エルツベルガーは彼らの憎悪の対象になり、暗殺された。

(13) フリードリヒ・エーベルト (Friedrich Ebert, 1871-1925) は一九一九年から二五年までドイツ国初代大統領を務める。社会民主党員。

(14) フィリップ・シャイデマン (Philipp Scheidemann, 1865-1939) は一九一九年に短期間、ドイツの首相を務める。社会民主党員。

(15) リヒャルト・ヘーニッヒスヴァルト (Richard Hönigwald, 1875-1947) は一九一六年から三〇年までブレスラウ大学、三〇年から三三年までミュンヘン大学の哲学教授。三三年にユダヤ人であることが発覚し、辞職させられる。三九年にアメリカ合衆国に移住する。彼が一九〇二年にウィーン大学で医学を修めたことをエリアスはよく覚えていた。

(16) エリアスがハイデルベルクやフライブルクを訪れたのは、学問的興味のほかに、彼が「ブラウ・ヴァイス」(Blau-Weiß) と呼ばれるシオニズムの運動に係わっており、その活動とも関係があったとされている。

(17) 『ベルリーナー・イルストリールテ・ツァイトゥング』(*Berliner Illustrirte Zeitung*) はイラスト入りの週刊雑誌で、一八九二年から一九四五年までベルリンで発行された (略称ＢＩＺ)。ドイツで最初の大衆向け雑誌となった。

(18) カール・マンハイム（Karl Mannheim, 1893-1947）はハンガリー生まれの知識社会学の創始者。一九二九年から三三年までフランクフルト大学の社会学教授。その後、ロンドン・スクール・オブ・エコノミックスに移り、最終的にはロンドン大学教育学部教授に就任。

(19) アルフレート・ウェーバー（Alfred Weber, 1968-1958）はマックス・ウェーバーの弟。最初は経済学や地理学の分野で先駆的な研究を行い名声を博し、一九〇七年よりハイデルベルク大学教授を務める。長期的な社会的・文化的変化の理論を発展させた。一九三三年、教授職を解雇されてから、ヒトラーに反対する知識人の活動のリーダーになった。

(20) ドイツの大学では伝統的な男性決闘クラブがあり、これに所属する男性には、決闘を申し込み、決闘を受諾する資格が与えられた。『ドイツ人論』参照。

(21) ゲオルク・ジンメル（Georg Simmel, 1858-1918）はドイツ系ユダヤ人の社会学者で、社会学の黎明期を支えたデュルケム、ウェーバー、マルクスなどと並び称されることが多い。一九一四年シュトラースブルク大学（当時はドイツ領）で教授に就任するまでベルリン大学で教えた。

(22) レオポルト・フォン・ヴィーゼ（Leopold von Wiese, 1876-1969）はベルリン大学講師を経て、ケルン大学の教授に就任。ナチス統治下にアメリカに亡命するが、戦後ドイツに戻り、一九五五年までドイツ社会学協会の会長に就任し、その改革に尽くした。

(23) 汚名化（stigmatization）はエリアスの造語で、定着者集団が部外者集団を差別化し、それを正当化すること。

(24) リヒャルト・レーヴェンタール（Richard Löwenthal, 1908-1991）は後にナチ体制反対派のリーダーになり、最初は地下活動に入り、その後、亡命。彼は共産党から離れ、社会民主党員となり、ベルリン自由大学の政治学教授に任命されるまでジャーナリストとして活動した。

(25) マリアンネ・ウェーバー（Marianne Weber, 1893-1920）は社会学者マックス・ウェーバーの妻。ドイツの婦人運動指導者。ドイツ婦人協会連合会長。地方の名家に生まれ、ハノーヴァー、ベルリンで高等教育を受ける。ウェーバーと結婚し、夫の影響下で哲学や歴史、特に婚姻法を研究する。家父長的な婚姻法を批判し、女性の権利拡大と社会的地位の向上に努めた。

（26）グスタフ・シュトレーゼマン（Gustav Stresemann, 1878-1929）は一九二三年に短期間、ワイマール共和国の首相を務め、さらに死去するまで外相として尽くす。一九二六年にノーベル平和賞を授与される。

（27）クルト・ゴールドシュタイン（Kurt Goldstein, 1878-1929）は生命体の全体論的理論を創造したドイツの神経学者、および精神病学者。その臨床研究は脳障害の結果を調査する研究所の創設に寄与した。ヒトラーが政権の座についたとき、ユダヤ人であったゴールドシュタインはアメリカに亡命した。

（28）マックス・ヴェルトハイマー（Max Wertheimer, 1880-1943）はゲシュタルト心理学の創始者の一人。チェコのプラハでユダヤ系家族に生まれる。ベルリン大学で心理学を学ぶ。ナチスに追われアメリカに亡命。

（29）アドルフ・レーヴェ（Adolf Löwe, 1893-1995）は学際的な傾向を持つ経済学者。フランクフルトではマンハイムのサークルのメンバーであった。後に、エディンバラ、マンチェスター大学などで教える。

（30）マックス・ホルクハイマー（Max Horkheimer, 1895-1973）はドイツの社会学者、哲学者。一九三〇年から五九年までフランクフルト学派の社会研究所の所長を務める。ナチス台頭後はスイスに移り、その後アメリカに渡り、第二次世界大戦後にドイツに戻った。マルクス主義の立場からアドルノとともに批判理論に基づく社会学を展開した。アドルノとの共著『啓蒙の弁証法』（徳永恂訳、岩波文庫）が代表作。

（31）マルガレーテ・サリス＝フロイデンタール（Margarete Sallis-Freudenthal, 1894-1984）。十八世紀以来の女性と家事に関する自分の論文を一九三三年にフランクフルト大学に提出。その後、イスラエルに移住。

（32）ルートヴィッヒ・トゥレック（Ludwig Turek, 1898-1975）はルール地方の左翼準軍事集団の活動的なメンバーであった共産主義者。一九四〇年に反体制の地下活動をするためにドイツに戻る前に、一九三〇年から三二年までソビエト連邦に、さらにフランスにも住んだ。戦後は東独に住んだ。そこで伝記やその他の小説なども書いた。

（33）アンドレ・ジッド（André Gide, 1869-1951）はフランスの小説家。一九四七年にノーベル文学賞を受賞。

（34）エリアスの初期論文「キッチュの様式とキッチュの時代」（Kitschstil und Kitschzeitalter［The Kitsch Style and the Age of Kitsch], 1935）を指す。Johan Goudsblom and Stephen Mennell, eds., *The Norbert Elias Reader* (Oxford: Blackwell, 1998), pp. 18-25 を参照。

（35）エリアスの初期論文（Die Vertreibung der Hugenotten aus Frankreich [The Expulsion of the Huguenots from France], 1935）を指す。*The Norbert Elias Reader*, pp. 26-35 を参照。

（36）クラウス・マン（Klaus Mann, 1906-49）は小説家、短編作家。トマス・マンの息子。

（37）ヘルマン・フレーダ（Herman Frijda, 1887-1944）はアムステルダム大学の経済学教授であったが、ユダヤ人の血統があったため後に解雇され、アウシュヴィッツで死去。

（38）アレクサンドル・コイレ（Alexandre Koyré, 1892-1964）は歴史家、科学哲学者。

（39）「水晶の夜」（Kristallnacht）はナチ突撃隊による一連の仕組まれた攻撃で、ユダヤ人が所有する商店、建物、シナゴーグが、ドイツ中で一九三八年十一月九日から十日にかけて破壊された。

（40）アントワーヌ・ド・クルタン（Antoine de Courtin）『新礼儀作法論』（*Nouveau Traité de la civilité qui se pratique en France et ailleurs parmi les honnestes gens*, 1671）。エリアスはこの礼儀作法書に『文明化の過程』で広く言及している。

（41）ドイツ皇帝ヴィルヘルム二世の長男ヴィルヘルム皇太子（Crown Prince Wilhelm, 1882-1951）のこと。

（42）ネヴィル・チェンバレン（Neville Chamberlain, 1869-1940）は三七年から四〇年までイギリスの首相を務める。ナチ政権に対して宥和政策をとった。ミュンヘン会議でフランスとともにチェコからズデーテン地方をドイツへ割譲することを認めた。

（43）C・P・スノー（Charles Percy Snow, 1905-80）はケンブリッジ大学クライスト・カレッジの特別研究員。科学者でもあり小説家でもあった。科学や教育に関連して政府の要職も務め、一九五七年にはナイト爵を与えられた。人文科学に傾く伝統的なイギリスの大学教育を批判して、科学教育の重要性を唱え、「二つの文化」をめぐってケンブリッジ大学の文芸批評家F・R・リーヴィスと論争を展開した。

（44）アルフレッド・グラックスマン（Alfred Glucksman, 1904-85）は医学研究者（胎生学者）であり、エリアスはブレスラウでもハイデルベルクでも彼を知っていた。

(45) ジークフリート・H・フォークス(旧姓フックス)(Siegfried. H. Foulkes, 1898-1976)。フランクフルトでは医者の資格を有していた。そこでは有名な神経学者クルト・ゴールドシュタインと共同で研究し、ウィーンでは精神分析家としての訓練も受けていた。フォークスやエリアスなどによって、集団精神分析協会がロンドンに設立された。

(46) マクスウェル・ジョーンズ(Maxwell Jones, 1907-90)は「療法コミュニティー」という考えを作り出した。そこでは重度のノイローゼ患者は、単に一時間ではなく、精神病療養所での全時間、「集団的雰囲気」に没頭させられた。

(47) ウィルフレッド・ビオン(Wilfred Bion, 1897-1979)はイギリスの医学者・精神科医・精神分析家で、メラニー・クライン、ドナルド・ウィニコット、ロナルド・フェアーバーンらと並び称される。彼もフォークスや、ジョーンズのように第二次大戦中にイギリス軍の精神病機関に勤め「集団的力学」に興味を持った。戦後はメラニー・クラインとともにタヴィストック診療所で精神分析の訓練に従事した。彼の本『集団の経験』(*Experiences in Groups*, 1961. ハフシ・メッド監訳、金剛出版)は、「出会いの集団」の広範な使用を促し、「集団精神分析」に影響を与えた。

(48) メラニー・クライン(Melanie Klein, 1882-1960)はオーストリアで生まれたが、一九二六年から死去するまでロンドンで暮らした。彼女の研究は子供の精神分析、対象関係理論に中心が置かれた。彼女とアンナ・フロイトとの敵対関係は、イギリス精神分析協会内部に長い議論――「論争」――を生み出した。やがて休戦状態に至ったが、協会内部に、クライン派、フロイト派、中間派の訓練区分ができた。

(49) アンナ・フロイト(Anna Freud, 1895-1982)はフロイトの一番若い娘。一九三八年にフロイトとともにロンドンに亡命。彼女自身、精神分析の理論の発展に大いに貢献した。特に『自我と防衛』(*Das Ich und die Abwehrmechanismen*, 1936. 外林大作訳、誠心書房)は子供の精神分析に貢献した。

(50) S・H・フォークス『集団精神分析療法入門――個人と集団の社会的統合の研究』(*Introduction to Group-Ana-*

lytic Psychotherapy: Studies in the Social Integration of Individuals and Groups, 1948）のこと。

（51）エリアスは、『諸個人の社会』に言及しているが、これは出版のあてもないまま、一九三九年に書き始められ、一九四〇、五〇年代に引き継がれ、さらに一九八七年に、三度目の挑戦があり、その年にドイツ語で出版された。

（52）ケート・フリードレンダー（Kate Friedländer, 1902-1949）は協会内の対立時にはアンナ・フロイトの側についた。彼女はイギリスで最初の児童生活指導診療所をウェスト・サセックスに開設したことで知られている。

（53）イリヤ・ノイシュタット（Ilya Neustadt, 1915-1993）。彼はロンドン・スクール・オブ・エコノミックスでモリス・ギンズバーグに指導された博士課程の学生であり、そこでエリアスに出会った。その当時のレスター大学では、彼は経済学部内の社会学科で上級講師であった。両者は互いに親密な友人であったが、後に根深い対立が生じたらしい。

（54）カール・ポパー（Karl Popper, 1902-1994）はオーストリアのユダヤ系家族の出身で、ウィーン大学卒業後、ナチスの脅威を避け、ニュージーランドに移住し、当地のカンタベリー大学で哲学の講師になる。戦後、イギリスに渡り、ロンドン・スクール・オブ・エコノミックスの教授に就任。科学的実証主義の立場からマルクス主義や精神分析を批判した。『歴史主義の貧困』（久野収・市井三郎訳、中央公論新社）、『開かれた社会とその敵』（内田詔・小河原誠訳、未來社）などが有名。

（55）グスタフ・シュヴァブ（Gustav Schwab, 1792-1850）の詩「騎士とボーデン湖」（Der Reiter und Bodensee）をほのめかしている。凍り付いたコンスタンス湖を馬で横切るが、振り返って、自分の行為を見た男が恐ろしさのあまり、即刻死んだことを表す詩。

（56）クワメ・エンクルマ（Kuwame Nkrumah, 1909-1972）はガーナの初代大統領。一九五七年から六六年まで在位。ガーナの独立運動を指揮し、アフリカの独立運動の父と言われる。マルクス主義者。ガーナとギニアから成るアフリカ諸国連合を樹立。

（57）エリアスは一九七七年に、フランクフルト・アム・マイン市のアドルノ賞を最初に受賞した。ビーレフェルト大学は一九八〇年にエリアスに名誉博士号を授与した。

（58）エリアスの母親は現在のチェコ共和国にある収容所から手紙を書いた。

第二部

（1）バーバラ・ウートン（Barbara Wootton, 1897-1988）はロンドン大学ベッドフォード・カレッジの社会学教授。一九五八年に最初に一代かぎりの貴族の称号を与えられた女性の一人。

（2）カール・ヤスパース（Karl Jaspers, 1883-1969）は精神病学者であり、かつ一九二〇年代初期より実存主義哲学者になった。エリアスはブレスラウ大学の学生としてハイデルベルク大学で短期間学んだとき、ヤスパースに会った。

（3）トマス・マン（Thomas Mann, 1875-1955）はドイツの小説家。一九二九年ノーベル文学賞を受賞。『ある非政治的人間の観察』（*Betrachtungen eines Unpolitischen Mann*）を指す。そこでマンは「文学的ヒューマニズム」、つまり「フランス的文明」という観点からドイツの軍国主義を批判するドイツ人を叱責した。

（4）ジェルジ・ルカーチ（György Lukács, 1885-1971）はハンガリー出身のマルクス主義文芸批評家。『歴史と階級意識』（平井俊彦訳、未來社）、『小説の理論』（原田義人・佐々木基一訳、ちくま学芸文庫）、『実存主義かマルクス主義か』（城塚登・生松敬三訳、岩波書店）などがある。

（5）ユリウス・シュテンツエル（Julius Stenzel, 1883-1935）はヨハネス・ギムナジウムで一九〇九年から四年間教えた。兵役終了後、教授資格を取得し、一九二五年にキール大学の哲学の教授に就任した。彼の言語哲学はエリアスの言語論に影響を与えたと思われる。

（6）エトムント・フッサール（Edmund Husserl, 1895-1938）はフライブルク大学の哲学教授。現代的な意味での哲学的現象学の創始者と見なされている。

（7）マルティン・ハイデガー（Martin Heidegger, 1889-1976）はフッサールの後継者としてフライブルク大学の哲学教授に就任。「存在」の問題の探求としての「基礎的存在論」で有名。主著は『存在と時間』（熊野純彦訳、岩波文庫）。

（8）フェルディナント・テニエス（Ferdinand Tönnies, 1855–1936）はドイツの社会学者で『ゲマインシャフトとゲゼルシャフト』（杉之原寿一訳、岩波文庫）で有名。

（9）ウェルナー・ゾンバルト（Werner Sombart,1863–1941）。エリアスは『宮廷社会』の中で彼の『現代の資本主義』（三巻本）などを引用している。

（10）マックス・シェーラー（Max Scheler, 1874–1928）は現象学的哲学者、哲学的人類学者・社会学者。

（11）フランツ・オッペンハイマー（Franz Oppenheimer, 1864–1943）は政治経済学者、社会学者。彼の『社会学のシステム』（三巻本）は『宮廷社会』に引用されている。

（12）エルンスト・トレルチュ（Ernst Troeltsch, 1865–1923）は宗教社会学者でマックス・ウェーバーの親密な友人。

（13）ハインリヒ・リッケルト（Heinrich Rickert, 1863–1936）はヴィルヘルム・ヴィンデルバント（Wilhelm Windelband, 1848–1915）とともに新カント哲学の「ドイツ南西学派」の指導者。

（14）アーノルト・ベルクシュトレーサー（Arnold Bergsträsser, 1896–1964）は第二次大戦後に影響力を持った政治学者。

（15）エルンスト・ロベルト・クルティウス（Ernst Robert Curtius, 1886–1956）は中世ラテン文学に関する研究で名高い文学研究家。

（16）エルゼ・ヤッフェ（Else Jaffé, 1874–1973）は十九世紀末では珍しかったハイデルベルク大学の女学生。ドイツ貴族の出身。一九〇一年にマックス・ウェーバーの指導の下で博士号を取得。一九〇二年に経済学者で政治家のエドガー・ヤッフェ（Edgar Jaffé, 1866–1921）と結婚。M・ウェーバー、W・ゾンバルトとともに『社会科学・社会政策記録』（*Archiv für Sozialwissenshaft und Sozialpolitik*）を編集した。エルゼにはW・ウェーバーと弟のアルフレートの両方と性的な関係があった。なお彼女（旧姓Richithofen）の妹フリーダはイギリス人作家D・H・ロレンスの妻。姉妹ともフロイト左派の影響があったと言われている。

（17）ゲオルク・デヒオ（Georg Dehio）。五巻におよぶ『ドイツ記念物便覧』（*Handbuch der deutschen Denkmäler*）が

ある。今日まで後続の、多くの版がある。ドイツの歴史的建築物の標準的ガイドブック。

(18) レオナルド・オルシュキ (Leonardo Olschki)。三巻におよぶ『新語による科学的文学の歴史』(*Geschichte der neusprachliche wissenschaftliche Litertur*) がある。その他イタリア文学、中世ロマン文学などの著作がある。エリアスが教授資格論文で言及したのは、ルネッサンスの科学に関する彼の先駆的研究である。

(19) J・F・フォン・アイヒエンドルフ (Joseph Freiherr von Eichendorf)。この書は、『愉しき放浪児』(*Aus dem Leben eines Taugenichts*, Berlin, 1826; *Life of a Good-For-Nothing*, trans. 2002. 関泰祐訳、岩波文庫) である。

(20) クルト・ヒラー (Kurt Hiller, 1885-1972) は随筆家、平和運動家、同性愛者の権利を推進する活動家。

(21) ヴィルヘルム・ディルタイ (Wilhelm Dilthey, 1833-1911) はベルリン大学の哲学教授。多彩な関心とともに、人文科学における解釈学の発展にも係わっていた。

(22) 海軍大将ミクロス・ホルティ (Miklós Horty, 1868-1957) は一九二〇―四四年までハンガリーの摂政。短命な共産主義共和国が崩壊した後の保守派の首領。

(23) エミール・レデラー (Emil Lederer, 1882-1939) は社会学者、経済学者。一九二〇年から三三年までハイデルベルク大学の社会政策の教授を務めた。亡命中、ニューヨークで社会研究の新学派の創設者の一人になった。

(24) モリス・ギンズバーグ (Morris Ginsberg, 1889-1970) は一九三〇年にロンドン・スクール・オブ・エコノミックスの社会学教授に就任。一九五一年、イギリス社会学協会議長に就任。さらに五五年から五七年まで学長。彼自身、二十世紀初期にリトアニアからやってきたユダヤ人移民であった。

(25) レナード・トレロニー・ホブハウス (Leonard Trelawney Hobhous, 1864-1929) はイギリスの大学における初の社会学教授。社会学に進化論を取り入れ、社会的自由主義者に多大な影響を与えた。

(26) エリアスは「二重拘束」(double bind) という言葉を、グレゴリー・ベイトソンの『精神の生態学』(Gregory Bateson, *Steps to an Ecology of Mind*, 1972. 佐藤良明訳、新思索社) から採用したが、彼はそれを元来の精神病理学とは違う意味で使った。

年譜

一八九七年　ヘルマン・エリアスとゾフィー・エリアスの息子としてブレスラウで六月二十二日に生まれる。

一九一五年　軍隊に召集され、西部戦線で任務に就く。

一九一八年　ブレスラウ大学で医学と哲学を学び、数学期をハイデルベルク、フライブルク大学ですごす。

一九二四年　博士号取得（哲学）。

一九二五年　ハイデルベルク大学に移り、学究的生活を始める。カール・マンハイムに出会い、社会学に専攻を変える。

一九三〇年　マンハイムの助手としてフランクフルト大学に移る。

一九三三年　ドイツから逃亡する。スイスやパリで大学の職を探す。

一九三五年　ドイツを経由してイギリスに向かう。『文明化の過程』に着手。

一九四〇年　ヘルマン・エリアスがブレスラウで死去。

一九四一年？　ゾフィー・エリアスがアウシュヴィッツで死去。

一九三五―七五年　主にイギリスで生活する。戦後、成人教育関連の仕事をする。

一九五四年　レスター大学で社会学の講師に就任。

一九五六年　アムステルダムでの第三回国際社会学会議でヨハン・ハウツブロムと出会う。

一九六二―四年　ガーナ大学の教授として教鞭をとる。

一九六五年以降　オランダのアムステルダム、ハーグ大学、ドイツのミュンスター、コンスタンツ、アーヘン、フランクフルト、ボフーム、ビーレフェルト大学で講師として招待される。アムステルダム（一九七五年から）やビーレフェルト（七八年から）のアパートで暮らす。

一九七七年　彼の全体的研究のためにフランクフルト市からアドルノ賞が贈られる。

一九七九―八四年　ビーレフェルト大学の学際的研究センターで研究し、かつ教える。
一九八四年　最終的にアムステルダムに落ち着く。
一九八七年　ストラースブール第三大学から名誉博士号が贈られる。
一九八八年　一九八七年にヨーロッパで出版された最良の社会学の書として『諸個人の社会』が挙げられ、それを記念してアマルフィー賞が贈られる。
一九九〇年　八月一日アムステルダムで死去。

文献案内

ノルベルト・エリアスによる著書

『文明化の過程・上――ヨーロッパ上流階層の風俗の変遷』赤井慧爾・中村元保・吉田正勝訳、法政大学出版局、一九七七年。

『文明化の過程・下――社会の変遷／文明化の理論のための見取図』波田節夫・溝辺敬一・羽田洋・藤平浩之訳、法政大学出版局、一九七八年。

『宮廷社会』波田節夫・中埜芳之・吉田正勝訳、法政大学出版局、一九八一年。

『死にゆく者の孤独』中居実訳、法政大学出版局、一九九〇年。

『モーツァルト――ある天才の社会学』青木隆嘉訳、法政大学出版局、一九九一年。

『参加と距離化――知識社会学論考』波田節夫・道籏泰三訳、法政大学出版局、一九九一年。

『社会学とは何か――関係構造・ネットワーク形成・権力』徳安彰訳、法政大学出版局、一九九四年。

『スポーツと文明化――興奮の探求』（E・ダニング共著）大平章訳、法政大学出版局、一九九五年。

『時間について』（M・シュレーター編）井本晌二・青木誠之訳、法政大学出版局、一九九六年。

『ドイツ人論――文明化と暴力』（M・シュレーター編）青木隆嘉訳、法政大学出版局、一九九六年。

『諸個人の社会――文明化と関係構造』（M・シュレーター編）宇京早苗訳、法政大学出版局、二〇〇〇年。

『定着者と部外者――コミュニティの社会学』（J・L・スコットソン共著）大平章訳、法政大学出版局、二〇〇九年。

『シンボルの理論』大平章訳、法政大学出版局、二〇一七年。

エリアスに関する研究書

英　語

Johan Goudsblom, *Society in the Balance: A Critical Essay*, Oxford: Blackwell, 1977.

Eric Dunning and Kenneth Sheard, *Barbarians, Gentlemen and Players*, Oxford: Martin Robertson, 1979; London: Routledge, 2005.

Stephen Mennell, *Norbert Elias and the Human Self-Image*, Oxford: Blackwell, 1989.

Stephen Mennell, *Norbert Elias: An Introduction*, Oxford: Blackwell, 1992.

Johan Goudsblom and Stephen Mennell, eds., *The Norbert Elias Reader*, Oxford: Blackwell, 1998.

Stephen Mennell and Johan Goudsblom, eds., *Norbert Elias: On Civilization, Power and Knowledge*, Chicago: Chicago University Press, 1998.

Johan Goudsblom, Eric Jones and Stephen Mennell, *The Course of Human History: Economic Growth, Social Process and Civilization*, New York: M. E. Sharpe, 1996.

Jonathan Fletcher, *Violence and Civilization: An Introduction to the Work of Norbert Elias*, Cambridge: Polity Press, 1997.

Robert van Krieken, *Norbert Elias*, London: Routledge, 1999.

Eric Dunning, *Sport Matters: Sociological Studies of Sport, Violence and Civilization*, London: Routledge, 1999.

Eric Dunning, Dominic Malcolm and Ivan Waddington, *Sport Histories: Figurational Studies of the Development of Modern Sports*, London: Routledge, 2001.

Thomas Salumets, ed., *Norbert Elias and Human Interdependencies*, Montreal: McGill-Queen's University Press, 2001.

Dennis Smith, *Norbert Elias and Modern Social Theory*, London: Sage, 2001.

Steven Loyal and Stephen Quilley, eds., *The Sociology of Norbert Elias*, Cambridge: Cambridge University Press, 2004.

Richard Kilminster, *Norbert Elias: Post-Philosophical Sociology*, London: Routledge, 2007.

Cas Wouters, *Informalization*, London: Sage, 2007.
Akira Ohira, ed., *Norbert Elias and Globalization*, Tokyo: DTP Publishing, 2009.
Andrea D. Bührmann and Stephanie Ernst, eds., *Care of Control of the Self? : Norbert Elias, Michel Foucault and the Subject into the 21st Century*, Newcastle upon Tyne: Cambridge Scholars Publishing, 2010.
Norman Gabriel and Stephen Mennell, eds., *Norbert Elias and Figurational Research*, Oxford: Wiley-Blackwell, 2011.
Andrew Linklater, *The Problem of Harm in World Politics*, Cambridge: Cambridge University Press, 2011.
Eric Dunning and Jason Huges, *Norbert Elias and Modern Sociology*, London: Bloomsbury, 2013.
François Dépelteau and Tatiana Savoia Landini, eds., *Norbert Elias and Social Theory*, New York: Pelgrave Macmillan, 2013.
Akira Ohira, ed., *Norbert Elias as Social Theorist*. Tokyo: DTP Publishing, 2014.
Tatiana Savoia Landini and François Dépelteau, eds., *Norbert Elias and Empirical Research*, New York: Pelgrave Macmillan, 2014.
Andrew Linklater, *Violence and Civilization in the Western States-Systems*, Cambridge: Cambridge University Press, 2016.
Tatiana Savoia Landini and François Dépelteau, eds., *Norbert Elias and Violence*, New York: Pelgrave Macmillan, 2017.
Akira Ohira, ed., *Norbert Elias and His Sociological Perspective*, Tokyo: DTP Publishing, 2017.

ドイツ語

Helmut Kuzmics, *Der Preis der Zivilisation: Die Zwänge der Moderne im theoretischen Vergleich*, Frankfurt am Main: Campus, 1989.
Herman Korte, ed., *Gesellschaftliche Prozesse und individuelle Praxis*, Frankfurt am Main: Suhrkamp, 1990.
Reinhard Blomert, Helmut Kuzmics und Annette Treibel, eds., *Trnsformationen des Wir-Gefühls*, Suhrkamp, Frankfurt am Main, 1993.
Michael Schröter, *Erfahrungen mit Norbert Elias*, Frankfurt am Main: Suhrkamp, 1997.

Herman Korte, *Über Norbert Elias: Das Werden eines Menschenwissenschftlers*, Oplanden: Leske+Budrich, 1997.

Ralf Baumgart und Volker Eichener, *Norbert Elias zur Einführung*, Hamburg: Junius, 1997.

Artur Bogner, *Zivilisation und Rationalisierung: Die Zivilisationstheorien Max Webers, Norbert Elias' und der Frankfurter Schule im Vergleich*, Opladen: Westdeutcger Verlag, 1989.

Anders, Kenneth, *Die unvermeidlich Universalgeschichte: Studien über Norbert Elias und das Teleologieproblem*, Olpladen: Lesk+Burdich, 2000.

Georg W. Oesterdiekhoff, *Zivilisation und Strukturgenese: Norbert Elias und Jean Piaget im Vergleich*, Frankfurt am Main: Suhrkamp, 2000.

Michael Hinz, *Der Zivilisationsprozess – Mythos order Realität?: Wissenschaftssoziologische Untersuchungen zur Elias-Duerr-Kontroverse*, Oplanden: Leske+Budrich, 2002.

Annette Treibel, *Die Soziologie von Norbert Elias: Eine Einführung in ihre Geschichite, Systematik und Perspektiven*, Wiesbaden: VS Verlag, 2008.

Friderike Günter, Angela Holzer und Enrico Müller, eds., *Zur Genealogie des Zivilisationsprozesses: Friedrich Nietzsche und Norbert Elias*, Berlin: De Gruyter, 2010.

フランス語

Alain Garrigou et Bernard Lacroix, *Norbert Elias: La politique et l'histoire*, La Découverte, 1997.

Sabine Delzescaux, *Norbert Elias: Une socilogie des processus*, L'Harmattan, 2002.

Sabine Delzescaux, *Norbert Elias: Civilisation et décivilisation*, L'Harmattan, 2003.

Sophie Chevalier et Jean-marie Privat, ed., *Norbert Elias: Vers une science de l'homme*, CNRS, Peris, 2004.

Florence Delmotte, *Norbert Elias: La civilisation et l'etat*, Université de Bruxelles, 2007.

Nathalie Heinich, *La sociologie de Norbert Elias*, Découverte, 2010.

Quentin Deluermoz, ed., *Norbert Elias et le XXe Siécle*, Perrin, 2012.
Max Joly, *Devenir Norbert Elias*, Fayard, 2012
Nathalie Heinich, *Dans la pansée de Norbert Elias*, CNRS, 2015.

日本語

奥村隆『エリアス・暴力への問い』（勁草書房、二〇〇一）
大平章編著『ノルベルト・エリアスと二一世紀』（成文堂、二〇〇三年）
内海博文『文明化と暴力——エリアス社会理論の研究』（東信堂、二〇一四）

訳者あとがき

本書はNorbert Elias, *Reflections on a Life*（Oxford: Polity Press, 1994）の全訳である。エリアスの著書のいくつかがそうであるように、本書もまた出版にいたるまでかなり複雑な経緯をたどっているので、まずそれについて簡単に触れておく必要があろう。本書の第一部「ノルベルト・エリアスとの伝記的インタビュー」について述べると、エリアスとオランダの研究者との間でインタビューが英語で行われたが、まずそれがオランダ語に翻訳され、オランダの雑誌*Vrij Nederland*の付録として一九八四年に世に出た。その後、それがオランダ語版『ノルベルト・エリアスの物語』（*De geschiedenis van Norbert Elias*）として、彼が死去する三年前の一九八七年に正式に書物となった。

第二部の「人生の記録」は、『権力と文明化――ノルベルト・エリアス文明化資料集（二）』（*Macht und Zivilisation. Materialien zu Norbert Elias' Zivilisationstheorie 2*）として一九八四年に刊行されたドイツ語の本の一部であった。それから同じくドイツ語で一九九〇年に刊行された『ノルベルト・エリアス——自らを語る』(*Norbert Elias über sich selbst*) に、多少の編集上の改訂を経て収録された。一方、第一部のインタビューもその時、インタビュー時に記録された英語の手書き原稿から(オランダ語版も参照しつつ)ドイツ語に翻訳され、収録された。一九九四年に刊行された英語版(本書の底本)では、ドイツ語で書かれたこの第二部が英訳され、その際、第一部のインタビューは、ドイツ語版と同様、オリジナルの英語の手書き原稿が利用されたようである。

とはいえ、ともに英語が母国語ではないドイツ人のエリアスとオランダ人のインタビュアーがお互いに英語で会話を交わしたとなると、オリジナルの手書き原稿が正式に英語版に使用されたとき、どの程度、変更されたのかはこちらではわからない。書物として刊行される以上、当然、多少の加筆訂正があったことが予想されよう。が、ドイツ語版を参照するかぎりでは、両方の版にさほど大きな違いはなく、どちらを使用しても、かなり正確なエリアス像が得られることは事実である。こうした事情に鑑み、今回の訳出に際しては、疑問が生じた場合にのみ、英独、二つの版を比較しながら作業を進めることになった。

エリアスのインタビュー記事は、これが唯一というわけではない。特にドイツやオランダで一九八〇年代以降、重要な社会学者として知られるようになってから、エリアスはラジオやテレビの番組にゲストとして招待されることが多くなった。事実、彼の肉声はCDで聞くことができるし、大学で講義をしている彼の映像をインターネット上で見ることもできる。また一九六九年にすでにエリアスは、アムステルダムで、エリアス研究の重鎮の一人であるヨハン・ハウツブロム氏にインタビューされ、そこで社会科学の方法論について、あるいは社会学と精神分析の重要な関係について貴重な意見を披歴している。こうしたインタビュー記事については、それぞれ「エリアス全集」の英語版（*Interviews and Autobiographical Reflections*, Dublin:UCD Press, 2013, vol. 17）とドイツ語版（*Autobiographisches und Interviews*, Frankfurt am Main: Suhrkamp, 2005, Band 17）を参照されたい。

本書の英語版、ドイツ語版刊行の背景には、社会学者として徐々にその名を知られようになったエリアスの全体像をいち早く読者に知らせたいという意図があったように思われる。そういう意味では、とりわけ、エリアスが死去した年に刊行されたドイツ版は時宜にかなったものであり、九〇年代における英語圏でのエリアスの知名度を考慮すれば、英語版の出版もそれほど遅くはない。特に英語圏ではエリアスの社会学者としての歴史的背景を知りたいという要求もそのころかなり高まっていたと思われる。ともかく幼少期から晩年にいたるまでの人生を振り返って、エリアス自身がこれほど長いインタビューに応えたのはおそらくこれが初めてであり、そういう意味では、両版ともエリアスの社会学理論を学ぶ人々にとっては極めて重要な資料である。

本書を一読して感じられるのは、回想録を構成する一部と二部が、内容的に多少重なるとはいえ、それぞれ非常にうまく組み合わされていて、それだけで十分、エリアスの人間像、および彼の学問上の発展過程がつかめることである。本書はもちろんエリアス自身の個人的な回想録として読まれるべきものであるが、第一次世界大戦から第二次大戦にかけて大学で研究していたドイツの社会学者、とりわけドイツのユダヤ系知識人全体の運命に共通する部分が多くあり、ワイマール共和国時代の社会変化のみならず、国家社会主義が台頭してくるドイツの社会事情を知るうえでも重要である。彼らの多くは、ナチスの迫害から逃れ、アメリカに移住するが、エリアスのようにイギリスで亡命生活を送ったユダヤ人もかなりいたことを知るのも興味深い。その点では、アメリカに亡命したアドルノやハンナ・アーレントとは違う体験をエリアスはしたわけであり、またそれを通して、つまり、イギリスの歴史や社会をさらに詳しく知り、イギリスの生活になじむことによって、彼自身、社会学の研究に新たな素材と方向性を見出したのは事実である。

彼の大著『文明化の過程』がしだいに注目されるようになってから、エリアスは非常に幸福な幼年時代を送った社会学者ではないかということが英語圏でもしばしば噂されていた。その予測どおり、このインタビュー記事は裕福な両親の一人息子として満たされた日々を彼が送っていたことをわれわれに伝えてくれる。それでも、自分の家の使用人の貧しい生活を知ったり、ユダヤ人として出自を学童から、からかわれたりすることで、階級差別や人種的偏見が人間社会に固有であることに彼は気づく。ドイツ系のギムナジウムで青年期に受けた古典的な、しかも自由で充実した教育、第一次世界大戦での従軍体験、大学時代の指導教授との研究方法をめぐる対立、ハイデルベルク大学やフランクフルト大学での、多種多様で、独創的な学者たちとの交遊関係や共同研究生活、国家社会主義の台頭によるパリでの亡命生活など、いずれもエリアス自身の生き生きとした言葉で克明に語られている。

亡命者としてイギリスに渡ったエリアスの生活もインタビューでは重要な部分を占めている。イギリスに息子を訪ねてきた両親の死去（とりわけ母親のアウシュヴィッツでの死）、敵性外国人としてマン島ですごした抑留生活などは、彼の最も悲惨な人生体験の一部であろう。しかし、その反面、ロンドン・スクール・オブ・エコノミックスの疎開先であるケンブリッジ大学では、C・P・スノーなどの知識人と出会い、学問上のさまざまな意見を交わしたようである。レスター大学を退職した後のアフリカでの生活体験も、宗教・神話・科学・政治・芸術などあらゆる人間社会の事象を知るうえで、現在中心の思考がかならずしも正しくないこと、人間の知識がより古い、あるいはより単純な社会の知識から現代的なものへと徐々に発展したことをエリアスに再認識させたことで重要である。このようなインタビュー記事を通じて、われわれは、エリアスがいわゆる「象牙の塔」に閉じこもるタイプの学者ではなく、日常生活での体験に立脚しながら、つまり経験的な知識や素材を分析しながら、自らの社会学の理論を構築するタイプの社会学者であったことを理解できよう。こうした姿勢が『文明化の過程』の上巻において西洋のマナーやエティケットの変遷過程の分析に向けられるエリアスの鋭い観察力にも表れている。

月並みな言葉を使えば、世が世であれば――つまりナチスの台頭による暴力の時代がなければ

――エリアスはドイツの大学の教授としてもっと早い時期に、より安定した研究生活を送っていたかもしれない。しかし、本書のインタビュー記事に接してみると、こうした人生の長い苦闘を経験し、艱難辛苦に耐えることによって、エリアスは観察力の鋭い、優れた社会学者として徐々に成長していったことがうかがい知れよう。そこには彼独特のユーモアさえ感じられる。

とはいえ、エリアスの人生すべてがここで語られているわけではない。たとえば、最近では彼が大学生時代にシオニズムに関連した「ブラウ・ヴァイス」(Blau-Weiß) という若者の運動に参加していたこと、またギムナジウム時代にもブレスラウのユダヤ系学生の団体に属し、そこで心理学者エーリヒ・フロム (Erich Fromm)、政治学者レオ・シュトラウス (Leo Strauss)、ユダヤ神秘主義研究者ゲルショム・ショーレム (Gershom Scholem) など、多くのユダヤ人若手会員と知り合いであったことが判明している。この問題を彼がインタビューで意識的に避けたかどうかは別にしても、このようなエリアスの一面は、彼が宗教とは決して無縁ではなかった――一般的に彼は宗教に無関心な社会学者と見なされている――ことをわれわれに想起させる意味でも非常に興味深い。

第二部「人生の記録」では社会学に対するエリアス独自の見解が、ハイデルベルク大学やフランクフルト大学で彼を指導したアルフレート・ウェーバーとカール・マンハイムの確執、とりわけ彼らの研究方法の対立を通じて示唆されている。それがいわゆる論文としてではなく、エッセイ風に綴られていることで、さらに問題の核心が浮き彫りにされている。この二人の対立関係を指摘しながら徐々にエリアスは、構造主義的な社会学に代わる、自らの過程社会学、フィギュレーション理論の有効性へと議論を展開し、さらに「定着者－部外者」関係の理論的根拠、および人間社会全体へそれを応用することの意義を主張する。ここでは、差別されるユダヤ人としてのエリアスの個人的な経験を超えた理論的革新性、つまり『参加と距離化』において彼が指摘した「距離化」の精神が優先される。加えて、エリアスはここでもマックス・ウェーバーとカール・マルクスという古典的社会学者への「敬意を込めた」批判によって、自らの「長期的な相互依存のネットワーク」という概念に立脚しながら、「個人」と「社会」を分離し、個人的行為から出発する分析方法（ウェーバー）、および下部構造である「経済的諸条件」を優先する唯物論的社会解釈（マルクス）の限界を指摘する。とりわけ、マルクスについては、現代社会における国家機能の重要性を彼が見落としたことが大きな問題であったとエリアスは言う。

以上が本書の第一部、第二部のあらましであるが、われわれは、それぞれを別個にではなく、むしろ両方が有機的に結びついていることを意識しながら読むべきであろう。インタビューにおけるエリアスの生の声を通じて、また彼独特の格調高いエッセイ風の叙述を通じて、われわれは二十世紀の最も優れた社会学者の一人であったノルベルト・エリアスの学問的探究の旅に導かれるのである。

なお本書の註についてはそれぞれ原註をローマ数字で、訳註をアラビア数字で区別した。訳註については、その多くは新英語版「エリアス全集17」の脚注を参考にさせていただいた。本書の日本語への訳出の重要性については、エリアス協会の責任者であるスティーヴン・メネル氏からもうかがっていたので、ここでもそれを再度、強調しておきたい。エリアスに関連する研究発表会やシンポジウムは英語圏やヨーロッパ諸国だけでなく、日本でも近年何度か開催されている。ちなみに比較文明学会第三十五回大会（二〇一七年十月二十八・九日）ではエリアスが取り上げられ、「暴力と文明——平和な世界のために」がシンポジウムのタイトルである。こうした機会に、大勢の読者が『エリアス回想録』を読み、彼の著作に接することでエリアス社会学の現代的意義がますます高まることを願うしだいである。

最後になったが、本書の刊行にあたりこのたびも法政大学出版局の二人の編集者である郷間雅俊、高橋浩貴氏に格別おせわになったことで、謝意を捧げたい。両者のご協力がなければ、前回の『シンボルの理論』同様、『エリアス回想録』が日本の読者に読まれることはなかったかもしれない。本書の訳出を始めたのは、ほぼ十年くらい前であったと記憶している。それ以来、原稿にはほとんど手を入れていないので、高橋氏にはまことに読みづらい初校を点検してもらったことで感謝しなければならない。高橋氏の的確な指示がなければ本書の刊行はさらに遅れたであろう。本書の訳出にあたり、訳者の思わぬ間違いや、誤解があるかもしれない。読者諸氏のご批判、ご教示をたまわれば幸甚である。

二〇一七年九月十日　大平 章

著　者

ノルベルト・エリアス（Norbert Elias）

1897年、ブレスラウ生まれのユダヤ系ドイツ人社会学者。地元のギムナジウムを経てブレスラウ大学に入学、医学や哲学を学ぶ。第一次世界大戦では通信兵として従軍したのち、ハイデルベルク大学でリッケルト、ヤスパースらに哲学を学び、アルフレート・ウェーバー、カール・マンハイムの下で社会学の研究に従事する。その後、フランクフルト大学に移り、マンハイムの助手として働くが、ナチスに追われフランスやイギリスに亡命。1954年、57歳でレスター大学社会学部の専任教員に任命される。レスター大学を退職した後にガーナ大学社会学部教授として招聘される。レスター大学では数多くの有能な若手社会学者を指導し、社会学、心理学、歴史学などの該博な知識に裏打ちされた独自の社会理論を構築する。日本語訳に『文明化の過程』『宮廷社会』『死にゆく者の孤独』『参加と距離化』『モーツァルト』『社会学とは何か』『スポーツと文明化』（共著）『時間について』『ドイツ人論』『諸個人の社会』『定着者と部外者』（共著）『シンボルの理論』（以上、小局刊）があり、その他にも英語とドイツ語で書かれた数多くの論文がある。1977年、第1回アドルノ賞を受賞。ドイツ、フランス、オランダの大学からも名誉博士号や勲章が授与されている。1990年、オランダで93年の生涯を終えた。

訳　者

大平 章（おおひら・あきら）

1949年、広島に生まれる。1972年、早稲田大学第一文学部英文科卒業。1980年、同大学大学院文学研究科英文学専攻博士課程満期修了。早稲田大学教授。1990年、2001年、2011年、ケンブリッジ大学ダーウィン・カレッジ客員研究員。主著に『ロレンス文学のポリティクス』（金星堂）。編著に『ノルベルト・エリアスと21世紀』（成文堂）、*Norbert Elias and Globalization*, *Norbert Elias as Social Theorist*（以上、DTP出版）。訳書にエリアス／ダニング『スポーツと文明化』、リヴィングストン『狂暴なる霊長類』、ハウツブロム『火と文明化』、パイン『火——その創造性と破壊性』、ダニング『問題としてのスポーツ』、ハルバータル／マルガリート『偶像崇拝』、エリアス／スコットソン『定着者と部外者』、エリアス『シンボルの理論』（以上、小局刊）、共訳書にウォディングトン／スミス『スポーツと薬物の社会学』（彩流社）などがある。

《叢書・ウニベルシタス　1069》
エリアス回想録

2017年10月25日　初版第1刷発行

ノルベルト・エリアス
大平 章 訳
発行所　一般財団法人　法政大学出版局
〒102-0071 東京都千代田区富士見2-17-1
電話 03(5214)5540　振替 00160-6-95814
組版：HUP　印刷：日経印刷　製本：誠製本

Printed in Japan
ISBN978-4-588-01069-9

索 引

ア行

カ行

サ行

タ行

ナ行

ハ行

マ行

ヤ行

ラ行